比恐惧更强烈的情感

[法] 马克·李维 —— 著

章文 —— 译

Un Sentiment

Plus Fort

Que La Peur

Marc Levy

湖南文艺出版社
HUNAN LITERATURE AND ART PUBLISHING HOUSE

博集天卷
CS-BOOKY

致我的孩子们
致我的妻子

目 录

contents

"我爱你。你来敲我家门的那天我就爱上你了，这份爱一直在
随着时间增长。我想亲吻我的新娘，可是你离我太远了。"
沙米尔在手套上留下了一个吻，然后把它远远地抛给了苏茜。
然后，他就解开了他和苏茜之间的绳子。

虽然受到死亡的威胁，可他还是把调查进行到底了，这是个不
会放弃的人。他会重新振作的，这只是时间问题。对他来说，
真相就和毒品一样让人上瘾，我们是一类人。

我一生下来，就被迫使用这个假名，好让自己不要再经历玛蒂
尔德曾承受过的那些痛苦，为了不让别人一听见我的名字就关
上大门，或者在发现我的身份后就把我赶到门外。你难道不能
理解对　个人来说，家庭的荣誉有多么重要吗？

楔 子

1966 年 1 月 23 日凌晨 3 点，孟买机场。最后一批要搭乘印度航空 101 号航班的旅客正在穿过停机坪，准备走上波音 707 飞机的舷梯。空荡荡的候机厅里，有两个男人面对着玻璃窗，肩并肩站着。

"信封里有什么？"

"你还是不知道比较好。"

"我要把它交给谁？"

"在日内瓦转机的时候，你去酒吧吧台上坐一坐，会有个男人过来请你喝一杯金汤力。"

"先生，我不喝酒的。"

"那你就看着酒杯好了。这个男人会自称阿诺德·克诺夫。然后就是记得要谨慎一点儿，不过我知道你在这方面很有天分。"

"我不喜欢你利用我来做一些乱七八糟的小事。"

"你认为这只是件小事吗，我亲爱的阿代什？"

乔治·阿什顿的声音中听不出一点儿温度。

"随便你怎么想吧，不过这趟旅行之后，我们就两清了，以后你再也不能让我用印度外交官的身份替你办私事了。"

"我们什么时候两清，是由我来决定的。顺便告诉你，我让你办的事情可不是什么私事。快走吧，不要误机，要是你出发迟了受罚的可是我。你的脸色看起来不太好，途中休息一下吧。几天之后，你就要出席在纽约举办的联合国大会了。你还真是走运，我其实已经受够你们的食物了，有时候做梦都会梦见自己在麦迪逊大道上吃热狗。到了那儿记得替我尝一个。"

"先生，我不吃猪肉的。"

"阿代什，你可真是让人生气啊，不过好吧，旅途愉快。"

❄

阿代什·沙马尔最终没能在日内瓦机场见到那个人。飞机在德里和贝鲁特停留后，于凌晨 3 点钟起飞。机上的两台无线电导航设备中，有一台出了故障。

6 点 58 分 54 秒，机长接到日内瓦方面地面控制中心的指令，让飞机在越过勃朗峰后将飞行高度降为 190 级。

7 点 00 分 43 秒，德苏扎机长向控制中心通报称飞机已越过阿尔卑斯山，现正准备在日内瓦降落。指挥人员立即告知他位置有误，飞机仍在群山上空 5000 米的地方。7 点 01 分 06 秒，机长向控制中心发送了"收到"

的消息。

1966 年 1 月 24 日 7 点 02 分 00 秒，印度航空公司的 101 号航班在雷达显示屏上变为一个固定的点，一分钟后，这个点就此消失。

这架被命名为"干城章嘉号"的波音 707 飞机撞上了土尔纳峰的岩壁，撞击高度为 4670 米。机上的 11 名机组成员及 106 名乘客无一幸存。

十六年之后，又有一架印度航空公司的飞机"马拉巴尔公主号"在勃朗峰坠落，还是在同一个地点。

第 一 章

[**特别的你**]

"我爱你。你来敲我家门的那天我就爱上你了，这份爱一直在随着时间增长。我想亲吻我的新娘，可是你离我太远了。"

沙米尔在手套上留下了一个吻，然后把它远远地抛给了苏茜。然后，他就解开了他和苏茜之间的绳子。

2013 年 1 月 24 日

风暴席卷了整座山峰，狂风吹起了地上的积雪，可见度几乎为零。两个拴系在同一根安全绳上的登山者几乎看不到自己的手。想要在这个巨大的白色世界中前进，几乎是一件不可能的事。

两个小时以前，沙米尔就已经想放弃登山，尽快折返，但苏茜却一直继续向前走，假装周围呼啸的狂风让她听不到沙米尔一再重复的下山要求。实际上，他们的确应该停下来，挖一个洞来躲避风暴。如果照目前的速度走下去，他们是不可能在夜晚来临前到达下一个可供憩息的高山小屋的。沙米尔觉得很冷，他的脸上满是冰霜，四肢传来的麻木感也让他不由得开始担心。某种意义上，高海拔登山就是在与死神捉迷藏。大山是没有朋友的，对它来说，登山者只是一群强行闯入的不速之客。如果它决定了要向这些闯入者关上大门，那就应该毫无保留地服从它的意志。出发之前，沙米尔已经告知了苏茜这一点，但现在看来，她已经将这个忠告抛诸脑后，这让沙米尔很恼火。

　　暴风雪仍然肆虐，在这个海拔 4600 米的高度，必须保持冷静，但是沙米尔却难以平复自己的思绪。

　　一年前的夏天，他和苏茜一起去阿拉珀霍国家森林公园里的格雷斯峰进行了登山训练。但是科罗拉多的气候条件明显和他们在这个傍晚所面临的处境不同，甚至没有可比性。

　　那次攀登格雷斯峰同样也是他们关系的转折点。回到山下后，他们入住了乔治镇上的一家汽车旅馆，第一次共用了同一个房间。这家旅馆没有什么优点，但是房间里的床却足够大，他们在上面待了整整两天。两天两夜中，他们互相抚慰着大山在彼此身体上留下的创口。有时，只要一个手势，或是一个关怀的神情，就能让你明白找到了那个和自己如此相像的另一个人。沙米尔在胡思乱想中，所感受到的正是这一点。

　　一年前，苏茜敲响了他的房门，她脸上的微笑让人无从拒绝。在巴尔的摩，脸上挂着笑的人不是太多。

　　"看来你是全国最好的登山教练！"苏茜用这句话作为开场白。

　　"就算真是这样，也没什么可自豪的，马里兰州就像沙漠一样平！海拔最高的地方也刚过 1000 米，一个五岁的孩子也能爬上去……"

　　"我在博客上看到了你的登山日志。"

　　"小姐，我可以为你做什么吗？"沙米尔问道。

　　"我在找一位耐心的教练兼向导。"

　　"我不是美国最好的登山者，而且我也不会去教别人。"

　　"也许吧，不过我欣赏你的技术，也喜欢你直爽的性格。"

苏茜在未经邀请的情况下就走进了沙米尔的客厅，向他解释了到访的原因。她希望能在一年之内成为一名合格的登山者，并承认自己之前从未登过山。

"那你现在为什么会有这个想法？又为什么要这么快？"沙米尔询问道。

"有些人会在某一天听到上帝的召唤，而我则是听到了山的呼唤。我每晚都做同一个梦。在梦里，我在一片纯粹的寂静中攀登着白雪覆盖的山峰，这是种让人着迷的感觉。所以，为什么不想个办法让梦境变成现实呢？"

"这两件事并不矛盾。"沙米尔答道。

看到苏茜不解的神色，他又补充说：

"我是说上帝的召唤和山的呼唤。但是上帝一般更为安静，而山却会嘶鸣、吼叫，有时山风的低吼会让人害怕。"

"那就不去管沉默的上帝了。我们什么时候开始？"

"小姐……"

"我姓贝克，叫我苏茜吧。"

"准确地说，我一般都独自登山。"

"就算是两个人一起，你也可以有单独登山的感觉的。我不是话多的人。"

"一年之内是不可能成为一个合格的登山者的，除非你拿出全部的时间。"

"你不了解我。一旦我开始做一件事情，就没有什么能阻拦我。你肯定从没见过像我这么有决心的学生。"

对苏茜而言，学习登山已经成为脑海里一个挥之不去的念头。在找不出更多理由来说服沙米尔的情况下，她就提出要付他学费，好帮他改善目前的生活，至少可以修缮一下他这座破旧的房子，反正他也的确有这样的需要。沙米尔打断了她的话，给了她一个忠告，苏茜也把他的话当成了登山训练的第一堂课：在岩壁上，一定要保持冷静，控制住自己的每一个举动。总之，要和她之前表现出的对登山的态度完全相反。

沙米尔请她先离开，并承诺一定会考虑她的建议并同她联系。

在苏茜走下门前的台阶的时候，沙米尔问为什么会选择他。苏茜给出了一个比之前的称赞更诚恳的回答：

"你在博客上的照片。你的长相让我觉得很舒服，而我一直都相信自己的直觉。"

她没有再说什么就离开了。

⁂

第二天，苏茜又来找沙米尔寻求答案了。她把车停在了他工作的汽车修理厂里，问了经理沙米尔在哪里，然后就过来找他。沙米尔正在地沟里给一辆老式的凯迪拉克放油。

"你在这儿干什么？"沙米尔在工装裤上擦着满是油污的手，问道。

"你说呢？"

"我告诉过你我会考虑你的建议，然后再联系你。"

"我们周末上课，按每天 8 小时计算，一共是 132 小时。我认识一些爬过高山的登山者，他们的经验要少一些。四十美元一小时，这已经是一个全科医生的时薪了。每周末给你结钱。"

"你到底是做什么工作的，贝克小姐？"

"我上过很长时间的学，不过都没什么用处。后来我给一个古董商打工，之后他想追求我的意愿表现得太明显，我就离开了。然后我就一直在寻找真正属于自己的道路。"

"换句话说，你就是个娇生惯养的大小姐，不知道该怎么打发时间。我们没有什么共同点。"

"一个世纪以前，还是中产阶级对工人有偏见呢。现在倒反过来了。"苏茜针锋相对地回答道。

沙米尔没能完成学业，因为他没有足够的经济来源。而苏茜为这些登山课程所提供的学费可以在很大程度上改善他的生活。但是他不知道，苏茜的胆量和傲慢是让他着迷，还是让他愤怒。

"贝克小姐，我并没有什么成见。我只是个修理工，我们之间的区别，就是对我来说，工作是必需的。另外，我也不想因为放下手里的活计跟美女谈天而被开除。"

"你没有跟我闲聊。谢谢你的夸奖。"

"我想好之后会联系你的。"沙米尔边说边继续手里的工作。

当天晚上，沙米尔就联系了苏茜。汽修厂旁边有家快餐店，他每天都在那里解决晚饭。看着面前的餐盘，他给苏茜·贝克打了一个电话，约她周六8点整在巴尔的摩市郊的一家健身中心见。

接下来的六个月里，他们每周末都会练习攀爬人工岩壁。之后，沙米尔又花了三个月带苏茜去爬真正的山。苏茜没有说谎，她表现出的决心经常让沙米尔感到吃惊。她永远不会因为疲劳而停下来。哪怕四肢已经酸痛到任何人都要放手的地步，她也只会更紧地抓住岩壁。

当沙米尔说夏初会带她去爬科罗拉多州的最高峰时，苏茜非常高兴，邀请沙米尔一起共进晚餐。

除了训练时随便打发的几顿饭，这是他们第一次坐在一起用餐。那天晚上，沙米尔讲述了他的经历，他的父母如何来到美国，又过着怎样拮据的生活，为他的学业又做出了多少牺牲。苏茜却没有谈太多她个人的事情，只是提到她住在波士顿，每周末过来跟他上课，还说她明年想去征服勃朗峰。

沙米尔曾攀登过勃朗峰。几年前，他赢得了大学的一个竞赛，用得到的奖金去欧洲进行了一次旅行。遗憾的是，大山并没有打算欢迎他，他只好在距山顶还有几个小时的路程的地方选择半途折返。这让他一直觉得很失望，只能安慰自己说至少他和队友还是平安返回了。勃朗峰经常会夺走不知放弃的登山者的生命。

"当你谈到山的时候，会让人觉得山是有灵魂的。"苏茜在晚餐最后说。

"所有登山者都这么认为，我希望你今后也可以这样想。"

"你还会再去吗？"

"如果哪天有足够的钱的话，我会回去的。"

"沙米尔，我有个大胆的提议。等我们的课程结束之后，我带你去那儿。"

沙米尔认为苏茜目前还不足以挑战勃朗峰，而且这趟旅途将会非常昂贵。他感谢了苏茜，但拒绝了这个提议。

"一年之内，我一定会去攀登勃朗峰，不管你会不会和我一起。"离开前，苏茜斩钉截铁地说。

第二天，他们登上了科罗拉多最高的山峰，在格雷斯峰峰顶处拥吻在一起，沙米尔拒绝了苏茜支付给他的报酬。

接下来的六个月，苏茜又开始用另一个固执的念头来纠缠沙米尔：征服欧洲第一高峰。

十一月的某个早晨，苏茜和他发生了唯一的一次争执。沙米尔回家的时候，看到苏茜盘腿坐在客厅的地毯上，面前摊着一张地图。他一眼就辨认出这是勃朗峰的地形图，苏茜在上面用红笔标出了攀登路线。

"你还没有准备好，"沙米尔已经数不清自己强调了多少次，"你永远都不会放弃自己的想法吗？"

"决不会！"苏茜手中拿着两张飞机票，骄傲地宣称，"我们一月中旬出发。"

如果说是夏天，沙米尔也许会犹豫是否带苏茜前往，但如果是一月，就绝无可能。苏茜强调说旅游季节勃朗峰上会挤满游客，但是她想和沙米尔两个人静静地攀登这座山峰。她已经花了几个星期的时间来研究路线了，哪怕一个极微小的细节，她也了解得很清楚。

沙米尔发火了。在 4800 米的高度，空气中的含氧量会降低一半，对于那些事先没有准备好的人来说，这会引发头痛、双腿酸软、恶心和晕眩。只有有经验的登山者才可以在冬天挑战勃朗峰，苏茜还远未达到这种程度。

但苏茜还是非常固执，她开始向沙米尔灌输之前看到的东西：

"我们可以走古特针锋到博斯山脊。第一天我们可以从鹰巢开始爬。六个小时，最多八个小时，就能到泰特鲁斯营地。天亮的时候，我们就可以到冰盖的入口处，然后经过瓦洛的宿营地。4362米的高度，就和我们之前爬过的格雷斯峰一样。如果预报说之后的天气太差，我保证会立即折返。之后在两个雪坡之间，"苏茜指着地图上的红十字兴奋地说道，"就到土尔纳峰了，只差攀登最高处的山脊。我们在那儿拍张照片就下来。你就可以实现一直以来征服这座山峰的梦想了！"

"苏茜，不要这样，不要让自己冒这么大的风险。有一天等我有了足够的钱，就会带你去勃朗峰的。我保证。但是冬天去，这简直是自杀。"

苏茜露出了不悦的神色。

"那如果我告诉你，从格雷斯峰上一吻之后，我就一直幻想你可以在勃朗峰上向我求婚呢！而且对于我来说，1月是个特别的时间，这些难道不比你那些可笑的关于天气预报的担忧更重要吗？你真让人扫兴，沙米尔，我想……"

"我没让你扫兴，"沙米尔喃喃道，"不管怎样，你总是要做想做的事。但是从现在起，我不会再让你有任何的休息时间。所有本可以自由支配的时间都要拿出来，好让你实现这个疯狂的念头。你要让自己适应将要面对的一切，不单是那座变幻莫测的山峰，还有它的气候。你还从未经历过高海拔的风暴。"

沙米尔还记得他们在巴尔的摩温暖的家里说过的每一个字，但落在脸上的冰冷的雪粒让他感到阵阵刺痛。

风暴仍在继续。在这恼人的狂风中，前方十五米处的苏茜只是一个模糊的背影。

不能慌乱，不能流汗。在高山上，汗水可能是致命的。它会黏在身上，一旦体温下降就会结冰。

苏茜拉着登山绳走在前面，这让沙米尔很不安。毕竟他才是向导，而苏茜只是学生。但一个小时以来，苏茜一直拒绝放慢速度，并坚持走在前面。瓦洛的营地离他们已经很远了，他们本该在那里就折返的。当他们决定继续探索这条令人眩晕的峡谷时，天就已经暗了下来。

大风扬起的雪幕下，沙米尔似乎看到苏茜在招手。一般来说，两名系在同一条安全索上的登山者之间要保持十五米的安全距离，但是苏茜越走越慢，沙米尔就决定暂时将这个规定抛到一边，先到她那里去。沙米尔一到苏茜的身边，苏茜就在他耳边喊着她确定自己已经看到土尔纳峰的岩壁。只要他们能赶到那里，就可以在岩洞里躲避风雪了。

"我们到不了的，太远了。"沙米尔喊道。

"你就不能乐观点儿吗？"苏茜再次拉起登山绳。

"不要离我这么近。"沙米尔将登山镐戳在地上，命令道。

等感到脚下的地面在滑动时，他意识到一切都为时已晚，立刻转向苏茜向她预警。

绳子一下就绷紧了。苏茜被甩了起来，她使出了全部的力气，但还是和沙米尔一同掉进了脚下一条突然出现的裂缝里。

他们滚下了一个斜坡，速度快到让人眩晕，根本无法减缓下落的速度。沙米尔的连体登山裤撕裂了，粗粝的冰凌划破了他的胸膛。他的头撞到了冰块，那感觉就好像是迎面被人来了一记上勾拳。眉骨处有血涌出，让他看不清眼前的场景。冰冷的空气开始进入他的肺部。那些曾坠入冰隙又幸存下来的登山者曾说这种感觉就像溺水，这也是沙米尔当时的感受。

因为抓不住岩壁，他们一直都在继续向下滑。沙米尔叫着苏茜的名字，但是没有人回答他。

他终于撞到了地面。那是一种让人蒙掉的感觉，一种过于突然的停顿，就好像山要吞噬他，要将他立即置于死地。

他抬起了头，只看到一大片白色从上方落下。然后一切就归于寂静。

❀

有只手扫去了他脸上的积雪，一个遥远的声音在求他睁开眼睛。在眼前的一片光晕中，他看见苏茜脸色惨白，俯身在他的面前。虽然冻得发抖，但她还是立刻摘下手套，擦干了沙米尔的嘴和鼻孔。

"你能动吗？"

沙米尔点了点头。他稳了稳心神，尝试站起来。

"我的两肋和肩膀都很疼，"沙米尔呻吟道，"你呢？"

"就好像被一辆压路机碾轧过一样，但骨头没断。我落到了缝隙底部，然后就失去了意识，也不知道掉下来多久了。"

"你的手表呢？"

"摔碎了。"

"我的呢？"

"它已经不在你的手腕上了。"

"如果我们什么都不做的话，就会因体温过低而死掉。把我从雪里拉出来。"

积雪已经没到了沙米尔的腰部，苏茜就在一旁挖雪。

"都是我的错。"苏茜一边努力地清除积雪，一边喊道。

"你能看到天空吗？"沙米尔试着从积雪中抽身。

"天的一角，但我不确定。要等天晴了再看。"

"打开我的连体裤，帮我擦擦身子。快一点儿，我就要冻死了。马上戴上手套。如果你的手指也冻伤了，我们就彻底完了。"

苏茜抓起了她的背包，这个背包帮她缓冲了很多下落的力度。她从中拿出一件 T 恤衫，拉开了沙米尔裤子的拉链。她一刻不停地给他擦身，而沙米尔也一直在承受着那种越来越难以忍受的痛苦。等到他身上差不多干了，苏茜就给他草草地包扎了上半身，重新拉上了连体裤的拉链，打开了睡袋。

"和我一起钻进去，"沙米尔说，"一定要保暖，这是我们唯一的机会了。"

这是苏茜第一次服从他。她又在背包里翻了一遍，还确认了手机是否有信号，之后才失望地关闭了电源。她帮沙米尔躺到睡袋里，自己就蜷缩在他的身边。

"我累了。"苏茜说。

"一定要和睡眠抗争，如果我们睡着的话，就再也不会醒来了。"

"你觉得救援队能找到我们吗？"

"明天之前不会有人意识到我们已经失踪的。而且我也怀疑他们能不能找到这儿来。我们要上去。"

"你想怎么上去？"

"先恢复一下体力，如果天亮之后能看到一点儿光，我们就去找登山镐。假如走运的话……"

苏茜和沙米尔在黑暗中坚持了很久。眼睛适应了昏暗后，他们发现缝隙的底部似乎通往一个地下的洞窟。

最终，有一道光线照在了他们上方三十米处，驱散了一点儿黑暗。沙米尔晃了晃苏茜。

"我们起来吧。"他命令道。

苏茜看了看前面。眼前的景色又美丽又骇人。几米远的地方，有一条半拱形的冰凌垂在一个洞上，洞壁上的冰闪闪发光。

"这是个落水洞。"沙米尔喘着粗气，用手指着山口的上方。"这个落水洞和地洞之间的通道形成了一个自然的天井。宽度很窄，我们也许可以利用它爬出去。"

他给苏茜指了那条可能的通道。坡度很陡，但是一两个小时后，阳光应当会软化冰的硬度，他们的登山扣就可以挂在上面。五十米，或者是六十米，虽然很难判断离地面到底有多远，只要能爬到那个峭壁上突出的石台就好，上面那个通道应该足够窄，他们可以用背抵住一面岩壁，然后手脚并用地移动上去。

"你的肩膀怎么办？"苏茜问道。

"目前的疼痛还可以忍受。不管怎样，这是我们最后的机会了，从冰隙爬上去是不可能的。现在要找到登山镐。"

"那如果我们从那个地洞往外走，有可能找到出口吗？"

"这个季节不可能。就算有一条地下河流经那里，现在也应该结冰了。唯一的办法就是从这个落水洞往上爬。今天是不行了。这段距离需要五个小时，但现在只剩大概两个小时，然后太阳就会越过这条山缝，而我们在黑暗中根本无法前进。休息一下，去找我们的装备。这个地洞里的温度比我想的要高，我们也许可以试着在睡袋里睡一会儿。"

"你真的认为我们能爬出去吗？"

"你的水平应该可以从这条窄的竖通道里爬出去。到时你来开路。"

"不，还是你走在前面吧。"苏茜央求道。

"我的两肋太疼了，根本没法拉住你。如果我滑下来的话，你也会跟我一起掉下来。"

沙米尔回到了他们掉下来的地方。疼痛让他几乎无法开口，但他尽量不让苏茜觉察到这一点。他戴着手套挖雪，希望可以找到登山镐，苏茜却去了那个地洞。

突然，他听到苏茜在叫他。他转过身去，往那个方向走了几步：

"过来帮我找装备，苏茜！"

"别管登山镐了，过来看看！"

在洞穴的深处，有一大片冰块，光滑得好像用工具打磨过一样。它的表面反射出点点微光，随即又没入黑暗。

"我去找风灯。"

"跟我过来，"沙米尔命令道，"之后再来研究这个地方吧。"

苏茜不情愿地跟着他回到了挖掘装备的地方。

他们挖了一个小时。沙米尔看到了一根背带，随后找到了自己掉落时丢失的背包，不由得长舒了一口气。这个背包又重燃了他求生的希望，但还是没有看到登山镐的踪影。

"我们有两盏风灯、两个炉子、两天的口粮和两根四十五米长的绳子。看看这面有阳光照射的岩壁，"他说，"太阳会融化掉一部分冰，我们要收集这些冰水，不然很快就会脱水。"

苏茜意识到她的确是干渴难耐。她抓起自己的餐盒，尝试着把它放在融化的冰下面。

沙米尔没有说错，光线很快就暗了下去，然后就消失了，就好像有某个被诅咒的邪灵在他们头顶的天空上再次拉上了黑夜的大幕。

苏茜打开了额头上的探灯。她整理了一下物品，打开睡袋钻了进去。

沙米尔却丢掉了他的探灯。他拿起一盏风灯，继续在积雪里寻找，却一无所获。最后，他觉得筋疲力尽，气喘如牛，肺部像是着火了一样，只好暂时作罢。他跟苏茜会合之后，苏茜掰开了一条谷物棒，递给他一半。

沙米尔无法吞咽，这个动作会让他痛到觉得心都揪了起来。

"还要多长时间？"苏茜问道。

"如果我们能分配好食物，搜集到足够的水，在雪崩没有堵塞这个落水洞的情况下，大概需要六天。"

"我其实是想问你我们还能活多久，不过我想你已经回答我了。"

"用不了这么久救援队就会来找我们的。"

"他们找不到的，你自己也说过。他们不会下到这条山缝下面。我根本爬不到你之前指的那个岩台，就算我能爬到那儿，连续攀爬六十米高的竖直天井也超出了我体力能承受的范围。"

沙米尔叹了口气。

"父亲跟我说，如果你不能预见事情的全貌，那就一步步地来。如果你能依次完成每一步，那么这些微小的成功最终会帮你实现那个大的目标。明天早上，只要太阳能给我们足够的光线，我们就来研究如何到达那个石壁上的岩台。至于上面的那个竖井，如果需要再等一天，那我们就等一等。现在，为了节省电池，还是把灯关掉吧。"

在包裹一切的黑暗中，沙米尔和苏茜聆听着上方传来的风扫过山群的声音。苏茜把头靠在沙米尔的肩上，向他乞求谅解。但沙米尔被疼痛折磨得筋疲力尽，早已进入了梦乡。

❉

夜里，苏茜被一阵雷声惊醒，她第一次意识到她也许要在山腹中死去了。令她最为恐惧的并不是死亡本身，而是死亡前的这段时间。山缝并不是一个属于活人的空间，她之前在其他登山者的回忆录中看到过这一点。

"这不是雷电，"沙米尔轻声说，"是雪崩。睡吧，不要去想死亡，永远不要想。"

"我没有想。"

"你把我抱得这么紧，都把我弄醒了。我们还有一点儿时间。"

"我不想再等下去了。"苏茜说。

她离开了睡袋，打开了额头上的探灯。

"我要活动一下腿脚。你继续睡吧，我不会走远。"

沙米尔已经没有力气跟着苏茜了。他觉得每呼吸一次，进入肺部的气体都会减少一点儿。如果情况继续恶化的话，恐怕他很快就会因呼吸不畅而缺氧。他让苏茜小心一点儿，然后就继续睡了。

苏茜一边看着脚下的情况，一边向地洞深处走去。人们永远无法知道山腹的底部到底在哪里，脚下的冰盖随时有可能坍塌。她走过了山洞的穹顶，进入了一个长长的石廊，之前她就已经发现了这里，但是沙米尔命令她立即回去。她脸上的表情出现了一些变化，随即她就义无反顾地走了进去。

"我知道你就在那儿，在不远的地方，我已经找了你很多年了。"她自言自语道。

她继续向深处走，注意着每一个角落和岩壁上每一个不平整的地方。正在她逐步深入的时候，头上的探灯突然照出了一束银白色的反光。苏茜拿起了风灯，把它也打开了。这么短的时间内浪费这么多电池显然是不明智的，但她实在太兴奋，根本来不及考虑这些。她抓住风灯的手柄，伸出了手：

"出来吧。我只是想找到属于我的东西，那些你本不应该从我们身边夺走的东西。"

苏茜走近了反射源。这个地方的冰块形状很奇怪。她扫掉了表面上的冰屑，在几乎透明的冰壳下她确定自己看到了某个金属物品。

几年以来，苏茜一直确信有这个山洞存在。她甚至都不记得自己曾花费多长时间来阅读那些登山家的游记，好了解土尔纳峰周围的每一个细节，来研究那些事故报告，来分析所有的照片，甚至是这半个世纪的冰川活动记录，好确定自己没有漏掉任何一个细节。在练习登山的日子里，她对所有痛苦都选择了缄默，只为了最后的目标。

她往沙米尔休息的方向看了一眼，可是距离太远，苏茜无法看清他。她一步步向前，几乎屏住了呼吸。

石廊越来越宽了，周围的石壁在自然的雕刻下，就像一个穴居村落的外墙。

突然，苏茜的心跳加速了。

一架波音 707 飞机的驾驶舱悬在一堆废铁上，保持着"侧卧"的姿势。在这片时间未能驱散的绝望里，它静静地看着这个奇怪的访客。

几步以外就是客舱，一堆电缆和被冰冻住的座椅。

地上到处是各种各样的碎片，大多是些在事故中被冲击变形而掉落的金属。飞机的前起落架突兀地出现在一堆碎片的正中间。距地面几米处的一块冰凌中，可以看到一块破碎的旧舱门，上面的字还依稀可辨。

"干城章嘉号"的前半部分就在这里了，被冰封在这座山腹中的坟墓里。

苏茜慢慢地走近，这个新发现让她又激动又害怕。

"终于找到你了，"她喃喃地说，"我一直在期待这一刻。"

她在飞机的残骸前陷入了沉思。

✳

　　她听到了脚步声，转身就看到洞穴入口闪着沙米尔手中风灯的灯光。她想了一下，犹豫着要不要出声。

　　"我在这里。"她起身说。

　　她快步走向沙米尔，他脸上露出了不悦的神色。

　　"你应该继续睡觉。"

　　"我知道，但是我感觉自己快要窒息了，我很担心你。你在那边找到出口了吗？"

　　"还没有。"

　　"那还有什么别的事能让你这样浪费电池吗？"

　　苏茜什么都没有说，只是看着沙米尔。他脸上的神情并非全部出自于身体上的痛苦，而是来源于对危险的意识。这个表情让苏茜想起了他们目前的处境，她几乎都已经把这一点忘记了。

　　"去休息吧。我再看看这个地方就回去。"

　　沙米尔推开了她，走进了洞穴。在看到飞机残骸的时候，他吃惊地睁大了眼睛。

　　"很让人印象深刻吧？"苏茜问道。

　　她用灯照着舱门上那些印地语的文字，沙米尔看了看，不知道是不是应该继续向前走。

　　"这应该是'马拉巴尔公主号'的残骸吧？"沙米尔猜测道。

　　"不，'马拉巴尔公主号'是一架四发动机的螺旋桨飞机，这是'干城章嘉号'。"

"你怎么会知道？"

"说来话长。"苏茜回答道。

"你知道它会在这里？"

"我希望它在这儿。"

"你之所以一定要来爬勃朗峰，就是为了找到这架飞机？"

"是，但不要这样，我本想在回程的时候跟你说的。"

"你之前就知道这个洞窟的存在？"

"三年前有一个登山者在土尔纳峰的一侧岩壁上发现了它的入口。那是在夏天，他听到了冰墙后地下河流动的声音。他打开了一条通道，一直走到了天井的上方，但并没有下来。"

"这些日子以来你一直在对我撒谎？你来我家找我的时候，是不是就已经想这样做了？"

"我会把一切都告诉你的，沙米尔。一旦你知道为什么，就会理解我了。"苏茜一边说一边走向飞机。

沙米尔拉住了她的手臂。

"这个地方是一座陵墓。它是神圣的，我们不应该惊扰死者。来吧，我们离开这儿。"他命令道。

"我不会向你要求一个小时来查看座舱。而且我们也不知道这个石廊会不会通向一个比你那个天井更好走的路。"

苏茜走向了飞机，沙米尔则在岩洞中四处查看。眼前的景象让苏茜着迷。驾驶舱里，仪表盘已经钙化了，上面盖着一条冰舌，腐蚀掉了外面的铁皮。她猜测着驾驶员座椅上那团奇怪的东西是什么，随即又转过身去，想把那个可怕的画面赶出脑海。接着，她转过身去，走向机舱，机舱侧面着地，里面的座椅都在坠落时冲击波的作用下被颠了起来。

　　飞机发生事故的第二天，救援队就到了现场，找到了撞击后留下的机翼、尾翼和座舱的一部分残骸。这几十年来，在波松冰川的运动下，"干城章嘉号"的引擎、前起落架和乘客的随身物品终于得以重见天日。在那份苏茜几乎能背诵的事故报告上，清楚地写着飞机的驾驶舱和头等舱一直没有找到。一部分调查人员认为它们应当是在撞击时变成了碎片，而另外一些人则认为它们应当是被冰隙吞噬了，就像深渊淹没航船一样。苏茜的发现证明了后一群人的猜测是对的。

　　在苏茜身边，有六具被冻住的尸骸，他们身上的衣物满是破洞，让他们看起来像极了木乃伊。她跪在了这幅惨景中央，看着这些因为几米和几秒的差错就被夺去生命的同类。调查报告显示，如果飞行员能够早一分钟发现位置显示是错误的，他就可以拉起机身，越过峰顶。但是在1966年1月24日的那个清晨，有117个人在这里失去了生命，其中的6位就在苏茜身侧长眠。

　　苏茜正想继续深入客舱，沙米尔突然在她身后出现了。

　　"你不应该这样做，"他缓缓地说，"你在找什么？"

　　"属于我的东西。如果这些人里有你的亲人，你难道不想找到什么属于他的东西吗？"

　　"这些人里有你的家人？"

　　"这是个很复杂的故事。等我们从这儿出去，我保证把所有事都告诉你。"

"之前你为什么不说？"

"不然你就不会跟我一起来了。"苏茜边说边走向一具尸骨。

这应当是一位女性。她双手前伸，似乎是要在直面死亡前做出最后的抗争。她右手无名指上的结婚戒指已完全钙化，双脚被卡在座位下的两条铁棒中间，有一个被冻到几乎已经看不出形状的化妆包掉落在那里。

"你曾经是谁？"苏茜单膝着地，喃喃低语，"你的丈夫和孩子是不是在等你回去？"

沙米尔不情愿地走近，也跪了下来。

"别碰任何东西，"他对苏茜说，"这不属于我们。"

苏茜又转向另一具遗骸。一个金属制的手提箱被一条铁链和一副手铐固定在了尸体的手腕上。她拿灯照过去，发现箱面上有几个尚可辨认的印地语文字。

"这是什么意思？"苏茜问道。

"怎么跟你说呢？几乎都已经看不清了。"

"你一个字都看不出来吗？"

沙米尔靠近了那个箱子。

"主人名叫阿代什，可我看不出他姓什么。他应该是位外交官，这边写着'外交使命 请勿开启'。"

苏茜什么都没说。她轻轻抬起了尸骨的手腕，用力把它扯了下来。然后她取下了手铐，拿走了手提箱。

"你疯了！"沙米尔惊愕地喊道。

"里面的文献或许有史料价值。"苏茜镇定地说。

"我不能看着你做这些事，但我太累了，根本没法跟你吵，我回去睡了。不管怎样，你在浪费时间。爬那个天井已经很难了，你不能再带上个箱子。"

苏茜看了他一眼。她取下腰带上的钩环，甩在手提箱外面的冰壳上。箱口、锁链、弹簧全部都向四处飞开。

这个箱子应当防火，可是并不太防水。她发现了一根鹅毛笔，笔身已经完全被冻住了，还有半包威尔斯香烟、一个银的打火机、一个冻得硬邦邦的牛皮手包。苏茜拿起了包，把它塞进了登山裤里。

"你找到通道了吗？"她站起身来。

"你会给我们带来不幸的。"

"走吧，"苏茜对沙米尔说，"我们要节省电池，现在回去睡觉。等到天亮我们就试着出去。"

她没有等沙米尔回答就离开了石廊，回到了放睡袋的地方。

等阳光射进山腹的时候，苏茜看到沙米尔脸色不太好。在这几小时中，他的情况又恶化了，脸色苍白得让人担忧。如果他不说话也不动的话，苏茜就觉得在她旁边的好像是一具尸体。她努力地为他取暖，强迫他喝了水，又吃了一条谷物棒。

"你能爬吗？"她问道。

"我们没有选择。"沙米尔喘着气说。但是这句话又加剧了一直在折磨他的痛楚。

"要不我们扔掉背包好减轻重量？"苏茜建议道。

"就算爬上去了，"沙米尔看着天井说，"我们也只完成了一半的路程。还要下到山谷里。我可不想出了这条山缝却死于寒冷。给。"他把压在睡袋下的两把登山镐递给了苏茜。

"你找到它们了？"苏茜惊叹道。

"你现在才想到这一点？我几乎都不认识你了。从我们掉下这条缝隙开始，我就失去了那个和我系在同一条安全索上的伙伴，可是没有她我根本无法离开这里。"

起身后，沙米尔脸上有了一点儿血色，呼吸也顺畅了一些。他向苏茜讲解了如何攀爬。他让苏茜在前面先爬，确认岩壁哪些地方可以落脚，他在后面系着登山绳，跟着她。

挂满冰凌的岩壁就在他们面前，好像大教堂里的手风琴。苏茜紧了紧背包的袋子，深吸了一口气，抓住了石壁。沙米尔目不转睛地盯着她，告诉她要把脚放在哪里，手抓住哪里，是应当拉紧绳子还是适当放松。

刚开始的十五米，他们足足用了一个小时。在二十米的高度上，她发现了一个小小的岩台，可以坐在上面。她用腿撑住石壁，取下保险带上一端的铁钩，用力把它插进了冰里。在确定了是否牢固之后，她挂上了一个滑轮，穿上绳子，重复着这些沙米尔教过她无数遍的动作。

"好了，你可以上来了。"她喊道，试着看向下面。但由于整个人都缩在石台上面，她只能看到自己的膝盖和鞋。

沙米尔在完成前几米的时候，一直是跟着苏茜之前的路径。他每向上一点儿，痛苦就大一点儿。有好几次他都以为自己永远也做不到了。

"一步一步来。"脑海中有个微小的声音告诉他。

沙米尔发现上方三米处有一个小小的洞穴，他花了十五分钟爬到了那里，并暗自决定从这个地狱脱身后，一定要告诉父亲是他的建议救了他一命。

其实他脑海中还有另一个声音，跟他说所有这些努力都是徒劳的，还不如在山缝底部好好休息、终结痛苦来得明智。但沙米尔决定无视它，时间一秒一秒地流逝，他的手在发力，一米一米向上攀缘。

他们花了三个小时，终于爬到了峭壁上那个突出的部分。只要情况允许，苏茜就注视着在她身后攀爬的沙米尔，欣赏着他简洁的动作，这些动作在格雷斯峰上曾经那样让她着迷。

来到这里，已经是初步的胜利了，虽然他们知道之后还有更艰辛的路要走。沙米尔用手套捧起了野营毯上的雪，给了苏茜一把。

"吃下去。"他对她说。

然后沙米尔也吃了些雪。苏茜注意到他嘴唇上的雪都变成了红色。

"你在流血。"苏茜低声说。

"我知道，而且呼吸越来越困难了。但是我们还有很长的路要走。"

"太阳很快就要下山了。"

"这就是为什么我请你不要浪费电池去考察那个岩洞。我不可能在这里坚持一整夜了，我没力气了，"沙米尔喘息着说，"要不我们现在继续爬，要不明早你就丢下我走吧。"

"我们继续。"苏茜回答道。

沙米尔给她上了最后一节登山课，苏茜从来没有如此认真过。

"你要隔一段时间再开探灯，好节约电源。在昏暗的环境下，要相信你的手，它们往往比眼睛更可靠，能帮助你找到合适的受力点。如果你要跃到别的位置，一定要保证有一只脚是踩在牢固的地方的。如果你觉得无法辨别方向，也只有在这种情况下，你才能打开风灯，记清楚前面有什么，然后就关掉。"

苏茜把沙米尔的话重复了好几次，然后就去拿登山镐。

"不要再等了，趁着还有点儿光。"沙米尔恳求道。

苏茜站起身来，半蹲在岩台上。她慢慢地伸长身体，把登山镐戳进岩壁里。第一跳……她上升了五米，然后稍微休息了一下，就继续向上。

这个竖井足够宽，虽然岩壁在逐渐靠近，但是距离还是很适合攀爬。她已经在沙米尔上方二十米了。苏茜敲入了一枚新的登山钉，重复确认了绳子是否牢固，然后将身子后仰，希望能在沙米尔爬的时候拉他一把。

沙米尔把苏茜的每一个举动都看在眼里。他在岩台上站起身来，把登山鞋底的铁钉踩入冰层，腿上发力，随后就开始往上爬。

他几乎没有停顿。苏茜一直在鼓励他。他中途停下来喘了口气，苏茜就开始列举他们回到巴尔的摩之后可以做的事情。但沙米尔并没有听她说什么，而是把所有的注意力都集中在将要完成的动作上。他的努力有了成果。很快，他就感到苏茜的手在抚摸他的头顶。他抬起头，看到她倒吊在半空中，注视着他。

"你应该确保安全，而不是做这些可笑的事情。"沙米尔恨恨地说。

"我们能出去。已经完成三分之二了，而且我们还是能看清四周。"

"外面应该是晴天。"沙米尔喘着粗气。

"明天早上，我们就可以躺在雪地上看太阳了，你听到我说的话了吗？"

"听到了，"沙米尔喘息着说，"现在，你应该站起身来，把你的位置留给我。我要在这里休息一下，你继续爬。"

"听我说，"苏茜说，"现在距地面最多只有二十米了。刚刚我真的看到了外面的天。我们有足够的绳子。我现在一口气爬上去，然后把你拉上来。"

"你头部朝下太久了，都开始说胡话了。我太沉了。"

"沙米尔，这次你就听我的吧，你根本不能继续爬了，这一点我们都清楚。我们一定会从这个该死的洞里出去的，我发誓！"

沙米尔知道苏茜说得对。每吸一口气，他都觉得肺在嘶鸣，而每呼一口气，嘴里都会有血流出来。

"好吧，"他说，"你先爬，然后我们再看怎么办。我们有两个人，应该可以做到。"

"我们当然可以做到。"苏茜重复道。

苏茜调整了一下姿势，好把身体转过来，沙米尔却突然咒骂了一句。

"插登山镐的时候，我们要听一下声音，然后再看看它。"这是爬格雷斯峰的时候沙米尔教给她的。但那个时候是夏天……沙米尔的登山镐发出了一阵古怪的声音，苏茜也听到了。他试着把登山镐插在别的地方，但是手臂却无法动弹。接着他就听到了断裂的声音。那些已经被苏茜的登山钉弄得有些松动的冰凌，现在都开始碎落。

沙米尔知道他只有几秒钟时间了。

"拉住我！"他一边叫喊，一边试着跃到其他地方。

冰块整个掉了下去。苏茜的身子前倾，试图抓住沙米尔的手，另一只手则紧紧抓住保险带。她感到登山裤里的手包在向下滑落，不由得分了心，也就在这一瞬间，沙米尔的手从她手里滑了出去。

下冲力很大，登山绳完全绷紧了，苏茜几乎无法呼吸，但她还是咬牙坚持。

"爬上来，"苏茜喊道，"爬上来！抓住！"

她身上的每一个部位都在使劲儿，只能试图保持平衡，好帮助沙米尔再爬上来。

沙米尔觉得他唯一的生机就是做一个滑轮装置了。苏茜看到他在抓保险带旁边的一根登山绳，就明白了他的意图。滑轮装置可以自动锁死。如果不受力的话，它就会滑动。可以把它挂在弹簧钩上，拉住它，然后再想办法向上爬。

沙米尔的眼前变得越来越模糊，他的动作也越发笨拙。他想抓住保险带旁的那根细绳，绳子却从他手上滑了出去。

他抬起头，看着苏茜，耸了耸肩。

看着上面悬在半空的苏茜，他开始解背包的一条肩带。他任凭它从肩膀上滑了下来，然后准确地从包的外袋里找到他一直放在那儿的小折刀。

"沙米尔，不要这样！"苏茜在哭喊。

她喘息着，哭泣着，看着沙米尔划断了背包的另一根肩带。

"不要哭了，我们两个人太重，不可能爬上去。"他喘着粗气说。

"我发誓我们一定能出去。给我点儿时间让我找个受力点，我一定能把你拉上去的！"苏茜恳求道。

沙米尔划断了背带，两个人都听到了登山包落在地上的沉重的响声。然后，就是一片寂静，只能听到他们急促的呼吸声。

"你真的想在山顶向我求婚吗？"沙米尔抬头问道。

"我想让你在山顶向我求婚，"苏茜回答，"你一定要做到。"

"我们现在就要交换誓言了。"沙米尔脸上挂着苦涩的微笑。

"等我们出去再说，现在不行。"

"苏茜，你愿意接受我做你的丈夫吗？"

"别说了沙米尔，求你了，别再说了！"

沙米尔的视线一直停留在苏茜的脸上，他接着说道：

"我爱你。你来敲我家门的那天我就爱上你了，这份爱一直在随着时间增长。我想亲吻我的新娘，可是你离我太远了。"

沙米尔在手套上留下了一个吻，然后把它远远地抛给了苏茜。然后，他就解开了他和苏茜之间的绳子。

❄

沙米尔掉下山缝之后，苏茜在上面一直喊到嗓子变哑。她没有听到沙米尔身体撞击在冰上的声音。她只是悬在半空，在宁静的黑暗中一动不动，直到寒冷侵蚀了她的整个身体。

之后，她想到沙米尔付出生命，是为了让她能活下去，如果现在放弃，他的牺牲就变得毫无意义了。

苏茜下定决心，又打开了探灯，向出口爬去，她用双腿支撑住身体，利用登山钉缓缓向上。

每次登山钉敲进冰里，她就会听到雪落下山缝的声音，然后就会想到这些雪会盖住沙米尔的身体。

苏茜在昏暗中拼命向上爬，双眼含泪，紧咬着牙关。耳边仍然回荡着沙米尔的声音，还有他给的建议，她似乎还能听到他的心跳、感受到他的皮肤，就好像曾经在那温暖的床上一样。他的舌尖似乎还在她的口中、在她的乳房上、在她的腹部，甚至在她的女性地带。还能感受到他的手掌温柔地揽住她，将她搂入怀中。他的手掌推着苏茜不断向前，要帮她逃离这座白色的地狱。

凌晨3点钟，苏茜的手指终于触到了山缝的边缘。她撑住地面，把整个身体都抽了出来，然后跌坐在地上，终于看到了繁星密布的天空。苏茜摊开手脚，发出了野兽般的号叫，周围挂满冰凌的石壁发出银色的反光，就好像马戏团的看客。

在她周围，群山都笼罩着一层金属般的色彩。她辨认着一座座山峰和它们颈上的雪线。山风越来越大，在冰凌间穿梭呼啸。远处，风声中夹杂着岩壁断裂的声音，碎裂的石块撞击着地上的花岗岩，溅起一连串的火花。苏茜仿佛置身于另外一个世界，但这个世界没有沙米尔。

❋

沙米尔警告过苏茜："就算爬了上去，我们也只完成了一半的路程。还要下到山谷里。"

时间紧迫。苏茜的登山裤也和她一样坚持不住了。她的腰部和腿部都感到了冷气的侵袭。糟糕的是，她感觉不到自己的手指。苏茜站起身来，抓起背包，仔细研究接下来的路线。出发之前，她跪在山缝之前，望着远处的勃朗峰，咒骂着这该死的山，并保证有一天一定会从它手里把沙米尔夺回来。

菜

下山的过程中，苏茜觉得身体好像都不是自己的了。她就像一个黑夜里的梦游者。大山让她为自己的挑衅付出了代价。

风更猛烈了。苏茜走在这片纯白里，什么都看不到。每走一步，她都能听到脚下冰块破碎的声音。

最后，她筋疲力尽，只能在一块岩石的背面避风。虽然她一直把右手放在上衣口袋里取暖，可是那里还是传来了难以忍受的痛苦。她摘下围巾，做成了一个简易的手套，看着指节处黑色的冻疮，不由得低低咒骂了几句。苏茜打开背包，从中拿出了暖炉，用最后一点儿燃气融化了一些冰，补充了一点儿水分。微弱的火光中，她拿起了那个让沙米尔付出生命的手包，想看看里面究竟有什么。

包里有一封用塑料信封装着的盖有印鉴的信，苏茜担心把它弄坏，就暂时没有打开，还有一张女人的照片和一把红色的钥匙。她小心地合上了手包，把它放回到登山裤里面。

救援人员在凹凸不平的冰碛处发现了她，当时苏茜躺在地上几乎失去了意识。她的脸颊被冻得通红，没有手套的手上满是黑色的血迹。但是最让救援人员印象深刻的，是苏茜的那双眼睛，好像在讲述之前发生的惨剧。

第 二 章

[**陌生人的好奇心**]

　　虽然受到死亡的威胁，可他还是把调查进行到底了，这是个不会放弃的人。他会重新振作的，这只是时间问题。对他来说，真相就和毒品一样让人上瘾，我们是一类人。

　　灵车缓缓前行，后面跟着三辆小客车。西蒙坐在司机右边，紧紧盯着前方的路。

　　送葬的队伍进入了墓园，在弯弯曲曲的小道间前行，一直开到某处地势较高的地方，才停在了路旁。

　　公墓的工作人员把棺木从车上抬下，放在一个新挖的墓穴旁边。他们把两个花环放在棺盖上。一个上面写着"致我最好的朋友"，一个写着"致我们亲爱的同事，他为我们的事业献出了生命"。

　　十米远的地方，站着一个当地电视台的记者，他在等待葬礼开始，好拍摄几张图片。

　　西蒙是第一个发言的人，他讲逝者对他而言，就好像兄弟一样。"虽然逝者表面看来只是一个固执而又暴躁的新闻记者，但内心深处却是一个慷慨而又幽默的人。安德鲁不应当在这个年纪就离开人世，他还有很多未完成的事情，他的逝去是一个无可挽回的损失。"

　　西蒙在发言中由于哽咽，不得不停顿了几次。他擦着眼角的泪，说总是最善良的人最早离开人世。

　　《纽约时报》的主编奥莉薇亚·斯坦恩第二个发言。她表情沉痛，讲述了安德鲁·斯迪曼死亡的细节。

　　"作为一名出色的记者，安德鲁曾赴阿根廷调查一起战争年代的罪恶。但是在他英勇地完成使命回到纽约之后，却在哈得孙河畔慢跑时遭人暗杀，说明了任何人都不可能跑赢死亡。这是卑鄙的行径，目的正是让真相永远被掩盖。这次暗杀是这个罪行的始作俑者的女儿策划的，是为了给她的父亲复仇。她所组织的对安德鲁的袭击，同样也是对新闻自由的攻击，她的暴行和其父辈的罪恶如出一辙。但是，在陷入昏迷之前，安德鲁已经把暗杀者的姓名告知了到场的急救人员。美国不会任由伤害她儿子的凶手逍遥法外。法庭已经向阿根廷方面申请引渡。正义终将被重建！"奥莉薇亚·斯坦恩说道。

　　随后她便将手放在棺木上面，双眼望天，严肃地说了以下一段话："安德鲁·斯迪曼是一个有信念的人，他为工作、为我们的职业献出了生命，为我们的民主构筑了最后一道防线。安德鲁·斯迪曼，你牺牲在捍卫民主的前线，就如同军人牺牲在保家卫国的疆场，我们永远也不会忘记你！从明天开始，报社地下一层电梯旁的二号资料室将更名，"她和报社的人力主管交换了一下眼神，"我们将用它的新名字来纪念你。以后它就不再是二号资料室，而是'安德鲁·斯迪曼资料室'。"她用这句话来总结了自己的发言。

其余几个来参加葬礼的同事都纷纷鼓掌，奥莉薇亚则俯下身去，用唇上的"可可·香奈儿"口红在棺盖上留下了唇印。然后她就回到了自己的位置。

墓园的工作人员在等西蒙的信号。四个人抬起了棺木，把它放在墓穴上方的升降架上。绞盘缓缓转动，安德鲁的遗体就渐渐地没入地面。

那些来送安德鲁最后一程的亲友依次走上前来，向逝者做最后的告别。其中有多乐丽丝·萨拉萨尔，她是报社的资料员，很喜欢安德鲁——周六他们经常在佩里街某个不知名的小酒馆相遇；曼努埃尔·费格拉，报社管理信件的雇员——安德鲁是唯一一个在咖啡馆遇见他会请他喝咖啡的人；汤姆·西米里奥，人力主管——两年前他曾经威胁过安德鲁要么戒酒，要么滚蛋；加里·帕尔默，法务部雇员——他经常要负责收拾安德鲁出外勤时留下的一堆烂摊子；鲍勃·斯托尔，工会负责人——他从未见过安德鲁，只是今天恰好他值班；还有弗雷迪·奥尔森，安德鲁办公室的邻桌——你甚至不知道他是已经哭干了泪还是在忍住大笑的冲动，因为他的脸上满是瘾君子满足后的表情。

奥尔森是最后一个在安德鲁棺上撒下白玫瑰花的人。他向前探身，想要看花落到了哪里，结果差点儿掉进墓穴，幸好工会负责人及时拉住了他的衣袖。

随后，葬礼的宾客就离开了墓穴，回到了客车附近。

人们互相搀扶，奥莉薇亚和多乐丽丝还彼此哭诉了几句，西蒙感谢了到场的每一个人，大家就回归了各自的生活。

多乐丽丝 11 点要去美甲，奥莉薇亚要和朋友共进早午餐，曼努埃尔·费格拉答应了妻子要带她去家得宝家居商场买一台新的烘干机，汤姆·西米里奥要为侄子证婚，加里·帕尔默要去 26 号街的跳蚤市场上接他在那里摆摊的同居男友，鲍勃·斯托尔要回报社继续值班，而弗雷迪·奥尔森要去唐人街上的一家亚式推拿馆做按摩，恐怕那里的按摩师已经很久没有忏悔过了。

每个人都回到了原来的生活轨迹，把安德鲁·斯迪曼留在了冰冷的死亡里。

❄

对安德鲁而言，下葬之后的几个小时显得尤其漫长，更有一种极大的孤独感。这让安德鲁很惊讶，因为他通常喜欢一个人待着。随后他就感到了焦虑，这次他没有因此想来一杯菲奈特-可乐，也没有出汗、没有发抖，甚至连脉搏加速都没有，原因当然就不用说了。

接着，夜幕就降临了。同夜晚一起来临的还有一个奇怪的现象，安德鲁很快意识到了这一点。

虽然他很快适应了这间无门无窗的"地下陋室"里封闭的环境，也勉强可以容忍地下六英尺处的静谧气氛——要知道，安德鲁是最爱大街上嘈杂的声音的：工程的噪声；摩托车骑士轰鸣而过，把马达声当成男性气概的象征；妖艳女人的调笑声；送货卡车让人崩溃的哔哔声；还有那些愚蠢的派对动物，总是不分昼夜声嘶力竭地唱着歌回家，让人恨不得也到他家窗下唱上一曲。但有一件事让安德鲁震惊，就是他发现自己竟然飘浮了起来，身下正是埋葬他遗体的新泥。更荒谬的是，他竟然盘腿坐着，可以看到周围发生的一切，也就是说也看不了多远。

既然没什么事情可做，他便开始观察身边的事物。

有一片刚修理过的草坪，微风拂过，所有的草木都垂向北方；还有一丛紫杉树，旁边还有几棵槭树和橡树，上面的枝叶也都被吹向相同的方向。他周围的所有景物，好像都在面朝着公墓高处的一条高速公路。

安德鲁不由得沮丧起来，想着自己还不知道要在这里无聊多久，突然有个声音在他耳边响起。

"你会习惯的，刚开始时间会显得慢一点儿，但后来大家就没有了时间观念。我知道你在想什么。你肯定在想，要是早知道死后是这样的，你就该给自己买块海边的墓地。那样你就错啦！海浪是很无聊的！但是高速公路就不一样了，总是会发生点儿不一样的事情。堵车啊，追车啊，事故啊，比你想的要有意思多了。"

安德鲁把视线移到发出声音的方向。有个男人和他一样，悬浮在隔壁墓穴上方的几厘米处，也盘腿坐着，还在对他微笑。

"阿诺德·克诺夫，"那个男人对他说，却没有变换姿势，"这是我曾经的名字。这已经是我在这儿待的第五十年啦。你看，会习惯的，只是需要点儿时间。"

"死亡就是这样的？"安德鲁问道，"坐在自己的墓地上，看着高速公路？"

"你想看什么就看什么，没人限制你的自由，但是看高速公路是我觉得最能打发时间的事情了。有时候有人会来看咱们，特别是周末。活着的人会来我们的坟前哭，但从没有人来看我。至于咱们的邻居，他们都在这儿待得太久了，久到那些来看他们的人都已经入土了。如果可以的话，我甚至想说我们是这个社区的年轻人啦。希望有人会来看你，开始的时候总是有人来，后来等悲伤过去了，事情就不一样了。"

临终前漫长的昏迷中，安德鲁想过很多次死亡究竟是什么样子，甚至希望它能把自己从那些一直侵扰他的恶魔手中拯救出来。但是实际情况比他想的要糟糕得多。

"我也见过些事情，你知道的，"那人继续说道，"两个世纪，还有三场战争。是一场支气管炎把我送下来的，谁知道这种可笑的小病竟然会死人！你呢，你是怎么死的？"

安德鲁没有回答。

"好吧，反正我们也不着急。别累着了，我什么都听到了，"他的邻居还在继续，"你的葬礼还真来了不少人！你是被暗杀的，这还真是不一般。"

"是啊，相当特别，我同意。"安德鲁回答道。

"而且你还是被一个女人杀死的！"

"男人和女人，在这件事上也没有什么区别，不是吗？"

"我觉得不是。对了，你是不是没有孩子？我既没看到你太太，也没看到你的儿女。"

"是的，没有妻子也没有孩子。"

"你是单身？"

"不久前。"

"真是遗憾，但对那个她来说也许是好事。"

"我也这样认为。"

远处，有辆警车闪着灯开了过来，它前面的那辆旅行车停在了紧急停车道上。

"你看，这条高速公路上总是有新鲜事发生。它是从长岛到肯尼迪机场的。这些人总是匆匆忙忙，每次都要在这儿被警察拦下来。运气好的时候，也许会有人拒绝停车，警察就会一直追到那边转弯的地方。唉，这排橡树挡住了我们的视线，真是倒霉。"

"你是说我们不能离开自己的墓？"

"可以的，慢慢来，就可以离开。上个星期我已经能到那条小路的路口了，一下子就移动了六十英尺！整整训练了五十年呢！幸好最后见了成效，不然这些功夫可不都是白费了？"

"抱歉，我们还是过会儿再聊吧。我真的需要安静一下。"

"孩子，你愿意休息多久就休息多久吧，"阿诺德·克诺夫答道，"我明白的，而且也不着急。"

夜色里，他们就这样并排盘腿坐着。

过了一会儿，有车灯照亮了陵园的入口处，并循着小路朝着他们的位置一直向前。按理说，这个时间墓地的大门应当已经关上了，可是显然有人为这辆车开了门，阿诺德向安德鲁表示了自己的惊讶。

这辆栗色的旅行车停在了路旁，一个女人打开了车门，朝着他们走了过来。

安德鲁立刻认出了他的前妻瓦莱丽，她也是他一生的挚爱，只是他犯了一个出生以来最愚蠢的错误，才就此失去了她。这个教训让安德鲁明白人要为一时的迷失和一瞬的疯狂付出多大的代价。

瓦莱丽知道他有多么后悔吗？知不知道从她停止到医院探视他之后，他就彻底放弃了对抗死神？

瓦莱丽走到了墓前，一直保持着沉默。

看到她俯身在自己的墓前，安德鲁感到一阵安慰。河畔被暗杀后第一次感到温暖。

瓦莱丽来了，她就在那儿，这比什么都重要。

突然，她掀起了裙子，开始在安德鲁的墓碑上小解。

完毕之后，她整理了自己的衣服，大声说道：

"去死吧，安德鲁·斯迪曼！"

接着她就上了车子，像来时一样回去了。

"这个，我必须得说，这也很不一般！"阿诺德·克

"她真的在我的墓上小便了？"

"我不想改变某位诗人的名句来描述这个场景，了。我不是多嘴的人，可是你到底干了什么，让她半夜

安德鲁长长地叹了口气。

"我们结婚的那天晚上，我向她承认自己爱上了

"有你这个新邻居可真好，安德鲁·斯迪曼，你我感到之后应该能少无聊一点儿了，说不定还能不撒了谎，死后真是太没劲了。但死都死了，也没有们也只能认命了。我只是说说，不过我觉得她好像选择在新婚之夜和盘托出，我不是要教训你，只适的时机。"

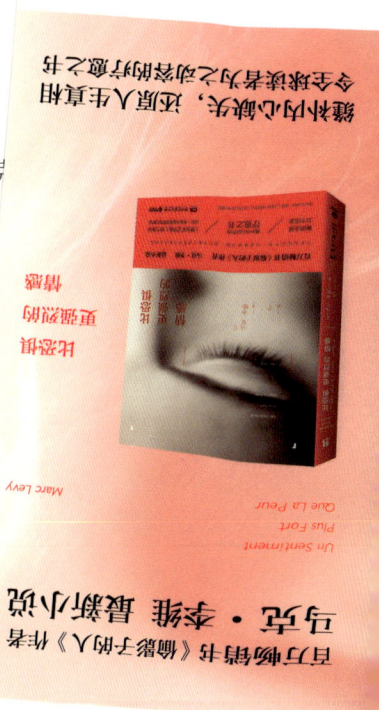

"我不擅长说谎。"安德鲁叹了口气。

"好吧，你曾经是记者？以后你可得给我讲讲，现在我要练习集中注意力了，我发誓要在这个世纪末移到那边的小树丛的。我受够了这些梧桐树了！"

"曾经是……"这个说法让安德鲁觉得心里的城防好像突然被一发炮弹击垮了。他曾经是记者，现在只是一具等待腐烂的尸体。

安德鲁觉得好像有种力量要把他拉回墓里，他挣扎了一下，但是无济于事，不由得叫了出来。

❄

西蒙走到了沙发旁，扯起了被子，推了推安德鲁。

"别发抖了，真是受不了！已经十点了，该去上班了！"

安德鲁深吸了一口气，好像一个溺水已久的人刚刚浮上水面。

"别再喝了，这样你夜里就不会有这么多梦，"西蒙边说边捡起地上一瓶空了的杰克·丹尼，"快起床穿衣服，不然我保证会把你赶出去，真不想再看见你这副德行。"

"好吧，"安德鲁坐起身来，"是你的沙发太难受了。你就不能准备间客房？"

"那你就不能回自己家？都出院三个月了。"

"快了，我向你保证。我真的不能晚上一个人。我以后不再喝酒就是了。"

"不要在我睡觉前喝！厨房里有咖啡。去上班吧，安德鲁，这样你能感觉好一点儿，而且你也就会做这一件事。"

"'总是最善良的人最早离开人世'……真的吗？你就不能找句别的话来结束给我的悼词？"

"看来要提醒你这只是发生在你这个混乱的脑袋里的事情。你的梦里当然是由你来编剧，而且，你的文笔也的确不怎么样。"

西蒙甩上了门，离开了家。

安德鲁走进了浴室，看了看自己的脸，觉得气色比前一天要好得多。但是走近镜子之后，他就不再这么认为了。他的眼睛看起来昏昏欲睡，胡楂儿更是盖住了半张脸。西蒙说得对，他也许又该到佩里街参加匿名酒友联谊会了。现在，还要象征性地出席一下今天的编务会，然后去市政图书馆。三个月了，他喜欢在那里度过白天。

坐在空旷的阅览室里，虽然四周一片寂静，他却觉得有人和他在一起。世上哪里还有这样的地方，让他既不用被他人的噪声打扰，又可以远离孤独？

安德鲁冲了个澡，换了身干净衣服，就离开了西蒙的公寓。他在星巴克稍坐了一会儿，边吃早餐边看报纸。看了看手表上的时间，他就直接进了报社的会议室，奥莉薇亚已经开始在总结当天的任务。

记者们纷纷起身离席。安德鲁立在门旁，奥莉薇亚示意让他等一会儿。会议室空了之后，她就走了过来。

"没人强迫你这么快就重新开始工作。但既然你回到了报社，就应当认真工作。编务会可是一定要出席的。"

"我不是出席了吗？"

"是，你是出席了，不过和缺席也没什么两样。三个月以来，你一行稿子也没有写。"

"我在构想下一个采访计划。"

"你现在完全放任自流，而且又开始酗酒了。"

"你凭什么这么说？"

"照照镜子吧。"

"我工作到很晚，开始进行一项新的调查。"

"很高兴听到你这么说。可以跟我讲一讲吗？"

"十八个月前在约翰内斯堡，有一位年轻女性先被强暴又被虐杀。警察根本没有逮捕嫌疑人的意思。"

"南非的一则社会新闻，这肯定会让我们的读者感兴趣。等你完成调查之后，一定要通知我，我给你预留头条。"

"这是讽刺吗？"

"当然是。"

"她是因为自身的性取向有异而被杀的。她唯一的罪行就是爱另一个女人。也是因为这个原因，那些明知道罪犯是谁的警察才会毫不作为，就好像只是一条流浪狗被车撞死一样。她的家人试图还她一个公道，但是相关部门却毫不关心，他们甚至还庆幸是一些道德上的保守主义者杀死了这位女性。她只有二十四岁。"

"很悲惨，但南非离我们很远，离我们读者的兴趣点就更远了。"

"上周，我们有一位出色的共和党议员在电视上宣称同性恋为乱伦，我们活在一个荒谬的世界，到处都是限制，我们的好市长甚至要限制我们在电影院里喝碳酸汽水。但是那些上位者所做的蠢事，却没人去阻止！应该通过一些法令，让他们的愚钝无知有个限度！"

"斯迪曼，你是准备要抨击政治吗？"

安德鲁恳请主编不要把他的话当成耳边风。那位议员的言论，远比一般意义上的辱骂要严重得多，因为它可能会引发严重的敌对情绪。他希望做一份调查，总结一下那些挑衅性的政治观点可能引发的暴力事件。

"现在你是否明白了我的意图？报道开篇可以讲述这位无辜女性的惨剧，南非官方的不作为，然后便可以切入我们这位议员先生的话，他讲话的意图和这些话在某些群体中可能引发的反应。如果安排得好，也许可以让共和党公开表示反对这个议员的这些言论，并在文章末尾处强迫该党表明其对同性恋问题的态度。"

"这个选题有很大的风险，也不是太清晰。不过如果它可以作为一个缓冲，让你之后可以做些更有意义的题目的话……"

"你觉得其他题目要比这桩二十四岁女性因同性恋倾向而被强暴并棒杀，尸体上满是伤痕的事件更有意义吗？"

"斯迪曼，我可没有这么说。"

安德鲁把手放在主编的肩上，微微向下用力，似乎希望这个动作能让她明白这个选题的严肃性。

"奥莉薇亚，答应我件事情吧。如果有一天我真的不在了，不要在我的葬礼上做任何发言。"

奥莉薇亚看着他，脸上满是不解。

"好吧，如果你希望这样的话，不过为什么？"

"'你牺牲在捍卫民主的前线，就如同军人牺牲在保家卫国的疆场。'不，我还活着呢。你真不该这么说。"

"你到底在说什么，斯迪曼？"

"没什么，答应我就好。别再讨论这个问题。哦，不对，还有件事，为什么是二号资料室？坦率地说，你就不能给我留间更干净的屋子吗？"

"安德鲁，不要继续待在我面前了。你在浪费我的时间，我也不明白你说了些什么胡话。干活儿去吧，我马上叫人给你订一张飞开普敦的机票，好让你快点儿消失。"

"是约翰内斯堡！以后你就不能说我不专心听你说话了！不过我倒是经常出神。"

安德鲁走进了电梯，回到了办公室。屋里还和他遇袭的那天一样乱。弗雷迪·奥尔森手里拿着填字游戏，咬着一根铅笔，靠在椅子上。

"知不知道有什么七个字母的词可以表示'回来'的意思？"

"那你知不知道我要怎么才能抽七下你的脸？"

"西村那边有个骑自行车的人被警察撞到了，"奥尔森说道，"他挡住了条子的路，条子就很不爽，让他出示证件，那伙计就反抗了一下，说真是世道颠倒了，警察就拷上他又把他扔到牢里。你想去看看这件事吗？"

"他怎么反抗的？"

"有人看到这个人因为不喜欢警察的语气，就给了警察一耳光。"

"这个骑自行车的人多大年纪？"

"八十五岁，警察三十岁。"

"这个城市总是能给我'惊喜'啊，"安德鲁叹了口气，"还是你去忙活这种闲事吧，我要去做真正的记者要做的事情。"

"是杯干波旁威士忌还是代基里？"

"奥尔森，想不想聊聊你的药瘾？你在我的葬礼上就像吸high（兴奋）了一样。"

"不知道你在说什么，但我很久没吸过了。我可是在你的病床前做过保证，如果你要是真死了，我就再也不碰那些玩意儿了。"

安德鲁没有回答。他抓起了信件和当天的晨报，就离开了办公室，准备去几个街区外的纽约市公立图书馆。

❀

走进阅览室的时候，安德鲁拿出了读者卡。工作人员低声问候了他。

"你好，亚辛。"安德鲁边说边向他伸出手。

"你今天有预约书吗？"亚辛边说边浏览面前电脑上的预约记录。

"我带了信和报纸，这就是所有我要用的东西。我今天来就是想让自己什么都不做。"

亚辛转向安德鲁常坐的桌子。

"你有邻居了。"他继续小声说道。

"我们之前不是说好了吗？"

"抱歉，斯迪曼先生，但是现在有很多人在预约座位，阅览室已经满了，我们甚至要拒绝一些读者。我不能让这个位置一直空着。"

"她来了很久了？"

"不知道。"

"漂亮吗？"

"还不错。"

"她叫什么名字？"

"你知道我们不能透露读者私人信息的。"

"连我都不能知道吗，亚辛？"

"斯迪曼先生，你后面还排着其他人，请你先去位置上坐下吧。"

安德鲁配合地穿过了阅览室，恶作剧式地加重脚步。他大声拖出椅子，一屁股坐下去，打开了报纸。

翻页的时候，他故意把纸抖得哗哗响。但邻座却连头都没有抬。他只好放弃了，想要认真读读报纸上的文章。

但他怎么也不能集中注意力，就放下了报纸，开始观察在他对面认真看书的那位年轻女士。

她的发型和相貌都很像珍·茜宝。她盯着眼前的书，目光随着书页上的食指移动，有时还在笔记本上记些东西。安德鲁很少见到如此专注的人。

"我猜，这本书应该有好几卷吧？"安德鲁问道。

女人抬起头来。

"我不知道你正在读什么，但似乎非常有趣。"他继续说道。

对面的女士挑了挑眉毛，露出不悦的神色，又继续看起书来。

安德鲁盯着她看了一瞬，但他还没来得及说什么，女邻座就已经合上本子，离开了座位。她向入口的管理员交还了图书，就走出了阅览室。

安德鲁也站了起来，快步朝亚辛走去。

"斯迪曼先生，你要找书吗？"

"我要这一本。"安德鲁指着书架上刚才那位女士还的书说。

亚辛取出了那本书。

"我得先办还书手续，然后才能再开新的借书单。你应当一直都知道我们的流程吧？请回到座位上，我们一会儿给你送过去。"

安德鲁接下来的举动让图书管理员明白他的热情已经不受控制了。

他冲出了图书馆，惊讶地发现自己竟在坐在门前阶梯上的人群中寻找那位邻座的身影。然后他耸了耸肩，决定走一走。

✳

第二天，安德鲁又像往常一样，在上午十点左右来到了阅览室。面前的椅子上并没有人。他向各处扫视了一下，然后就认命地翻开了报纸。

午饭的时候，他去了咖啡馆。他一直寻找的邻座正在收银台旁等待付款，餐盘就放在冷柜的推拉门上。安德鲁从冷柜的某个隔板上随便抓了一块三明治，也加入了交款的队伍。

过了一会儿，安德鲁在隔她三个位置的地方坐下，看着她吃午饭。吞咽两口苹果派的间隙，她还在笔记上写了什么，周围的一切似乎都干扰不到她。

安德鲁对她的专注极为叹服。她的注意力总是定时在笔记本和苹果派问游移。安德鲁也注意到了昨天就发现的一个细节。她总是用左手食指来辅助阅读，也用同一只手来记笔记，右手却总是藏在桌面下方。安

０５３

德鲁终于走过去问她在隐藏什么。

她抬起头，看了看四周，朝安德鲁笑了一下，就把餐盘里剩下的东西倒到垃圾桶里，然后走进了阅览室。

安德鲁也扔掉了他的三明治，跟着她走了进去。他坐下来，打开了报纸。

"希望是今天的报纸。"那女人低声说。

"对不起，你刚才说什么？"

"你也太不专心了。我只是说希望至少这是今天的报纸。既然你不是来看书的，那么就实话实说吧。你想怎么样？"

"我不想怎么样，也不是对你有兴趣，我只是自己在思考。"安德鲁极力掩饰着尴尬，结结巴巴地说。

"我在研究印度历史，你有兴趣吗？"

"你是历史教师？"

"不是。那你呢，警察？"

"也不是，我是记者。"

"财经记者？"

"你为什么这么想？"

"你的手表。在这个行当里，你是我见过的唯一一个买得起这种表的人。"

"这是妻子送我的礼物，哦，应该是前妻。"

"她对你是认真的。"

"是，是我对她不够认真。"

"我可以看书了吗？"女人问道。

"当然可以，"安德鲁回答道，"我本没想打断你。"

女人感谢了他，又埋首于书本。

"我是新闻记者。"安德鲁进一步解释道。

"我不想太唐突，"年轻女士回答道，"但是我更想专心做手上的事情。"

"为什么研究印度？"

"我打算去一次那里。"

"度假？"

"你不会让我安静的，是吗？"她叹了口气。

"不是这样的，好，我保证不会再说话了。从现在开始，一个字都不说。要是再说话，我就下地狱。"

安德鲁没有食言。整个下午他一言未发，闭馆前一个小时那位女士离开图书馆时，他甚至没来得及跟她打声招呼。

走的时候，安德鲁抓起别人刚放下的一本书，在封面下塞了二十美元，又把书递给了管理员。

"我只想知道她的名字。"

"贝克。"亚辛把书抓到身前，低声回答道。

安德鲁又把手伸进牛仔裤的口袋里，拿出一张印着杰弗逊的纸钞，塞进手边的一本书里，递给亚辛。

"地址呢？"

"莫顿街65号。"亚辛取出钱，轻声说道。

安德鲁离开了图书馆。第五大道的人行道上挤满了人。这个时间，很难找到一辆中途停下载客的出租车。他看到那位女士在 42 号街的路口处招着手，想引起某个司机的注意。一辆私家车停在她的身边，问她要不要搭车。安德鲁的位置正好能听到她和司机讨价还价的全过程。接着她就上了那辆黑色丰田花冠的后座，车子开进了车流中。

安德鲁一直跑到第六大道，钻进了地铁里，坐上了 D 线。十五分钟后，他出现在了 4 号西大街的地铁站。他从那儿走到了亨利耶特·哈得孙酒吧，那儿的酒单他很熟悉。叫了一杯干姜水，他就坐在了临街橱窗后的圆凳上。看着莫顿街和哈得孙街的交叉口，他开始思索为什么自己会认定那个女人离开图书馆后就会直接回家，还有自己到底为什么会来这里，做这件毫无意义的事。想了一会儿之后，他发现最大的问题就是如何说服自己继续干这件事。安德鲁干脆付了账，去找西蒙，这个时候他也应该从车行回去了。

❋

车行的卷帘门已经关上了。安德鲁沿着路往前走，看到了西蒙的背影。街旁不远处停着一辆斯蒂庞克，西蒙正弯腰站在车的引擎盖下面。

"你来得真是时候，"西蒙说，"这车发动不起来。我一个人又没法把它推进车库，想想要一夜都把它留在外头，我真是头都大了。"

"伙计，你的烦心事真是有趣。"

"这是我糊口的本钱，我当然在意了。"

"这辆车你还没卖出去？"

"已经卖出去了，就卖给了之前跟我买那辆 1950 年款奥兹莫比尔的收藏家。我们这行就是这样留住熟客的。你能帮下忙吗？"

安德鲁在那辆斯蒂庞克的车尾把车往前推，西蒙则通过半开的窗户把手伸进去控制方向盘。

"这车怎么了？"安德鲁问道。

"不知道，明天修理师会过来。"

放好车之后，他们去了"玛丽烹鱼"吃晚饭。

"我要开始工作了。"沉默了一会儿，安德鲁说道。

"你早该这样了。"

"我要回家住。"

"没人逼你。"

"你就在催我。"

安德鲁跟侍应生点了餐。

"你有她的消息吗？"

"谁的？"西蒙回答道。

"你知道是谁。"

"没有，我没她的消息，再说我为什么要有呢？"

"不知道，我只是希望你有。"

"你还是放手吧，她不会回来的。你伤她太重了。"

"一个喝醉的晚上，一次愚蠢的坦白。你不觉得我已经受到应有的惩罚了吗？"

"跟我说可没用，你得把这些话告诉她。"

"她搬家了。"

"我不知道，但是你是怎么知道的，既然你没她的消息？"

"我有时会从她家楼下路过。"

"就是偶然经过？"

"是，偶尔。"

安德鲁透过餐厅的橱窗，看着街对面自己公寓黑漆漆的窗子。

"我控制不住自己，那种愿望太强烈了。有些地方总能让我想起什么。和她在一起的时光是我一生中最幸福的时候。我走到她的窗下，坐在长椅上，就想起了以前。有的时候，我看见我们俩在夜里就像幽灵一样冲进公寓楼，手里拎着在街角杂货店采购的东西。我能听见她的笑声、她的玩笑话。我看着那个街角，以前她为了找钥匙，经过那儿的时候手里总是有东西掉在地上。有的时候，我就离开长椅，就好像要找回那种感觉，觉得楼门说不定就又打开了，生活又重新来一遍。这样是很傻，可是我真的要为这事发疯了。"

"你经常这样做吗？"

"你的鱼肉好吃吗？"安德鲁把叉子伸进了西蒙的盘里。

"你一星期要去她楼下几次，安德鲁？"

"还是我的更好吃一点儿，你没点对。"

"你不能再这样感慨命运了。你们之间没有结果，是很让人伤心，但这又不是世界末日。你还有之后的人生。"

"我是听过一些废话，但'你还有之后的人生'绝对是里面最没用的了。"

"你刚跟我说了这些，现在又来教训我？"

然后西蒙就问他白天做了些什么，安德鲁为了让他不再提刚才的事，跟他说今天在图书馆认识了一个女人。

"只要你没跑去她家楼下监视她，这就是好消息。"

"我在那条街拐角的酒吧待了一会儿。"

"你干什么了？"

"我已经告诉你了，不是你想的那样。这个女人身上有某种吸引我的东西，我不知道是什么。"

安德鲁付了账。查尔斯街上空无一人，一个老人牵着他的拉布拉多犬，狗和主人一样都一跛一跛的。

"真是奇怪，狗和主人竟然如此相似。"西蒙感叹道。

"是啊，你该买只柯基犬。走吧，回去了，这是我在你那个破沙发上度过的最后一个晚上了。明天我就走，就这么说定了。而且我也向你保证，以后不再去瓦莱丽窗下等着。不管怎样，她也走了。你知道每次一想到她也许和另一个男人住到了一起，我就想给自己个痛快。"

"但是你也只能期望她会这样了，不是吗？"

"我只要一想到她会把心事说给别人听、照顾他、问他今天过得怎么样、和他过我们之前的生活……我做不到。"

"你的嫉妒用错了地方，你不应该在心里这样对她。"

"你知道你的这些教训有多烦人吗？"

"也许吧，不过需要有人对你进行道德教育，看看你现在的样子。"

"好吧，但是西蒙，不要是你，千万别是你。"

"首先，没人能证明她现在和别人在一起了，更没人告诉你她和那个人过得很快乐。我们可以找个人来排解孤独，可以和某个人一起过日子，来消化上一段感情，可也许对之前的人的记忆一直存在。我们跟一个人说话，也许听到的是另一个人的声音，看着说话人的眼睛，其实心里看的却是另外一个人。"

"你看，西蒙，这才是我要听的。你是怎么知道这些事的？"

"笨蛋，因为我经历过。"

"和一个女人在一起，心里却想着另一个。"

"不是，是和一个心里装着别人的女人在一起，充当替身演员。人一旦爱上了什么人，就会特别痛苦。其实人们心里明白，但是他们往往假装一无所知，直到有一天实在无法忍受，或者那个人把你赶到门外。"

夜晚的空气越来越冷了，西蒙打了个寒战，安德鲁揽住了他的肩。

"我们两个人住一起挺好的，"西蒙吸着气说，"明天，要是你还没准备好，就别强迫自己了。有时候我也可以睡睡沙发，你来住我的房间。"

"伙计，我知道的，我明白，但是我能行，我很确定。不过既然这么说了，我就同意今晚睡你房间了。这可是你说的！"

说完，他们就在一片寂静中，走向了西蒙的公寓。

❉

一个男人背靠在车上，拿着一本旅游导览，似乎在等待什么。等到三层的住户出门遛狗之后，他就扔掉了手上的书，顺着没关上的大门溜了进去。

他上到最高的一层，耐心等到楼道里的脚步声消失，还确认了一眼电梯里是否有人。走到 6B 公寓的门前，他拿出一套开锁钩，开始撬门。

这套转角处的公寓有六个窗户。窗帘已经拉了下来，不会有人从街对面看到他。他确认了手表上的时间，就开始干活儿。他划破了沙发的坐垫和靠背，掀翻了地毯，扯下了墙上的相框。把客厅弄得一塌糊涂之后，他又走进卧室翻找。床上的物品都遭遇了和沙发相同的命运，然后就轮到了浴室门口的扶手椅，衣柜里的衣服全都掉在了破掉的床垫上。

听到楼梯间传来了阵阵脚步声，他就立刻回到了客厅，抓紧口袋里的刀柄，屏住呼吸，把身体贴在墙上。门外，有一个声音在叫门。

男人缓缓地掏出了武器，努力让自己处于冷静的状态。声音消失了，可是门外的呼吸声还在。最后，呼吸声消失了，脚步逐渐远去。

一切又恢复了寂静，但他认为要是还走公寓内部的楼梯显然有些危险。刚才那个人显然怀疑屋里有人，说不定已经报了警。警察署就在几条街以外，楼下定时也会有人巡逻。

他等了一会儿，就离开了房间。男人翻过走廊尽头半掩的窗户，跳到了楼体外侧的救生梯上。现在是十二月，旁边的树木并没有什么枝叶，如果他顺着这个楼梯一直走到楼下，一定会被人看见。下到下一层，他就跨过了栏杆，爬上了旁边那幢楼的楼梯。他看了看五层的窗户，然后用肘部打碎了玻璃。窗户插销很容易就拉开了，窗框也不难取下，他就钻进了隔壁那座公寓，从那里回到了街上，中间没被任何人撞见。

✳

邻座到来之后，安德鲁强忍着没有跟她说一句话。只是她在坐下前跟安德鲁示意了一下。两个小时，他们都只是在看书。

苏茜·贝克的手机在桌上振动了一会儿，她看了看刚来的短信，低低地骂了一句什么。

"有什么事情吗？"安德鲁终于问道。

"好像是。"苏茜·贝克看着他的眼睛，回答道。

"需要帮忙吗？"

"应该用不到，除非你之前跟我说你不是警察的时候撒谎了。"她站起身说。

"我不会说谎，或者说我说谎的技术很烂。出什么事情了？"

"我公寓的门半开着，房屋管理员觉得里面有人。但是他没敢进去，就问我是不是在家。"

"但你不在家啊。"安德鲁说道，心里却立刻懊恼自己怎么说了句这么蠢的话。

苏茜点了点头，朝出口走去，把书落在了桌上。

安德鲁拿起书跟在她后面。一张便笺从书里滑了出来，掉在地上。他捡起便笺，把书放在亚辛面前的桌上，就加快脚步走了出去。等他走到门前的广场时，正好看到苏茜·贝克上了一辆出租车。

"白痴，现在你又要干什么？"安德鲁暗自咒骂自己。

第五大道上车流拥堵，一辆辆车都首尾相接，向前缓缓移动。安德鲁相信第七和第八大道上的交通也不会更顺畅。不过只要搭地铁，应该还是可以比她先到。

"又做了一件蠢事！"他一边走下地铁站一边想道。

走出 4 号西大街的地铁站后，他一直都在想如何向苏茜解释自己通过何种方法找到了她的地址，却一点儿想法都没有。

走到苏茜公寓楼下，他正好看到苏茜从的士上下来。他什么都没有想，一声"小姐"就冲口而出，苏茜转过身来。

"你在这儿做什么？"

"你忘记还书了，我替你交给了管理员。出来的时候就看到你上了出租车。想到你要一个人面对抢匪，我很替你担心。当然，这个想法很蠢，你肯定已经报了警。但楼前并没有警车，我就想应该是虚惊一场，警察已经离开了。我也走了。再见小姐。"安德鲁边说边要转身离开。

"你怎么会有我的地址？"苏茜在他身后大声问道。

安德鲁转过身来。

"我跳上一辆的士，给了司机一点儿小费，让他跟着你。我是跟你一块儿到的。"

"如果按刚刚出租车的速度，你本可以走上我的车和我一起回来的。"

"我也这么想过，可是没敢这么做。"

苏茜·贝克看着她面前的男人。

"我没有报警。"她突然说。

"那房屋管理员呢？"

"我给他回短信说自己刚才在洗澡，应该是没有关好门。"

"为什么要撒这个谎？"

"我才刚在这里住下来，是之前的房客偷偷转租给我的，中间的手续不是很正规。其实这个"这前的房客"是我一个朋友，她要去欧洲待几个月。要是发生点儿什么事，我每周给她塞的那点儿钱恐怕就不能让她继续保守秘密了。我不能被赶到大街上去，你知道在纽约找个安身之处有多难吗？"

"我知道。"

苏茜迟疑了一下。

"你愿意跟我一起上去吗？不瞒你说，我心里的确是有些怕。但没人强迫你这样做，我不想让你冒险。"

"我不认为有什么险要冒。如果门被撬开了，那抢匪应该很早前就离开了。既然我已经来了，那就得做点儿什么。走吧，"他拉起苏茜的手臂，"我先进去。"

安德鲁看了看客厅的情况，然后就让苏茜在走廊里等他。他观察着四周，掏出了出院后购买的那把小型瓦尔特手枪。

五个月前，他还把那些随身携带武器的人当作傻瓜。但是上次的袭击让他几乎在救护车里流干了血，还在病床上躺了两个月。从那之后他就觉得在上衣口袋里装把枪是有必要的，毕竟要杀他的人仍然在逃。

他走进苏茜的公寓，踢开了卧室的门。

看到眼前的场景，他就想到要是苏茜看到她的"安身之处"被翻成了这个样子，一定会大吃一惊，最好一会儿陪着她一起进来。他转过身去，被身后的苏茜吓了一跳。

"我跟你说让你在外面等着的。"

"我可不是容易服从的人。你能把这个东西收起来吗？"苏茜看着他手里的枪。

"当然可以。"安德鲁回答道,尴尬地拿着枪站在那里。

"他们还真是干得不错,"苏茜叹了口气,"房间都被翻成什么样子了!"

她弯下腰,开始捡地上散落的东西,安德鲁在后面看着她,不知道自己该做些什么。

"可以吗?"他一边捡起一件套头衫,一边问道。

"可以,把这个扔在床上吧,我回头整理。"

"你不检查一下看看有没有少什么东西?"

"我也没什么可偷的。没有钱也没有首饰,我不戴这些。你可以去厨房给我们拿点儿喝的东西吗?我也可以把一些个人物品放起来。"她一边示意安德鲁踩到了她的一件内衣,一边说道。

"没问题。"安德鲁回答。

他过了一会儿才回来,拿来了一杯水,苏茜一口就把它喝掉了。

"看来造访你公寓的人既不打算偷钱也不打算偷首饰。"

"为什么这么说?"

"抢匪没有进厨房。大部分人会把值钱的东西放在易拉罐里,谷物早餐下方或者是冰块后面的塑料袋里。"

"也许他被管理员吓到了。"

"那他也可以从厨房开始翻,而且,他为什么要划破你的沙发和床垫?现在人们早就不会把金条缝在垫子里了,也没有女人会把戒指和项链藏在那儿,这样要是晚间外出可不太方便。"

"你难道也是个抢匪?"

"我是记者，我们这一行的人对什么都感兴趣。但是我对刚刚说的话很有信心。房间里的状况看起来不像入室盗窃。他把屋里翻得乱七八糟，应该是在找某样东西。"

"那他应该是走错了门，或者就是进错了楼。这条街上所有的楼房看起来都差不多。"

"看来得给你的朋友买新的沙发和床了。"

"幸好她不会很快回来。鉴于我目前的财务情况，恐怕要等一段时间了。"

"我知道唐人街那边有家店的家具很便宜。如果需要的话，我可以开车送你过去。"

"非常感谢，"苏茜继续整理着物品，"现在不需要你的帮助了，我想你应该还有事情。"

"没什么要紧的。"

苏茜一直背朝着安德鲁，她的平静与镇定让他很惊讶，但也许她是一个不愿让情感外露的人。她有她的骄傲。如果是安德鲁遭遇了类似的情况，他也许会有同样的反应。

安德鲁走到客厅，捡起了地上的相框。他试着辨认墙上的痕迹，想把它们一一挂回原处。

"这些相片是你的还是你朋友的？"

"是我的。"苏茜在隔壁房里喊道。

"你是登山运动员？"安德鲁注视着一张黑白照片，"攀在岩壁上的是你吗？"

"是我。"苏茜回答道。

"你真勇敢，我站在凳子上都会恐高。"

"高度是可以适应的，这只是训练的问题。"

安德鲁又拿起另一个相框，照片上，苏茜同沙米尔站在一块山石下面。

"你旁边的这个人是谁？"

"我的向导。"

但是安德鲁注意到，在另外一张照片上，这个向导正紧紧地搂着苏茜。

苏茜收拾房间的时候，安德鲁则试图让客厅看起来整洁一些。他走回厨房，打开抽屉，从里面找到了一卷用来封存纸箱的胶带。他用它贴了一下沙发的坐垫，然后就起身欣赏自己的劳动成果。

苏茜走到了他的身后。

"看起来不太美观，但是坐下的时候就不用担心陷下去了。"

"我可以请你吃午饭来表示一下谢意吗？"

"你的财务状况呢？"

"我至少要给你买份沙拉。"

"我讨厌所有绿色的东西。走吧，我请你吃份牛排，你需要休息一下。"

"我是素食主义者。"

"看来没有完美的事情，"安德鲁惋惜地说，"我知道附近有家不错的意大利餐馆。意大利面总是素的吧？"

弗兰基餐厅的侍应生问候了安德鲁，请他选一个座位。

"你是这儿的常客？"

"贝克小姐，你是做什么工作的？"

"研究工作。"

"什么类型的研究？"

"如果详细地说，你一定会觉得很无聊。你呢，你是什么类型的记者？"

"一个总是忙着在别人的事情里发掘新闻点的时事记者。"

"你最近有没有发表过什么我可能读过的文章？"

"我三个月没有写东西了。"

"为什么？"

"这是个很复杂的故事，也会让你很无聊的。那个照片上的男人应该不是你的向导吧？"

苏茜注视着安德鲁的脸，希望能从络腮胡下辨别出他五官的轮廓。

"你不留胡子的时候是什么样子的？"

"和现在不一样。你不喜欢我留胡子？"

"不知道，我从来没有想过这个问题。"

"吃东西的时候的确不太方便，但是早晨可以省很多时间。"安德鲁用手摸着自己的脸。

"沙米尔曾经是我的丈夫。"

"你也离婚了？"

"他去世了。"

"抱歉，我经常问些不够谨慎的问题。"

"没有，这个问题没有什么不妥的。"

"不，恐怕还是不够礼貌。怎么会这样？我是指你丈夫的过世。"

"沙米尔的离开让人很难接受，直到现在我都没有恢复过来，但是你刚刚不是才说过要谨慎一点儿吗？看来你在这个方面很笨拙，我喜欢这样的人。你呢，之前的婚姻为什么会结束？"

"我的婚姻恐怕应该算最短的了。中午注册，晚上八点就分开了。"

"我比你厉害。我的婚姻只持续了不到一分钟。"

安德鲁的眼中露出不解的神色。

"我们刚刚交换过誓言，沙米尔就去世了。"

"他病得很重？"

"当时我们悬在半空。他割断了挂在我身上的绳子，好让我能活下来。如果你不介意的话，我们还是换个话题吧。"

安德鲁又把视线放在了面前的餐盘上。他沉默了一会儿，又抬起头说道：

"不要误会我的意思，但我有个建议。今晚你肯定不能住在自己家里了，至少在安上新锁之前恐怕不可以。窃匪还可能会回来。我在附近有个小小的公寓，但是我现在不住在那里。我可以把钥匙给你，这三个月我一直住在朋友家里，多住几天也没什么关系。"

"你为什么不住在自己家？"

"我害怕幽灵。"

"你请我住在闹鬼的公寓里？"

"我前妻的幽灵只会出现在我的脑袋里，不要害怕。"

"你为什么要这样帮我？"

"其实也是为了我自己，如果你能答应，也算是帮了我一个忙。而且，也不过是几天而已，等到……"

"等到我换了锁，买一个新床垫。好的，"苏茜说，"我之前没有想过，不过既然你提起了这件事，住在自己家的确是让我有些害怕。谢谢你的好意，就两天，不会更久，我向你保证。不过这顿午饭至少要我来请吧。"

"如果你坚持的话。"安德鲁回答道。

午饭之后，他陪苏茜一直走到公寓楼下，把钥匙交给了她。

"在三层。应该还算干净，家政人员定期会来打扫，而且房子很长时间都没有人住，她的工作量应该也不算很大。热水的话要放一段时间才有，但是水热了之后会很烫，要小心一点儿。门口的衣橱里有毛巾。请自便吧，就像在自己家一样。"

"你不带我上去参观一下？"

"算了吧，我不打算上去。"

安德鲁向苏茜道了别。

"可以给我你的手机号吗？好把钥匙还给你……"

"在图书馆还我吧，我每天都去。"

❄

苏茜仔细地看了看安德鲁的公寓，觉得它很温馨。她在壁炉上方的相框里看到了瓦莱丽的照片。

"是你让他变成这个样子？多么愚蠢的决定，我倒希望能跟你换一换。也许我会把他还给你的，但是要过一段时间了，现在我需要他。"

苏茜把相框反面冲外放好，然后就去参观卧室。

下午的时候，苏茜回到自己的房子去取东西。

进门之后，她就脱下大衣，打开了灯，眼前突然出现了一个男人，把她吓了一跳。

"我说的是'把房间弄乱'，可不是把所有的东西都搞坏！"苏茜关上门，说道。

"他把钥匙给你了。看来你成功吸引到了他的注意力，你应该谢谢我。"

"你跟踪我？"

"只是出于好奇。很少有人找我帮忙是为了偷自己的家，所以我肯定要问些问题的。"

苏茜走进厨房。她打开壁橱，抓起架子上的一包谷物早餐，从底下拿出一沓钞票，然后回到了客厅。

"六万美金，之前你借我的钱还剩这么多，你可以数一数。"她边说边把钱递给那个男人。

"你想从他身上得到什么？"阿诺德·克诺夫问道。

"我不会告诉你，我们之前说好的。"

"我们的合约结束了。我已经做了你要求的事情。最近这几天，我在图书馆坐着的时间比之前一辈子在那儿待的都要多，虽然我一直在看一本不错的书。如果不是出于对你外祖父的尊重，我是不会在退休后再参与到这些事情中来的。"

"这不是尊重的原因，而是还债的问题，他救过你多少次？"

"贝克小姐，有很多事情你都不知道。"

"我还是小姑娘的时候，你一直叫我苏茜。"

"但是你长大了。"

"阿诺德，拜托，在你的行业里大家都什么时候退休？不要跟我说，你是因为天天在花园里摆弄花草，才显得这么年轻。"

阿诺德·克诺夫把视线移向天花板。

"为什么选他，而不是别人？"

"他是个称职的记者，我喜欢这样的人，而且我一直都相信自己的直觉。"

"原因肯定不是这么简单。因为他曾经与死亡擦肩而过，这会让他的心态和之前很不一样，你就可以对此加以利用。"

"不，不完全是这样的。是因为虽然受到死亡的威胁，可他还是把调查进行到底了，这是个不会放弃的人。他会重新振作的，这只是时间问题。对他来说，真相就和毒品一样让人上瘾，我们是一类人。"

"我不了解他，也什么都不知道，你说的也许是对的。但是苏茜，你高估了自己的能力。你总是执着于你的调查，这已经让你付出了很多代价。总有一天你也会受到伤害的。你没有忘记之前被你牵连进来的人遭遇了什么吧？"

"阿诺德，离开我的公寓。你已经拿到了钱，我们两清了。"

"我答应你外祖父要照看你的。恐怕直到我离开人世那天我们才会两清了。再见，苏茜。"

阿诺德·克诺夫走出了屋子。

※

第二天早晨，安德鲁准时出席了编务会。他甚至还记了笔记，而奥莉薇亚把这一切都看在了眼里。

散会的时候，她和安德鲁走进了同一部电梯。

"你在忙某项采访计划吗，斯迪曼？"

"抱歉，我没有明白你的意思。"

"刚刚在会议上，我看到了一位久违的同事。"

"是吗？那太好了，你指的是谁？"

"你在调查什么？不要跟我重复那个南非的事情，我不会相信的。"

"我想好的时候会告诉你的。"安德鲁回答道。

电梯门开了。安德鲁走向办公室的方向，但是在奥莉薇亚走远之后，他立刻从逃生梯返回了地下一层。

整个上午他都待在档案室里。他找到了一个在德克斯特做公证员的苏茜·贝克，一个在弗吉尼亚州詹姆斯·麦迪逊大学担任心理学教师的苏茜·贝克，一个叫苏茜·贝克的画家，一个叫苏茜·贝克的瑜伽教练，一个在沃里克大学负责行政事务的苏茜·贝克，还有二十几个同名的人。但是在尝试过所有的搜索引擎后，他完全找不到任何关于这个在图书馆偶遇的苏茜·贝克的信息。这比找到了什么不寻常的信息更让他震惊。在这个社交网站如影随形的时代，一个人要想不在网上留下任何痕迹，几乎是不可能的。

安德鲁想给某位做警察的朋友打个电话，但他随即想到苏茜的公寓是朋友转租的。用电和天然气的账单都不会是她的名字。没有更具体的信息，恐怕朋友也找不到什么。这个拿着他公寓钥匙的苏茜·贝克完全隐身在一片迷雾中，雾中好像有什么不对劲儿的东西。安德鲁知道一旦有了这种感觉，他一般都不会搞错。

他有一个中学同学在税务部门工作。他拨了个电话，得知莫顿街65号的6B公寓是一家挪威公司的产业。看来这就是苏茜那个在欧洲的朋友的真面目。安德鲁起身活动了一下筋骨，继续思考着这些事情。

"你到底是谁，苏茜·贝克？"他一面自言自语，一面重新在电脑前坐了下来。

他在搜索框里输入了"勃朗峰事故"，看到了在这座山峰上发生过的一系列惨剧。

有一家法国的日报网站给出的链接提到去年一月，搜救队在4600米的高度发现了一个困在风雪里整整两夜的登山者。这位幸存者身上多处冻伤，还出现了低体温的症状，被送到夏蒙尼镇的医疗中心治疗。安德鲁看了一眼墙上的钟，纽约时间上午11点，那法国应当是17点。他在电话里等了很久，《多菲内日报》的编辑才接听了电话，但安德鲁实在无法理解对方说了些什么，虽然他已经在很尽力地用英语解释。安德鲁又拨了一个电话，打给了夏蒙尼镇的医疗中心，介绍了自己《纽约时报》记者的身份，要求与其负责人通话。对方请他稍等，询问了他的号码并随即挂断了电话。安德鲁暗想恐怕不会有人回复，已做好了下一轮电话"骚扰"的准备，却没想到二十分钟后，铃声响了起来。是医疗中心的负责人埃德加·阿杜安打来的，想要知道安德鲁联系他们的原因。

安德鲁提起了苏茜·贝克，声称自己要做一份关于美国游客在欧接受医疗服务的调查。负责人却已想不起这个病人。他解释说这是因为医院救治过很多受伤的登山者，并承诺安德鲁会去查阅资料，明天给他回电。

挂断电话之后，安德鲁去了图书馆。

※

苏茜走进阅览室，发现邻桌的位子上空无一人。她将借来的书放在桌子上，就去了旁边的咖啡馆。安德鲁正坐在靠窗的座位上，边看报纸边喝咖啡。

"阅览室里不可以喝东西，可今天早晨我需要一点儿咖啡因。"

"没睡好？"

"是啊，在床上睡的，而我已经不习惯了。你呢？"

"你的床很舒服。"

"你的右手总是藏在口袋里，是拿着什么东西吗？"

"我是左撇子，右手很少用到。"

苏茜明显犹豫了一下。

"更准确地说是因为它已经没什么用处了，"她掏出了右手，食指和中指从第二指节起都已经被截掉了。

"因为和人打赌？"安德鲁问道。

"不是，"苏茜笑着回答，"是冻伤。奇怪的是，虽然坏死的部分已经去除了，可我还是觉得痛。有的时候疼痛感还会特别清晰。也许过几年就会好吧。"

"怎么会这样？"

"去年冬天，我们去爬勃朗峰，结果掉进了冰隙。"

"你的丈夫就是在这次登山中自杀的？"

"他没有自杀，是我害死了他。"

安德鲁被苏茜的坦白吓了一跳。

"是我的大意和固执杀死了他。"

"他是你的向导，应该由他来评估风险。"

"他警告过我，但是我没有听他的话，而是坚持继续爬，他一直跟着我。"

"我能理解你的感受，因为我也要为一个人的死亡负责。"

"谁？"

"一个因为我的调查却横死的人。我在路上放了些废钢筋，想扎破轮胎好逼车子停下来。没想到汽车发生了侧滑，撞死了一个行人。"

"调查的时候，你总不可能什么都预见到！"苏茜叹息道。

"很奇怪，我从没告诉过任何人这件事情，连我最好的朋友也没有说起过。"

"那为什么要告诉我？"

"为了说明世事难料，灾祸总是会发生。你为什么会在冬季去爬勃朗峰？我对登山一无所知，可我想这也许不是什么合适的季节。"

"那是个纪念日。"

"你们要纪念什么？"

"一起发生在土尔纳峰的坠机事故。"

"你纪念的事情真是有趣。"

"我也向你说出了心里的隐秘，我说的比我想说的更多。"

"如果你是想以此激我说更多的话，那么你成功了。"

"不，我完全没有这么想，"苏茜回答道，"这个话题到此为止吧，我们聊点儿别的。这样你就还是那位愿意把公寓钥匙交给我的绅士。"

"你说得对，不管怎样，这些事情也和我没什么关系。"

"抱歉，我不应该这么粗鲁的。"

"那你为什么会跑到 4600 米高的地方去纪念一起坠机事故？机上有你的家人？你想同他告别？"

"和你说的差不多。"苏茜回答道。

"我可以理解。让某位亲人的尸骨流落在外，是很痛苦的。但是为了这种事情，失去了自己的丈夫，这的确是件残酷的事。"

"大山是残酷的，生活也是如此，不是吗？"

"贝克小姐，关于我，你都知道些什么？"

"你是《纽约时报》的记者，你昨天告诉我的。"

"就这些？"

"你离婚了，并且有酗酒的毛病，但你没告诉我这二者之间有没有关系。"

"对，我没有告诉你。"

"我的母亲也有同样的问题，我在一百米外就能看出这人是不是酒鬼。"

"这么长的距离？"

"是的，作为酗酒者的女儿，我童年时有很多不愉快的回忆。"

"我之前有很长一段时间已经戒酒了，但是又重新开始了，然后……"

"……然后你又戒了，接着你又重新投入了酒精的怀抱。"

"你的用词很准确。"

"很多人都认为我说话太过刻薄。"

"他们错了。我喜欢直接的人。"安德鲁回答道。

"你是直接的人吗？"

"我认为是。但我还有工作，你也还有事情要做。我们明天见吧。"

"好的，明天我把钥匙还给你。我听取了你的建议，拿出所有积蓄去那家店买了一张新的床。"

"门锁有没有换？"

"有什么可换的，如果有人真想要破门而入，新锁旧锁差别不大。斯迪曼先生，我回阅览室了，明天见。"

苏茜站起身来，端走了自己的餐盘。安德鲁目送她离开，暗自决定要查清这个女人身上的谜团。

他随后也离开了咖啡馆，叫了一辆的士，来到了莫顿街65号。

✳

他摁了每一户人家的电铃，最后终于有人给他开了门。在二层的走廊里遇到了一个女住户，他很自然地向她解释自己是给贝克小姐送信的。来到6B公寓的门前，他只是用肩撞了一下就打开了门，走了进去。他端详着周围的摆设，走到办公桌旁边，开始翻动抽屉里的物件。

　　里面只有几支笔和一个记事本，其中第一页写着一串意义不明的数字。第二页上有些印下的笔迹，应该是有人把它垫在下面写了什么。字迹还算清楚，可以看出写的是什么。

　　"苏茜，我不是跟你开玩笑。你应该小心一点儿，这是个危险的游戏。你知道怎么能找到我，如有需要你可以立即联系我。"

　　除此之外，记事本上的其他页均是空白。安德鲁用手机给前两页拍了个照，又去卧室和浴室看了看。回到客厅之后，他检查了一下墙上的照片，还注意了它们的相框，内心深处却突然有个声音在问自己这是在做什么。在这个声音的压力下，他离开了苏茜的公寓。

※

　　西蒙回到家的时候，看到安德鲁坐在他的书桌前，紧紧地盯着电脑屏幕，手里还有半杯没喝完的菲奈特－可乐。

　　"可以告诉我你在做什么吗？"

　　"我在干活儿。"

　　"你喝了几杯？"

　　"两三杯吧。"

　　"应该是三杯或者四杯吧？"西蒙没收了安德鲁的杯子。

　　"你惹到我了，西蒙。"

　　"既然你要住在我的屋檐下，就要答应这个交换条件。喝杯不掺酒的可乐有那么难吗？"

　　"比你想的要难。这可以帮助我思考。"

"也许你可以跟我说说，到底是什么在困扰你。也许一个老朋友要比一杯苦涩的饮料更有用呢。"

"那个女人身上有些很奇怪的事情。"

"图书馆的那个？"

西蒙躺在床上，头枕着手臂。

"你说吧。"

"她骗了我。"

"在什么事情上？"

"她说自己不久前才搬到莫顿街，但事实不是这样。"

"你确定？"

"纽约的空气污染是很严重，但还没有到仅仅几周，相框就会在墙上留下印记的地步。现在问题就是，她为什么要撒这个谎？"

"也许仅仅是因为，你不应该去探寻别人的私生活。你吃晚饭了吗？"西蒙问道。

"吃过了。"安德鲁指着被西蒙拿走的杯子回答道。

"穿上你的外套，我们走。"

夜幕降临，西村的路上又陆续有行人出现。安德鲁站在公寓对面的人行道上，看到三层房间的灯刚刚熄灭。

"看来你的客人睡得很早。"西蒙说道。

安德鲁看了看手表。公寓楼的门开了，苏茜·贝克从里面走了出来，但并没有看到他们俩。

"如果你想跟踪她，可不可以放过我？"西蒙看着安德鲁。

"走吧。"安德鲁一把抓住了西蒙的手臂。

他们跟着苏茜，走上了4号西大街。苏茜走进了一家杂货铺，老板阿里几乎认识这附近的每一个住户。她才刚刚进去就立刻转身走了出来，直接向安德鲁走去。

"电视遥控器要几号电池？我喜欢在电视机前睡。"她无视了西蒙的存在，直接向安德鲁发问。

"五号电池。"

"五号。"苏茜一边重复着安德鲁的话，一边又走进了杂货铺。

安德鲁看着西蒙，示意他跟自己一起过去。他们在收款台前找到了苏茜，安德鲁给了阿里十美元，作为电池的费用。

"我宁愿你跟踪时能离我近一点儿，这样感觉没那么可怕。"苏茜说。

"我没有跟踪你，我们只是想去两条街外的克吕尼咖啡馆吃饭，如果愿意的话，跟我们一起吧。"

"我要去米特帕丁那儿的一个照片展。陪我一起去吧，然后我们再去吃饭。"

安德鲁和西蒙交换了一下眼神，就点头同意了。

"我们没有跟踪你，我向你保证！"西蒙坚持说道。

"我相信！"

※

展厅很大，穹顶更是高到令人眩晕。苏茜观察着混凝土墙壁上凹凸不平的地方。

"如果能爬到天花板上，应该会很有意思。"她笑着说道。

"贝克小姐是位不错的登山者。"安德鲁为吃惊的西蒙解释道。

苏茜走到一块三四米高的幕布前，上面投映着一幅照片。照片上有两个登山者站在暴风雪中，旋风卷起了地上的雪花，让人可以想象喜马拉雅山上的风暴到底有多么可怕。

"这可是世界屋脊，"苏茜入迷地看着，"所有登山者的梦想。可惜这座神圣的山峰上有太多游客。"

"你计划去征服它吗？"安德鲁询问道。

"也许有一天我会去。"

然后苏茜又走到了另外一幅照片前，这应当是在冰碛的上方拍摄的。在蓝色的夜空下，有一些险峻的山峰在无限向上延伸。

"这是秘鲁的拉格兰德峰，"苏茜说道，"海拔 6344 米。只有两位登山者曾经征服过它。那是在 1985 年，是两个英国人，乔·辛普森和西蒙·耶茨。下山的路上，其中一个不慎在转弯处跌断了腿。接下来的两天里，都是同伴在帮助他走下来。在一个悬崖旁，乔掉了下去并撞到了岩壁，西蒙无法看到他，只能通过绳子感受到另一端有八十公斤的重量。西蒙就在寒冷中坚持了整整一夜，脚踩在冰雪中，想要拉起自己的同伴，即使对方把自己一寸寸地拉近悬崖边缘。到了早晨，绳子不再动了，乔在移动时不小心勾住了一个突起的地方。认定自己的同伴已经离世，西蒙为了生存，下决心解开了绳子。乔足足坠落了十米，他的身体甚至把下方的冰盖都撞碎了，最后掉进了冰隙。

"但是乔仍然活着。他因为伤势无法向上爬，鼓足勇气下到了冰隙底部。拉格兰德峰并不想将他逼入绝境，他在底下找到了一条通道，拖着自己的断腿走出了山腹。随后，他又一直坚持到了冰碛处，可以想象，他所付出的努力几乎超越了人类的极限。乔和西蒙的故事成为了登山史上的传奇，没有人可以再现他们的辉煌，拉格兰德峰也因此重获安宁。"

"很感人的故事，"安德鲁感叹道，"要去这样的山峰上冒险，很难说是需要勇气还是忘我的精神。"

"勇气，这只是种比恐惧更强烈的情感。"苏茜说，"我们去吃晚饭吧？"

※

西蒙完全被苏茜的魅力迷倒了。苏茜意识到了这一点，却什么也没有表现出来，只是继续利用自己的魅力大做文章，这让安德鲁觉得很有趣。在苏茜劝西蒙再喝一杯，并装作对他搜集的汽车很感兴趣的时候，安德鲁则利用这个机会仔细地观察她，直到苏茜问西蒙安德鲁究竟是个什么样的记者。

"是我见过的最固执的记者之一，当然也是最好的。"西蒙说道。

"但是你只认识我这一个记者。"

"伙计，我也读报纸的。"

"别听他乱说，他喝醉了。"

"你上一次调查的对象是什么？"苏茜转向安德鲁问道。

"你出生在纽约吗？"西蒙打断了她的问话。

"波士顿，我不久前才来到这里。"

"为什么来曼哈顿？"

"我在逃避自己的过去。"

"一段不好的恋情？"

"西蒙，别说了！"

"也可以这么说吧，"苏茜不动声色，"你呢，西蒙，现在还是单身吗？"

"不是。"西蒙回答道，眼睛却看着安德鲁。

❀

晚餐结束后，安德鲁和西蒙一起送苏茜回公寓。

公寓楼门关上之后，她立即取出了从吃饭时起就一直在振动的手机。

她看了看短信，又抬头看了看天，手机再次振动起来。

"克诺夫，又有什么事？"

"到阿里家来。"对方说完了这几个字就挂断了电话。

苏茜咬了咬嘴唇，把手机放到包里，然后就出了公寓。她快速走进了离公寓楼只有几米的杂货铺，直接走到了杂货铺的最里面。阿里正在椅子上昏昏欲睡，柜台上的收音机还在响着。

阿诺德·克诺夫鼻梁上架着眼镜，正在研究一罐猫粮的配料，看完之后又换了一种。

"他今天下午去了你的公寓。"他低声说。

"你确定吗？对，你应该是确定的。"苏茜回答道。

"你没有把我之前的留言放在心上，对吗？"

"阿诺德，别傻了。他真的去了我家？"

“亲爱的，你竟然问我这种问题，这简直是侮辱。”

“也许吧，我只是想要确认一下。”

“苏茜，听我说。你的计划到目前为止还是秘密，因为只有你一个人参与其中，而且你作为一个水平仍显业余的调查人员，很难接触到真正危险的事情。但如果你把一个像斯迪曼这样的人牵扯进来，他可能会把事情弄得天翻地覆。也许你很快就不能用假身份来做掩护了。”

“这个险值得冒，求你了，阿诺德，不要再为我操心了，你之前也说过，我长大了，我知道自己在做什么。”

“但你根本不知道自己要查什么，要去哪里查。”

“这就是为什么我需要他。”

“我不可能让你改变主意，是吗？”

“我不太了解猫粮，但是粉红的那罐看起来诱人一点儿。”她从货架上抓起了那罐猫粮，递给了克诺夫。

“那好，你至少要听我的这个建议。既然我们谈到了猫，那你就不要扮演那只被捉的老鼠了，告诉他，让他知道你在做什么。”

“还太早，我了解这种人，没人能强迫他调查什么，需要让他真的愿意去做。不然，一切就都没用了。”

“看来苹果没有落在离树太远的地方。”

“你想说什么？”

“你肯定听明白了。再见，苏茜。”

克诺夫把猫粮拿到收款台前，在阿里面前放了三美元，就离开了铺子。

五分钟后，苏茜也走了出来，在夜色中回到了安德鲁的公寓。

✳

"如果她看到我们，你打算怎么解释？遛狗？"

"她真的很奇怪。"

"哪里奇怪？她喜欢看着电视睡觉，你搞错了电池型号，她就回来换。"

"也许吧。"

"现在可以走了吧？"

安德鲁看了杂货铺一眼，准备和西蒙离开。

"好吧，就算她在来纽约的时间问题上骗了我们，这也不严重啊，她也许有自己的理由。"

"今天晚上可不只她一个人撒了谎，你从什么时候开始不再是单身的？"

"我是为了你才撒谎的，我知道自己给她的印象不错，但是她是你的类型。我一直在旁边观察你，这点很明显。你想知道我的真实想法吗？"

"不，算了吧。"

"你在她的事情上如此固执，是因为你喜欢她，却找了一大堆理由不愿意承认。"

"我就知道还不如不让你说。"

"你们俩第一次交谈的时候，是谁主动的？"

安德鲁没有回答。

"看，我就知道。"西蒙摊了摊手。

走在威斯特区的路上，安德鲁一直在想他最好的朋友是不是说出了真相。然后他就又想到了那个比苏茜稍早一点儿从阿里的店里出来的男人。他可以发誓自己之前在图书馆见过他。

※

第二天，安德鲁来到图书馆，他接到了阿杜安院长的电话。

"我照您的要求调查了一下，但有些奇怪的地方。"

"今年年初，我们的确收治了一名在勃朗峰上遇险的美籍登山者。有一位护士说，病人当时有多处冻伤，还有低体温症状。她本应该在第二天接受截肢手术。"

"要截什么？"

"手指。这是很常见的，但是我不知道是哪一只手。"

"看来您的档案也不是很全面。"安德鲁叹了口气。

"不，档案很全面，只是我们找不到这个病人的相关材料了。冬天事故比较多，滑雪的、远足的，还有车祸事故，我得承认，我们人手的确有些不足。她的材料应该是在转院时和其他病历一起带走了。"

"转院？"

"还是我们那位护士说的，手术前几个小时，来了一位病人的亲属，把她送上了一辆预先准备好的救护车。他们应该是去了日内瓦，那里有直升机会把他们直接送回美国。玛丽·乔西跟我说她曾经反对病人家属这么做，因为病人应当立即手术，否则就有感染的风险。但是那位年轻女士已经醒了过来，她坚持要回美国接受治疗。我们只能尊重她的意见。"

"所以，如果我没弄错的话，您也并不了解她的身份？"

"是的，我也不知道。"

"您不认为这一点很奇怪吗？"

"的确是，但是您知道的，在那种急迫的情况下……"

"是的，您跟我说过病人的所有资料都被带走了。但至少医疗费有人支付吧，是谁付的？"

"这一点应该也是在材料里面的，和出院凭单一起。"

"医院的出口处没有监控摄像头吗？啊，这个问题太蠢了，有谁会在磨坊门口安个摄像头……"

"对不起，您刚说什么？"

"没什么，那当时在山上找到她的救援人员呢？他们应该在她身上找到证件了吧？"

"我也想到了这一点，甚至我还给宪兵队打了个电话，但是是一些登山向导发现了她。鉴于她当时的情况，他们立即把她送到了医院。请告诉我，您到底是要调查医疗服务的质量还是这位女士？"

"您认为呢？"

"如果是这样，那请您原谅，我要失陪了，我还有一家医院要管理。"

"当然，您有您的工作！"

安德鲁甚至都没来得及感谢埃德加·阿杜安，对方就生硬地挂断了电话。

安德鲁边思索着刚刚的谈话，边推开阅览室的门走下了楼梯。苏茜一直看着他，直到他走上了 42 号路。

第 三 章

[谜一样的女人]

　　我一生下来，就被迫使用这个假名，好让自己不要再经历玛蒂尔德曾承受过的那些痛苦，为了不让别人一听见我的名字就关上大门，或者在发现我的身份后就把我赶到门外。你难道不能理解对一个人来说，家庭的荣誉有多么重要吗？

安德鲁度过了糟糕的一夜。梦里，他悬浮在自己坟墓的上方，看着乱成一团的高速公路，瓦莱丽来到他的墓前，随后他就在一身冷汗中惊醒过来，这种经历真是痛苦极了。

最让他烦心的是，他明明记得噩梦的所有情节，但每次在看到瓦莱丽打开车门，朝他的墓碑走过来的时候，他总是不由得被惊醒。

为什么在梦里，他总是想不起瓦莱丽接下来要做的事情，而醒来之后，她的举动却一遍遍出现在他的脑海？

沙发的弹簧垫让他的背部隐隐作痛，他不得不承认，也许是该搬回自己的公寓了。

他把房间借给苏茜，是希望她的暂住可以让他忘却那里曾经的回忆，也期望她能把自己的味道带进去，好把之前的痕迹都清除掉。他也无法清楚地说出公寓里困扰他的究竟是什么，但大概就是这些模糊的感觉。

隔着一道墙，他听到了西蒙的鼾声。安德鲁轻轻起身，从一个花瓶里摸出了之前藏的一瓶菲路奈。冰箱门的噪声很大，连死人都能被吵醒，所以他就放弃了加可乐的打算，直接用瓶子灌了几口。酒的苦味更明显了，可是酒精的确能让他好受些。

他坐在窗边，开始思考。有些事让他很困惑。

他的笔记本放在西蒙的书桌上。他把卧室的门开了一条缝，等着眼睛适应黑暗。

西蒙似乎在说着梦话。安德鲁蹑手蹑脚地走了进去，直到床边他才听清，西蒙说的是："凯茜·斯坦贝克，我仍然爱着你。"

安德鲁只好紧紧地咬住嘴唇，好让自己不要笑出声来。

他摸索着找到了笔记本，轻轻地将它拿起，又蹑手蹑脚地出了西蒙的卧室。

回到客厅，他仔细地读着之前做的笔记，终于发现自己到底遗漏了什么。苏茜跟他说的那架飞机到底是哪一班航班？有没有可能找到机上成员的名单？

安德鲁知道自己很难再入睡了，他索性穿上衣服，给西蒙在餐桌上留了个字条，就走出了公寓。

北风呼啸在整座城市里，在寒冷的侵袭下，下水井口都冒出了阵阵白气。安德鲁竖起衣领，在寒夜里走过纽约的街头。他在哈得孙大街附近拦了一辆的士，来到了报社。

第二天一早要发行的晨报已经印刷完毕，编辑室空无一人。安德鲁向守夜人出示了证件，来到了上面一层。他径直走向自己的办公桌，突然看到弗雷迪·奥尔森的记者证躺在转椅旁边的地面上，想来应该是从口袋里掉出来的。安德鲁把它捡了起来，直接塞进了碎纸机里，并按下了启动键，看着它在机器的轰鸣声中一点点地消失。随后他就坐在了电脑前。

他很快就搜索到了那两架失事飞机，这两起事故之间的共同点令他颇为惊讶。苏茜曾告诉过他，她选择在1月登山是为了某个周年纪念日。安德鲁就在记事本上写下了"干城章嘉峰号"的名字，还有它那个永远未能到达的目的地。随后，他就给航空公司发了一封邮件，希望能获得机组成员和乘客名单。

现在是纽约时间凌晨5点，新德里的当地时间则是15点30分。不久之后，他就收到了航空公司的回信，信中希望他能附上记者证的扫描件，并说明调查的目的，安德鲁立即照做，然后就在屏幕前等待结果，但很长时间对方都没有回音，想必是向上级征询许可。安德鲁看了看手表，犹豫了一下，拿起了电话听筒。

电话那头，多乐丽丝·萨拉萨尔的声音听起来没有安德鲁想象中那么吃惊。

"费罗法最近怎么样？"

"你在凌晨5点30分给我打电话就是为了问我的猫好不好？你有什么要我办的？"多乐丽丝打着哈欠说。

"当然是你最擅长的事情。"

"你又开始工作了？"

“也许吧，这要看你能帮我查到什么。”

“告诉我你到底要查什么。”

“航班乘客名单。”

“我有关系在联邦航空管理局，可以试一下。航班号、日期？”

“印度航空 101 次航班，1966 年 1 月 24 日，从新德里飞往伦敦。飞机本应在日内瓦停留，却于此之前坠落在法国。我想知道机上乘客有没有姓贝克的。”

“需不需要我顺便帮你查一查泰坦尼克号的主厨叫什么名字？”

“也就是说你答应喽？”

多乐丽丝已经挂断了电话。安德鲁锁定了电脑，走到了楼下的咖啡馆。

✳

三个小时后，多乐丽丝·萨拉萨尔拨通了安德鲁的电话，请他到办公室来一趟。

“你找到了？”

“斯迪曼，我什么时候让你失望过？”她边说边递给他一份材料。

“怎么这么快就找到了？”

“事故调查办公室的报告是公开的，你要的乘客名单在 1968 年 3 月 8 日的法国报纸上就曾经登出过，在任何电脑上都可以查到。只要你愿意，你自己就可以查到。”

“真不知道要怎么感谢你，多乐丽丝。”安德鲁边说边开始阅读这份名单。

"不用麻烦了，我已经扫过一遍了，没有叫贝克的人。"

"那我真不知道接下来要怎么办了。"安德鲁叹了口气。

"如果你愿意的话，可以告诉我你到底在找什么，也许我可以帮你节省不少力气。"

"我在找某个人的真实身份。"

"我能知道是为什么吗？"

安德鲁没有回答，而是继续看着这份名单。

"看来我不该问的……"多乐丽丝边说边盯着她的电脑屏幕，"你是在浪费时间，这份名单有八十八页，上面还没有任何重点标记。我在地铁上看过一遍，到了报社之后又看了一遍。没有什么值得注意的。如果你也是这起事故的阴谋论者，我也帮你查过相关资料了，但是这个问题实在是太过敏感了。"

"什么阴谋论？"

"乘客中，有一位印度核计划的负责人，所以就有人说是敌对势力从山上发射导弹击落了飞机，还有人说是诅咒，因为十六年前，有另外一家航空公司的飞机在同一个地方发生了事故。"

"是的，我也看到了。这大概是个巧合，不过的确很奇怪。"

"也许只是概率的问题，就好像一个人也可能会中两次乐透大奖。关于印度航空的 101 次航班，这起事故也不是偶然的。当时的天气情况太过恶劣，机上设备也有问题，这样的一架飞机在暴风雪天气坠落实在是再正常不过了。"

"飞机上还有其他值得注意的乘客吗？"

"请先告诉我什么是值得注意？"

"我也不知道。"

"乘客中没有美国人，有印度人、英国人，有一名外交官，当然还有和我们一样的普通人，永远也没能到达旅途的终点。好了，斯迪曼，告诉我这个贝克到底是谁，要知道，你其他的同事还有更重要的事情要我帮忙。比如说你的朋友奥尔森，他就有事情求我。"

"多乐丽丝，你说这些是为了让我生气吗？"

"也许吧。"

"苏茜·贝克。"

"她也是乘客？"

"不是，但是机上应该有某个她的家人。"

"那这个苏茜·贝克漂亮吗？"

"不知道，也许吧。"

"怎么可能，肯定是位漂亮小姐。你这么无私地帮助她，却不让她知道。如果她长得和我差不多，你怎么可能一大清早把同事从床上叫起来？"

"当然会，而且多乐丽丝，你真的很有魅力。"

"我知道自己长得不怎么样，我也不在意，毕竟我还有其他的优点，比如在工作上，我就是美国最好的情报搜集员之一。你今天早上把我叫醒，也不是为了给我送羊角面包当早餐吧？我这样的女孩子不是你喜欢的类型。"

"好了，多乐丽丝，不要再说这样的傻话了，你是个迷人的姑娘。"

"是，就好像肉酱意大利面一样迷人。斯迪曼，你知道我为什么喜欢你吗？因为你不会撒谎，我觉得这一点很好。现在，你可以走了，我还有工作要做。对了，最后一件事，你刚才问我要怎么才能感谢我？"

"是的，任何事情都可以。"

"回到佩里街的聚会里来，你需要这样做，你的肝也需要。"

"你还去那儿？"

"是的，每周都去。我已经三个月没碰过酒了。"

"恐怕我住院的时候，你也没在床前祝愿过我早日康复吧。"

"怎么可能。我很高兴你终于康复了，斯迪曼，你终于可以和我一起工作了，虽然你好像出院后也没做过什么。我可是等不及要和你一起展开新的调查了。那就周六在佩里街见？"

安德鲁拿起材料，一言不发地离开了多乐丽丝·萨拉萨尔的办公室。

❋

一个小时后，楼下咖啡馆的服务生把一篮糕点放在了多乐丽丝的办公桌上。虽然篮里并没有卡片，可是多乐丽丝很清楚这是谁送的。

❋

接近中午的时候，安德鲁的手机收到了一条短信。

"昨天和今天上午我都没在图书馆看见你。你还在纽约吗？如果在的话，我们12点半在弗兰基餐厅见吧，我带着你的钥匙。"

出于不想完全服从的愿望，安德鲁只回复了一句话："1点钟，'玛丽烹鱼'见。"

安德鲁把大衣挂在了餐厅的衣帽架上。苏茜正在吧台处等他，服务生把他们引到了桌子那里。安德鲁很自然地把找来的乘客名单放在了上面。

"抱歉让你等了这么久。"

"我也刚到，你经常来这里吗？"

"这儿是我的食堂。"

"看来你是个很忠于习惯的人，这点在一个记者身上显得很奇怪。"

"当我不在旅行的时候，我喜欢稳定。"

"也许吧，不过这一点很有趣，因为有两个斯迪曼，一个是纽约市里的老鼠，一个是调查之王。"

"很有趣的比喻。你这次要见我，就是为了和我讨论吃饭的习惯？"

"我想见你主要是想和你聊一聊，当然也是为了谢谢你的帮助，并把钥匙还给你。但是我们并不一定非要吃饭，看起来你的脸色不太好。"

"我几乎一夜没睡。"

"看来更应该抓紧把公寓还给你了。"

"我的床没有舒服到可以治疗失眠的地步吧？"

"我不知道，因为我一直在地上睡。"

"是害怕床上的螨虫吗？"

"我还是孩子的时候，就开始在地上睡觉了。我对床有种恐惧感，这几乎让我母亲崩溃，但是心理医生的收费实在是太贵了，所以她最后也就睁一只眼闭一只眼了。"

"你为什么这么厌恶床？"

"我喜欢在窗户旁的地面上睡觉，这样让我更有安全感。"

"贝克小姐，你真是个奇怪的人。那你的向导呢？他也和你一起睡在地上？"

苏茜看了安德鲁一眼，却什么都没有说。

"如果有沙米尔在，一切就不一样了。我不会害怕的。"苏茜垂下了眼帘。

"那对你来说，睡在床上又有什么可怕的呢？虽然我自己也有睡眠问题，尤其是那些噩梦。"

"那你呢？什么事情让你害怕到要随身携带枪支？"

"因为曾经有人像对待牲畜一样殴打过我。我失去了一个肾脏，还有我的婚姻，这些全部都要归功于同一个人。"

"那这个人仍然在逃吗？"

"你可以看到，我没有死。是的，那个伤害我的人仍然逍遥法外，可能一辈子也不会被引渡到美国。主要是因为证据不足，除了我，没有人能证明她曾经对我做过什么。就算真的进入审判程序，任何一个律师都可以推翻我说的话，认为这是诬告。"

"她为什么要这么做？"

"我揭露了她父亲的罪行，害他要在监狱里度过余生。而且我也损害了她家族的荣誉。"

"那我就能理解了，家族的荣誉是神圣的。虽然奥尔蒂斯的确有罪，但是对于一个女儿来说，父亲也是神圣的。"

"好像我没有告诉过你她的姓氏。"

"有一个陌生人给了我他公寓的钥匙，你总不会认为我不会在谷歌上查一查吧？我读了你的文章，知道在你身上发生过的事情，的确，你的遭遇让人脊背发凉。"

"看来你还是个谨慎的人。既然你都已经知道了，为什么还要问我这些问题？"

"为了获取第一手的信息。记者们一般都会这样做，不是吗？"

"既然我们都不打算再隐瞒对方什么了，"安德鲁把材料推到苏茜的面前，"到底是哪个乘客，让你要在一月爬到 4677 米的高度，好跟他见最后一面？"

苏茜打开了文件夹，开始浏览乘客名单，并没有表现出丝毫的惊讶。

"我把公寓借给了一个陌生人，你总不会指望我没做任何调查吧？"

"反击得漂亮。"苏茜笑着回答道，把文件递还给了安德鲁。

"你还没有回答我的问题，"安德鲁坚持说，"到底是哪一位乘客？"

"是他。"苏茜指出了那位印度外交官的姓名。

"那要是这么说，是你的男友提议进行这次登山的？"

"你之前没有想到这一点吗？"

"是你说自己要去那里纪念某个日子的。"

"是啊，可是沙米尔很难亲口告诉你这些，不是吗？"

"我很抱歉。"安德鲁叹了口气。

"你是在向沙米尔道歉，还是伤感于自己迟钝的直觉？"

"都是吧，请相信我的诚意。那他究竟有没有来得及见这个人最后一面，在他……"

"在他割断绳子之前？是的，就算是吧。当我们走进那座被诅咒的山的时候，一切就已经注定了。"

"那你呢，你是出于感情才陪他去的吗？"

"斯迪曼先生，我很感激你，这是你的钥匙，我们还是不要再聊这件事了。"

"贝克小姐，你是不是改过名字？"

听到安德鲁的问题，苏茜的脸上露出了无可奉告的神色。

"那我们换种说法，"安德鲁继续说道，"如果我问你是在哪里读的初中、在哪里读的大学，或者仅仅是你在哪里获得的驾照，你都不能给我一个答案吗？"

"波士顿的艾默生学院，然后是在缅因大学的肯特堡分校，你的好奇心得到满足了吧？"

"什么专业？"

"你到底是警察还是记者？"苏茜的声音里已经夹杂了一丝不悦，"我的专业是犯罪学。 但恐怕和你想象的不一样，我可不是那些高级的犯罪专家，或者是那些在实验室里拿着试管的研究人员。犯罪学是一个很特别的学科。"

"那你为什么选择这个专业？"

"因为我很早就对犯罪行为感兴趣，我也很想知道我们的法律制度和劳教体系是如何运作的，我还想了解司法部门、警察和政府机构之间的联系是什么。我们国家的司法体系就像一个庞大的怪物，想要搞清楚每个机构都在干什么可不是件容易的事情。”

“难道你是某天早上一起来，就跟自己说‘啊，我要搞清楚中央情报局、国家安全局和联邦调查局之间的关系’？”

“是的，差不多就是这样。”

“你是在大学时候学会了密码学吗？”安德鲁递给苏茜一页纸，这正是苏茜落在图书馆的桌子上的。

苏茜拿起这张纸，把它放进了包里。

“为什么我不能在网上查到这些东西？”

“那你又为什么要在网上搜索我的过去？”

“因为你的外貌不太好看。”

“对不起，你刚才说了什么？”

“因为你一直都在对我撒谎。”

“现在我已经回答了你的问题，那就不算再对你撒谎了吧？”

“学业结束之后，你用过这些犯罪学的知识吗？”

“上帝，你可真是没完没了。”

“不要打扰上帝。”

“只是出于个人原因，才用到一些。”

“为了某件特殊的事情。”

“是关于家人的一件事情，而且这件事只和我的家人有关。”

“好，我就不再追问了。我真是多管闲事，多乐丽丝说得对，我应该先管好自己。”

"很有趣的名字，看到那些壁炉上的照片，我没有想到她的名字是多乐丽丝。"

"你猜错了，这不是她的名字。"安德鲁笑着回答道。

"不管怎样吧，你可以回家了，我把照片转了个方向，现在照片上的人不会再盯着你了。我也私自给你买了一套新床单，把你的床收拾了一下。"

"谢谢你，但是你本来不必这么麻烦的。"

苏茜说话的时候，安德鲁的脑海中浮现出一幅画面：苏茜在某家店里为他挑选床上用品。不知道为什么，这幅画面让他觉得很感动。

"你明天会去图书馆吗？"

"或许吧。"苏茜回答道。

"好，那就或许明天见。"安德鲁站起身来。

❋

走出餐厅后，安德鲁的手机收到了一封新的邮件。

先生：

虽然我们之间的谈话并不是很愉快，但是我那根爱国的神经被您的话触动了。为了证明我们和大西洋对岸的美国处于同一个世纪，甚至我们在某些方面比您的国家更先进，我去调阅了医院的监控录像，好向您证明我们医院的安保工作并没有什么疏漏。我在信里附上了几张监控录像的截图，其中就有那位女病人出院时的录像。截图足够清晰，而且这些录像我们至少会保留一年。

祝好。

阿杜安

安德鲁打开了附件，等待图片加载完毕。

他看到了躺在病床上的苏茜，有人正在试图把她抬上救护车。他把图片的这一部分放大，认出了这个人正是那天从阿里的杂货铺里出来的男人。

安德鲁想到或许苏茜和他一样，对别人的话有某种逆反心理，不由得笑了起来。他很确定苏茜明天会去图书馆。

❋

安德鲁拦下一辆出租车，在路上就给多乐丽丝打了电话，然后来到了报社。

多乐丽丝正在办公室里等他，她已经开始研究安德鲁给她的那些照片。

"斯迪曼，你要告诉我这些照片是谁的吗？还是我要一直像现在一样做个傻子？"

"你能从照片上看出什么吗？"

"可以看到车牌号，还有救护车公司的名称。"

"你联系过这家公司吗？"

"你已经认识我这么多年，怎么还会问出这种愚蠢的问题？"

安德鲁从多乐丽丝的态度里猜出她应当是已经发现了什么，只是她故意不说，好借此让自己着急。

"是一家挪威公司向这家救护车公司提出了派车的要求。老板已经跟我证实了这一点，他还记得这两个客人，可不是每天都有送美国病人到日内瓦机场的业务。他还跟我说，那位女士长得极其漂亮。看来我们这儿有位仁兄需要配副眼镜了，毕竟你的眼光和大家都差了太多。当时还有一个男人一直陪在你的灰姑娘的身边，好像是叫阿诺德，至少女方是这么称呼他的。但是她从来没说过他姓什么。"

安德鲁俯下身去，电脑上的照片相较手机而言显得更为清晰，他可以清楚地辨认出这个男人的五官。这个男人不仅是长相让他觉得很熟悉，他的名字也让安德鲁想起了什么。突然，安德鲁想起了他在墓地的邻居。

"你的脸色怎么这么差，就像见了鬼一样。"

"你说对了，这是阿诺德·克诺夫。"

"你认识他？"

"我无法告诉你我在哪里见过他，但是有一种很大的可能性，就是他每晚都会出现在我的噩梦里。"

"啊，那看来他是晚上经常和你一起喝酒的酒鬼。"

"不是这样的，多乐丽丝，别说了！"

"你还是没有再到佩里街的酒鬼匿名派对来。"

"匿名？我们之前每周都在那里见面，怎么匿名？"

"不要找借口，报社的其他同事又不知道这一点。好好动动脑筋，你可能是在哪里见过他。"

"多乐丽丝，你这次真是干得漂亮。你是如何让那个救护车公司的老板开口的？"

"我可从来没有问过你是怎么写新闻报道的。我装成了一名可怜的保险公司的小职员，告诉他我之前丢了一份材料，如果不能在老板发现之前把它补齐，就要丢掉这份工作。我在电话里抽泣了两下，说我足足两天没有睡着。你知道的，法国人是特别敏感的……啊，你应该不知道。"

安德鲁牵起了多乐丽丝的手，在上面留下了一个吻。

"看来你对我还是不够了解。"

他拿起多乐丽丝打印的照片，准备离开。

"老伙计，看来你的脑袋还是一团糨糊。"多乐丽丝似笑非笑地看着安德鲁。

"那我还应该做点儿什么？"

"你真的认为我的调查就止步于此了？"

"你还发现了别的东西？"

"那你是不是认为，他们到了日内瓦之后，就把你的苏茜·贝克扔到垃圾桶里不管了？"

"当然不是，但是我知道接下来发生了什么，她回到美国继续接受治疗。"

"那她乘坐的是哪家公司的航班，回到了哪座城市？我的大记者，这些你都知道吗？"

安德鲁拉出多乐丽丝对面的椅子，坐了下来。

"是一架私人飞机，日内瓦直飞波士顿。"

"她之前告诉我她甚至连一个新床垫都买不起，现在看来她应当在经济上很宽裕。"安德鲁叹了口气。

"你对她的床垫做了什么？"

"我什么都没做，多乐丽丝！"

"好吧，反正这也不关我的事。不过她应该也没为这趟航程花多少钱，因为飞机是国家安全局的；只是不知道她为什么可以调动政府部门的飞机。我对此一无所知，看来这件事已经超出了我的能力范围。我也联系了波士顿和周边城市的所有医院，不过一无所获。记者先生，现在轮到你上场了。对了，离开前最好帮我把灯打开，开关就在进门处。"

听过多乐丽丝的话，安德鲁心中满是疑惑。他来到办公室，开始计划明天何时搬回自己的公寓。至于今天晚上，他就打算在报社度过了。

❋

华盛顿广场，晚8点。

阿诺德·克诺夫漫步在广场上，用眼角的余光扫着周围的人。草坪的一角处，有个流浪汉裹着破旧的毯子睡在那里；树影下，有个小号手在吹奏练习曲；喷泉边，一对学生情侣在激情拥吻；一位画家坐在画布前，用手中的色彩呈现他眼中的世界；还有一个男人双手向天，好像在向上帝祷告。

苏茜坐在长椅上等他，眼神空洞地看向前方。

"你不是希望我不要再来烦你吗？"克诺夫在她旁边坐了下来。

"你相信诅咒吗，阿诺德？"

"鉴于我职业生涯中看到的这些事情，我甚至连上帝都不愿相信。"

"对于这两件事，我全部都相信。我周围所有的一切都被诅咒了。我的家人，还有所有靠近我的人。"

"你选择冒险，就要承担后果。让我感兴趣的是，你现在好像真的是在烦恼，看看你的眼神。别告诉我你是在替那个记者担心？"

"我需要他，需要他的决心和职业素养，但是我不想害他涉险。"

"我明白，你想独自调查，但是又希望他可以在前方替你开路。如果是三十年前，我倒很乐意让你为我工作，但是现在不行了。"克诺夫笑着说。

"阿诺德，就是因为你的坏心肠，你才老得这么快。"

"我今年七十七岁，但是我很确定，如果我们比赛谁能第一个跑到那个栏杆处，一定是我赢。"

"我一定会先把你绊倒。"

克诺夫和苏茜都不说话了。克诺夫长叹了一口气，望着广场的边缘。

"怎样才能让你改变主意？可怜的苏茜，你是那么天真无邪。"

"我十一岁的时候就已经不再天真了，就在那个杂货铺老板报警的那天。我去他的店里买糕点，他却报警说我偷了两块巧克力，警察把我带到了警署。"

"我记得很清楚，是我去警署接的你。"

"阿诺德，你来得太晚了。我把一切都告诉了那个审讯我的警察。那个老板经常对中学女生进行性骚扰，他强迫我摸他的下体，在我威胁要向警察告发的时候他就编造了这起盗窃案。但是那个警察给了我一巴掌，他认为我就是那种不良少女，为了脱罪才撒谎。回家之后，我的外祖父又给了我另一个耳光。那个叫费格通的老板在大家眼中是个无可挑剔的人，他甚至每周都去教堂做弥撒。而我只不过是个正在叛逆期的行为失常的少女。我永远忘不了我脸颊红肿离开警署的时候，他脸上那意味深长的微笑。"

"为什么你都没告诉我这些？"

"你会相信我吗？"

克诺夫没有回答。

"那天晚上，我一直把自己关在房间里，不想跟任何人说话，我甚至不明白自己为什么还要存在于这个世界。玛蒂尔德两天后才回来，那时我还没有出过房间，只是听到她和外祖父在大声叫嚷着什么。他们之前也经常吵架，但从来没有那次可怕。夜里，玛蒂尔德来到我的床边。为了安慰我，她跟我谈起了世界上其他的不公平，那也是她第一次告诉我在外祖母身上究竟发生了什么。那天晚上，我起誓要为外祖母报仇。我会实践我的诺言。"

"你的外祖母1966年就去世了，你甚至从来没有见过她。"

"应该说她1966年就被暗杀了！"

"她背叛了自己的国家，当时是特殊的时期。虽然冷战不是常规意义上的战争，但那也是一场真正的厮杀。"

"她是无辜的。"

"不，苏茜，其实你什么都不知道。"

"玛蒂尔德从来没有怀疑过这一点。"

"你母亲是个酒鬼。"

"就是那些诬陷我外祖母的人把我妈妈害成这样的。"

"当时你妈妈还很年轻，她还有很长的人生。"

"什么样的人生？玛蒂尔德失去了一切，连家族的荣誉都失去了，她无法继续学业，也无法进入职场。他们把外祖母带走的时候，玛蒂尔德只有十九岁。"

"我们其实并不了解当时的情况。"

"外祖母是被杀害的，对吗，阿诺德？"

克诺夫拿出一条薄荷糖，递给苏茜一块。

"好吧，就算你现在坚持认为她是无辜的，这又有什么用呢？"他嘴里含着糖块，含混不清地说。

"我要洗清她的冤屈，让我的姓氏不再为此蒙羞，让国家把所有从我们这里拿走的东西还给我们。"

"你不喜欢贝克这个姓？"

"我一生下来，就被迫使用这个假名，好让自己不要再经历那些玛蒂尔德曾承受过的痛苦，为了不让别人一听见我的名字就关上大门，或者在发现我的身份后就把我赶到门外。你难道不能理解对一个人来说，家庭的荣誉有多么重要吗？"

"你这次要见我，究竟是为了什么？"

"做我的同谋。"

"我的回答是不可能，我不会参与你的计划，我答应过你的外祖父……"

"要保护我的安全，你说过一百遍了。"

"我不会背弃我的承诺，但如果我真的帮你做这些事的话，恐怕我就要毁约了。"

"既然我不打算放弃，如果你不帮我我就会更危险。"

"不要妄想可以控制我，我也不会强求你做什么。在这场游戏中，你一点儿胜出的希望都没有。"

"她到底做了什么，才会被处决？"

"真是有趣，你总是在重复一些事情，对另外一些却绝口不提。她当时想要出卖国家机密。当然这场交易成功之前，她就已经被拘禁了。她曾经试图逃脱，却没有成功。我只能说，她做的事情真的非常严重。除了处决她，没有别的办法可以保护国家利益和那些被牵扯进来的人。"

"阿诺德，你知道自己都说了些什么吗？就好像谍战小说一样。"

"事实要比小说更严重。"

"根本不可能，莉莉安是个极其聪明而又富有教养的女人，她思想前卫却很有人文情怀，不可能会做出对他人有害的事，更不可能会出卖自己的国家。"

"你是怎么知道的？"

"玛蒂尔德不是只有喝醉之后才会跟我袒露心声。有的时候，如果只有我们两个人，她就会谈起她的母亲。我从来没见过外祖母，她都没有机会把我抱在怀里，但是我了解她的一切。她用的香水、穿衣的风格、爱读的书，甚至她说话的习惯，还有喜欢在人前大笑，这些我都知道。"

"是的，她是位领先于时代的女性，我承认，她很有性格。"

"她应当很欣赏你。"

"这么说有点儿不够恰当，你的外祖母不是很喜欢那些围绕在她丈夫身边的，或者说是他的权力身边的人，既不喜欢他们的殷勤，也不喜欢他们的奉承。她只是欣赏我的谨慎。实际上，我只是在她面前不由自主地有所保留，因为她的确给我留下了深刻的印象。"

"她很美吧，是吗？"

"你真的很像她，不只是在外貌上，这也是我如此担忧的原因。"

"玛蒂尔德说你属于少数莉莉安会信任的人。"

"她不信任任何人，苏茜，你为什么就不能像别人一样称呼你的母亲为'妈妈'呢？"

"因为玛蒂尔德是位与众不同的母亲。她喜欢我这么叫她。是谁揭发了莉莉安？"

"是她自己败露的。你的外祖父什么也做不了，只能眼睁睁地看着妻子被带走。"

"对他来说，没有什么比权势更重要的。他应该保护莉莉安的。那是他的妻子、他女儿的母亲，他有办法的。"

"我不许你这样说你的外祖父，苏茜，"克诺夫明显生气了，"莉莉安实在是太过分了，没人救得了她。如果她是事发后才被抓住的，那她应该直接被送上电椅！而你的外祖父就是她罪行的第一个受害者，他失去了事业、财富和荣誉！本来他的党派是想提名他为副总统候选人的！"

"可是总统最终也没有再次参加竞选。事业、财富和荣誉，你怎么会按照这个顺序来排列这三者，真是可悲！你们这些为政府机构工作的人都被洗脑了！你们满脑子都是那些无谓的战争，你们天天想的就是如何往自己的制服上再添一枚勋章！"

"苏茜，你真是个小傻瓜！你知道有多少无名的烈士，为了维护这个自由的世界而付出生命吗？就是这些阴影中的战士保卫了我们的国家。"

"那又有多少阴影中的战士导致了我外祖母的死亡？又有多少国家的保卫者杀害了莉莉安？她只是一个手无寸铁的女人！"

"够了，我不想再听了，"克诺夫站起身来，"如果你的外祖父听到你说的这些话，他也会选择重新回到坟墓里。"

"那你呢？你还不是在为那些杀害他妻子的人辩护！"

阿诺德·克诺夫渐渐走远了。苏茜跑了几步，追上了他。

"帮帮我，让我为家族洗清冤屈，这是我唯一求你做的事情。"

克诺夫转向苏茜，盯着她看了很久。

"看来是应该让你明白个人的力量有多么微不足道，也许让你被现实打击一下，反而是最好的选择。"他低声说道。

"你刚才在念叨什么？"

"没什么，我只是把心里的想法说了出来。"克诺夫朝拉瓜迪亚广场的方向走去。

一辆汽车停在他的身边，克诺夫坐进车里，消失在夜幕之中。

❦

晚上 10 点，安德鲁准备离开西蒙的公寓。

"你今晚真的要回去住？"

"西蒙，你已经是第五次问这个问题了。"

"我只是想确认一下。"

"我走之后就不会有人在地板上乱放东西了，我知道你其实很开心，"安德鲁边说边合上了行李箱，"明天我再来拿剩下的东西。"

"你知道的，如果你改变了主意，还可以再回来住。"

"我不会改主意的。"

"好吧，我陪你回去。"

"不用，你还是待在这儿吧。我保证到家之后会给你电话。"

"如果半个小时后没有电话，我就去你家找你。"

"一切都会顺利的，我向你保证。"

"我当然知道不会有什么事情，你很快就会躺在新床单上了。"

"是的。"

"你可是保证过要请送床单的人吃饭的！"

"要是说到这件事，你就从来没想过再跟凯茜·斯坦贝克联系吗？"

"你怎么突然说起这个？"

"没什么，但是你最好考虑一下。"

西蒙看着他的好朋友，一脸的不解。而安德鲁则提起箱子，走出了西蒙的公寓。

回到公寓楼下，安德鲁习惯性地抬起头看了看公寓的窗户。窗帘拉着，他深吸了一口气，才走进公寓的大门。

楼梯间里黑漆漆的，没有一点儿光线。安德鲁把行李箱放在地上，开始在口袋里翻找钥匙。

突然，门里有个男人冲了出来，还在他的胸脯上猛击了一拳。安德鲁向后倒去，头部撞到了楼梯的栏杆。他还没来得及反应，这个袭击者就抓住了他的衣领，把他丢在了地上，接着就向楼梯冲去。安德鲁冲向他，抓住了他的肩膀，但是那个男人立即转过身来又在他的脸上补了一拳。安德鲁甚至以为自己的眼睛都要被打得陷下去了，他强忍着疼痛，想要抓住这个抢匪。但是接下来的两拳让他放弃了这个想法。他痛得弯下腰去，被迫结束了这场争斗。

那个男人顺着楼梯跑了下去，安德鲁只听到了公寓楼门关闭的声音。

安德鲁过了好一会儿才能勉强直起身来，他捡起了箱子，打开了公寓的门。

"欢迎回家。"他喃喃地说。

公寓被翻得乱七八糟，书桌的抽屉全被拉了出来，所有的文件都散落在地上。

安德鲁走进厨房，从冰箱里拿了一袋冰块敷在眼睛上。然后他就去了浴室，想看看抢匪究竟把他的家翻成了什么样子。

❀

安德鲁正在收拾房间，突然门铃响了起来。他抓起外套，从里面摸出了那把手枪，插在背后的腰带里，然后才把门打开了一条缝。

"你到底在干什么，我给你打了十几通电话。"西蒙问道。

他突然看到了安德鲁的脸。

"你和别人打架了？"

"应该说是被人打了。"

安德鲁拉开了门，让西蒙进到屋里来。

"你看清楚那人的样子了吗？"

"他的身高和我差不多，应该是褐色头发。这事发生得太快了，楼梯间里又一片漆黑。"

"有东西被偷吗？"

"我这里好像没什么可偷的。"

"你有没有问楼里其他的住户，看看他们的公寓是否也遭遇了入室抢劫？"

"我没想到要这么做。"

"你报警了吗？"

"还没有。"

"我去看看是不是还有其他公寓被盗，很快就回来。"

西蒙出去以后，安德鲁就把手枪放回了原位，然后捡起了掉在壁炉底下的相框。

"你应该什么都看到了吧？这个人到底来这儿干什么？"安德鲁看着瓦莱丽的笑脸，低低地问道。

西蒙回来了。

"走，去我家住。"他拿过了安德鲁手中的照片。

"不，我已经收拾好了，就要睡下了。"

"需要我留下吗？"

"不用了，我可以的。"安德鲁又拿回那个相框，把它放回原位，又把西蒙送到门口。

"我保证明天会给你打电话。"

"我在楼梯上找到了这个，"西蒙递给他一个已经揉皱的信封，"可能是从那个人的口袋里掉出来的，我一直很小心，只抓了边角的地方，好不弄乱上面的指纹。"

安德鲁看了看西蒙，做出了一个无语的表情。他一把将这个信封抓了过来，发现里面有一张照片，拍的是他那天晚上在楼下把钥匙递给苏茜的情景，拍照的时候应该没有开闪光灯。

"这是什么？"西蒙问道。

"广告传单罢了。"安德鲁边说边把信封放到了口袋里。

西蒙离开之后，安德鲁仔细研究了这张照片。取景的位置应该是佩里街和4号西大街的路口处。照片的背面有几处记号笔的痕迹。安德鲁把照片拿到灯光下，试图猜测标记者的意图，但是什么也没有想出来。

他突然感到一种对酒精的强烈需求，于是打开了厨房的柜子。看来清洁人员的工作很是认真，里面除了餐具什么都没有。最近的酒类商店也要走到克里斯多夫街，但是现在已经过了午夜，店家的卷帘门恐怕都已经降下来了。

但是没有酒精，安德鲁真的无法入睡。他机械地拉开冰箱，却意外发现了一瓶伏特加，上面还有一张便笺：

"希望你搬回来的第一晚可以睡得好。谢谢你的帮助。苏茜"

虽然安德鲁不是很爱喝伏特加，但毕竟聊胜于无。他倒了满满一杯，然后就躺在了客厅的沙发上。

✿

第二天早上，安德鲁一早来到了图书馆，他坐在门前的台阶上，一手咖啡一手报纸，还时不时抬头看看四周。

等他看到苏茜·贝克走上台阶时，他立刻走上前去，抓住了苏茜的手臂，而苏茜明显是吓了一跳。

"抱歉，我本不想吓到你的。"

"出什么事了？"苏茜看着他脸上的伤痕，问道。

"应该是我来问你这个问题。"

苏茜皱起了眉头，安德鲁则把她拉到了街上。

"阅览室里不能说话，但是我们的确有些事情要谈一谈。我得先吃点儿东西，那边有个热狗摊。"安德鲁指着不远处的路口。

"现在？"

"是啊，现在，早上的热狗又不会比中午的更难吃。"

"这只是个习惯问题。"

安德鲁买了一个芥末味的热狗，并询问苏茜是否也要一个，她拒绝了，只是要了一杯咖啡。

"我们去中央公园里走一走吧，你觉得怎么样？"安德鲁建议道。

"我还有事情要做，但是可以等一下再说。"

安德鲁和苏茜走上了第五大道。冬天的寒风扑面而来，苏茜竖起了衣领。

"看来这个天气不是很适合散步。"走到公园旁边的时候，她突然开口。

"我很想请你共进早餐，但是现在我已经没有胃口了。不过虽然我搬来纽约已经有些年头了，却从来没有坐过那种马车，"安德鲁指着前方的几匹马说道，"走，这样我们就有庇护所了。"

"庇护所？是为了避雨？我不认为今天会下雨。"

"准确地说是为了避人耳目。"安德鲁边说边向 59 号街走去。

马车夫先把苏茜扶上了马车，等安德鲁也坐好之后，他就在两人的腿上盖上了一条厚厚的毯子，然后才开始赶车。

马鞭轻轻扬起，车子也开始向前移动。

"拿热狗当早餐，又把坐马车当成饭后散步，真是没有比这更好的生活习惯了。"苏茜调侃道。

"贝克小姐，你相信巧合吗？"

"我不相信。"

"我也不相信。虽然曼哈顿的犯罪率确实很高，但我们两个人也不应该会在一周之内都成为入室盗窃的受害者。"

"你也遭遇了入室盗窃？"

"你总不会认为我的脸是自己撞伤的吧？"

"我以为你和别人发生了争执。"

"有时候，我的确喜欢在晚上喝一杯，但我不是喜欢挑衅的人。"

"我不是这个意思。"

"我想听听你对这种巧合有什么评论。"安德鲁边说边把信封递给了苏茜。

苏茜看了看里面的照片。

"这是谁寄给你的?"

"窃贼把它掉在了楼梯上。"

"我不知道该跟你说些什么。"苏茜低声说。

"那麻烦你努力想一想。"

但是苏茜却选择了保持沉默。

"那好,看来我该帮你想一想,两个人的思路总会宽一些。首先,在图书馆,你碰巧坐在了我的对面。阅览室里有四百张桌子,却只有我中了大奖。然后,有人通知你,你的公寓发生了入室盗窃,而我当时刚好坐在你的旁边。你回了家,没有报警,给出的理由是你没有稳定的住处。最后,你刚从我的公寓搬走,我的家里就凑巧被抢劫了。对了,还有一个巧合,就是两次盗窃的手法非常相近,都是公寓被翻了个底朝天,可是什么东西都没被偷走。这一切是不是都很凑巧?还要我补充些什么吗?"

"那刚开始的时候,你也是凑巧跟我说话的吗?你也是凑巧跟踪我,一直到我的公寓楼楼下?还有,你调查我的过去,请我吃午饭,还把公寓借给我,这些也都是巧合?"

"不,当然不是,这都是我自己的责任。"安德鲁尴尬地说。

"那你刚才所说的那些话究竟是想影射什么?"

"我只是想说,面对现在的情况,我感到非常困惑。"

"我之前可没有问过你这样做的理由。让马车停下来,马的味道让我难受。我要走了,不要再来找我。"

"我倒很喜欢马的味道。以前我很害怕马，现在就不会了。我之前付钱让车夫绕着中央公园走上整整一圈，如果你什么都不说的话，我们就走第二圈，反正我有的是时间。"

"就现在这种速度，我完全可以直接跳下去，你知道的。"

"你的脾气还真是很硬。"

"这是我们家的传统。"

"好吧，那我们就重新开始这次糟糕的谈话。"

"那这种糟糕的局面应该怪谁？"

"我的右眼根本无法睁开，你总不会希望我主动道歉吧。"

"又不是我打了你。"

"对，不是你打了我，可是看看这张照片，你能说这件事和你没有一点儿关系吗？"

苏茜把照片递还给安德鲁，她突然笑了一下。

"你现在比之前更有魅力了。"

"我昨天根本没怎么睡觉，也没来得及处理伤口。"

"很疼吗？"苏茜轻轻地把手放在了安德鲁的眉骨处。

"你一碰就会疼。"安德鲁推开了她的手。

"贝克小姐，你这次又会编造一个什么样的故事？是谁抢劫了我们？"

"我为在你身上发生的一切向你道歉，但是这其实和你并没有什么关系。明天我会向图书馆要求调换位置。和我保持距离，这样你就会很安全。现在，告诉车夫说我要下车。"

"那天在你之前从杂货铺出来的男人是谁？"

"我不知道你在说什么。"

"我在说'他'。"安德鲁从口袋里掏出了法方医院监控视频的截图。

苏茜仔细地看了看这些照片，她脸上的神情黯淡下来。

"斯迪曼先生，你到底是为谁工作？"

"我是《纽约时报》的雇员，贝克小姐，虽然我现在还在休病假。"

"好，那你还是专心于你的新闻报道吧。"苏茜说完，就要求车夫把车停了下来。

她跳到地上，向远方走去。车夫回头看着安德鲁，等待着他的进一步指令。

"拜托，"安德鲁对他说，"关心我一下，问问我到底陷入了怎样的窘境。我需要听到这样的话。"

"对不起，先生，您刚才说什么？"马车夫显然没有明白客人的话。

"我再给你二十美元，你可以让你的马再折回去吗？"

"你要是给我三十美元，我就能追上刚才那位小姐。"

"二十五！"

"成交！"

马立刻跑了起来，快到苏茜身边的时候，车夫尽量放慢了速度，让车停在了苏茜身边。

"快上来。"安德鲁喊道。

"不要烦我，斯迪曼，我会给别人带来厄运。"

"我不怕，因为从生下来那天起，厄运就一直伴随着我。我跟你说过了，快上车来，不然你就要被这场突如其来的大雨淋湿了。"

"我已经淋湿了。"

"那就再给你一个理由，到毯子下面来暖和一下，不然你会着凉的。"

苏茜笑了起来，她爬上了车子，在安德鲁身边坐了下来。

"你在勃朗峰遇险之后，有一架很特殊的飞机把你送回了美国。这种机票可不是能够随便买到的，对吗？"

"你说得对。"

"阿诺德·克诺夫是谁？"

"他是我们家的世交。我不知道自己的父亲是谁，对我来说，克诺夫就像我的教父一样。"

"贝克小姐，你到底是谁？"

"参议员沃克的外孙女。"

"听到这个名字，我应该想起什么吗？"

"他曾经是总统的高级顾问之一？"

"是的。"

"那现在发生的事情和你的外祖父有什么关系？"

"很奇怪，你身为记者，竟然不知道这些事情？你平时不看报纸吗？"

"总统当选时，我还在我父亲的体内，根本不可能看报纸。"

"我的家庭曾经卷进过一场全国性的丑闻里。我的外祖父被迫放弃了他的事业。"

"桃色绯闻，或者挪用公款，还是二者都有？"

"他的妻子被控叛国罪，后来又在试图越狱时被杀死了。"

"的确不是一般的事情。但这又和你有什么关系，你当时还没有出生。"

"我的外祖母是无辜的，我发誓要找到证据，洗清她的冤屈。"

"不错的想法，可是四十七年过去了，真相还是会威胁到某些人吗？"

"看来是这样的。"

"什么类型的叛国罪？"

"她被指控向苏联人出售美国的核机密。当时正是越战时期，她是某位政府要员的妻子，在家里应该听到了很多机密。"

"你的外祖母是共产主义者吗？"

"我不认为她是。她是坚定的反战人士，也非常关注社会上的不平等现象。她应当对她的丈夫也有一定的影响力，但这一切并不能构成她的罪行。"

"要看如何判断了，"安德鲁回答道，"你认为她是因为对丈夫的影响力才被陷害的？"

"玛蒂尔德一直是这样认为的。"

"玛蒂尔德？"

"他们的女儿，我的母亲。"

"先不要管你母亲的猜测，还有其他什么具体的证据吗？"

"几份莉莉安留下来的资料，还有她出逃前写的字条。她是手写的，可是我一直看不明白。"

"在我看来，这些都不算是有力的证据。"

"斯迪曼先生，我要向你承认，我在一件事上对你撒了谎。"

"只是一件事？"

"我去攀登勃朗峰并不是为了什么纪念日，沙米尔也不是。玛蒂尔德是个酒鬼，我之前就告诉过你。我都记不清自己曾经多少次夜闯酒吧，在吧台旁边找到烂醉如泥的玛蒂尔德，她甚至有时候就睡在停车场的汽车里。每一次她感到自己不胜酒力时，就会叫我去接她。这个时候，她就会谈起她的母亲，虽然她的话只是断断续续，我经常不明白她在说些什么。有天晚上，她醉酒之后突然想去波士顿港洗海水浴，可当时是1月，具体地说是1月24日，她在海水里冻僵，幸好旁边有船经过，警察把她救了上来。"

"她到底是醉了还是根本就想自杀？"

"两个都有。"

"那为什么要选择那一天？"

"是啊，为什么是那一天？我问过她同样的问题，她说在40年前的那一天，最后一个希望也破灭了。"

"最后一个希望？"

"是的，唯一能证明莉莉安无罪的证据就在那架飞机上，可是它却于1966年1月24日在勃朗峰坠毁了。在我母亲尝试过自杀之后，我就开始调查了。"

"你就在四十七年后去攀登勃朗峰，试图在飞机的残骸里找到这个证据？这真是个惊人的计划。"

"我花了很多年的时间研究这起坠机事故，搜集了很多不为人知的材料。我甚至还分析过每个月的冰川活动都有什么规律，设想过飞机是如何碎裂的。"

"那架飞机可是直接撞上了山峰，你还指望它能留下什么？"

"'干城章嘉号'在山体上留下了一条800米长的划痕，所以它不是直接撞上去的。看到山峰之后，飞行员应该会把飞机往上拉，所以是机尾先碰到了山峰。但是这四十多年以来，没有人发现飞机的驾驶舱，没有人！撞击的过程中，驾驶舱和客舱应该会分离开来，所以我就认定它一定是滑到了土尔纳峰下的某个缝隙里。几年的时间里，我看遍了各个事故报告、失事原因分析，还有照片，我甚至可以确定在哪里可以找到飞机剩余的部分。我没想到的是，我们竟然从那里掉了下去。"

"也就是说，"安德鲁十分惊讶，"你找到了'干城章嘉号'的驾驶舱？"

"是的，我找到了，还有一等客舱，机体几乎没有损坏。不幸的是，我找到的证据并没有之前想得那么有力。"

"到底是什么样的证据？"

"是你的那份名单上的那个印度外交官行李里的一封信。"

"你懂印地语？"

"信是用英语写的。"

"难道那些抢匪找的就是这封信？信有没有丢？"

"我把它放在你的公寓里了。"

"你说什么？"

"我想把它放在安全的地方。就藏在你的冰箱后面，是你给了我灵感。我不知道自己会被跟踪，更没想到你也会被监视。"

"贝克小姐，我不是私家侦探，而是一名记者。我现在的状态也不是很好，所以我还是先管好自己的事情，你自己的家务事还是要靠你自己处理。"

马车走出了中央公园，停在59号街上。安德鲁把苏茜扶了下来，拦了一辆出租车。

"那封信，"苏茜向安德鲁挥手告别，"我会拿回来的。"

"我明天把它带到图书馆。"

"那就明天见。"苏茜关上了出租车的门。

安德鲁站在人行道上，反复思索着苏茜的话，却没有得出什么有价值的结论。他看着载着苏茜的出租车渐渐驶远，然后拨通了多乐丽丝的电话。

第 四 章

伪装的线索

男人走进了二层的浴室，看着镜中的自己，小心地摘下了粘上的胡子和花白的头发。除掉了伪装之后，他看起来至少年轻了二十岁。

比恐惧更强烈的情感
Un Sentiment Plus Fort Que La Peur

　　安德鲁来到报社，从收发室那里取来了他的信件。一进办公室，他就看到弗雷迪·奥尔森趴在办公桌下，好像在找什么东西。

　　"奥尔森，你是把自己当成一条狗了吗？"安德鲁边说边打开了一封信。

　　"你有没有见过我的记者证，斯迪曼？不要总是说这些刻薄的话。"

　　"我甚至都不知道你还有记者证。需不需要我去给你买些狗粮？"

　　"斯迪曼，你真是惹到我了。我这两天都在到处找它。"

　　"你已经在桌子下面趴了两天了？你就不会去别的地方找找？"

　　安德鲁又拿起剩下的信件，其中有两张广告单，还有一封是一个自称先知的人寄来的，声称可以向他证明世界末日的确存在。安德鲁顺手就把它们扔进了碎纸机。

　　"奥尔森，如果你可以起来的话，我有一个独家新闻可以提供给你。"

奥尔森猛地把头抬了起来，却撞到了桌子。

"什么独家新闻？"

"有一个白痴刚刚碰到了头。奥尔森，祝你今天愉快。"

安德鲁吹着口哨进了电梯，奥莉薇亚也在他后面走了进来。

"你今天的心情怎么这么好，斯迪曼？"奥莉薇亚问道。

"你不会明白的。"

"你要去资料室？"

"不是，我只是很想核对一下我们的取暖锅炉的型号，所以我打算去趟地下室。"

"斯迪曼，因为之前在你身上发生的事情，我一直都深感内疚，但还是请你不要得寸进尺。你现在在调查什么？"

"谁告诉你我已经开始调查了？"

"看起来你最近没有酗酒，这倒是件好事。听我说，斯迪曼，你今天必须到我的办公室来一趟，详细介绍一下你现在在调查什么。不然我就会给你指派一个任务，限令你必须在某个日期之前完成。"

"据可靠消息称，世界末日是存在的。"安德鲁认真地说。

奥莉薇亚用能杀人的眼光看着安德鲁，突然她笑了起来。

"你真是……"

"没救了，奥莉薇亚，我自己也知道这一点。给我八天时间，我保证会给你一个解释。"

"那就八天后见，安德鲁。"

奥莉薇亚出了电梯之后，安德鲁一直等到她走远才溜进了多乐丽丝的办公室。

"查到什么没有？"他关上门之后就迫不及待地问道。

"关于这个你正在试图保护的公主，有一点让我觉得很奇怪。我查不到任何关于她的信息。她好像每走一步，就会把之前的脚印抹掉。她是个没有过去的人。"

"我想知道谁才可以做到这一点？"

"不管是谁，她的能量一定超乎我们的想象。我搜集了二十年的情报，还是头一回碰到这种情况。我甚至给缅因大学的肯特堡分校打了电话，但还是找不到任何相关信息。"

"那有没有和参议员沃克有关的信息？"

"我替你准备了一份材料。我之前并不知道这件事情，但是只要看一看当时的报刊，就会明白这个事件绝对称得上是震惊全国。但这个震动只持续了几天时间，之后就再没有媒体提过这件事。背后一定有人插手，华盛顿方面应该是施加了压力，大家才会集体保持沉默。"

"那是一个和现在不同的时代，当时还没有因特网。多乐丽丝，你可不可以把那份材料给我？"

"就在你面前，你拿走就是。"

安德鲁立刻抓起材料，开始浏览起来。

"看到材料就立即忘记了我的存在，你可真是忘恩负义啊。"多乐丽丝叹了口气。

安德鲁却只是冲她笑了笑，就离开了报社。

回到公寓之后，他走进厨房，一边试图移动冰箱，一边在想苏茜是如何一个人做到这一点的。冰箱和墙之间终于有了足够的缝隙，安德鲁把手伸了进去，摸到一个袋子。

袋子里有一封很陈旧的信，他小心地打开了它：

亲爱的爱德华：

一切都已经结束了，我很是为你难过。危险已经远离，我把东西放在了一个没有人能找得到的地方，除非有人背弃了承诺。我稍后会用同样的方法，把具体的地址和取件方式告诉你。

我可以想象这次的不幸对你造成了多大的影响，但是为了让你良心能安，我还是要告诉你，如果我是你，在同样的情况下，我也会这么做。国家利益高于一切，对于我们这种人来说，我们没有别的选择，只能选择捍卫国家，虽然可能会因此失去我们最珍视的东西。

我们今后不会再见面，我对这一点深表遗憾。我不会忘记我们在 1956 年到 1959 年间在柏林度过的那段闲适的时光，更不会忘记在某个 7 月 29 日，你曾经救过我一命。到现在，我们已经两清了。

如果遇到万不得已的情况，你可以给这个地址写信：奥斯陆市 71 号公寓 37 栋 79 号。我会在那儿停留一段时间。

看过信后请立即销毁。我相信你的谨慎，希望我们的最后一次通信不会惹来什么麻烦。

真诚的　阿什顿

安德鲁回到客厅，开始研究多乐丽丝为他整理的那份材料。

材料中有一些剪报，都是在 1966 年 1 月中旬印发的。

"参议员沃克之妻涉嫌叛国"，这是《华盛顿邮报》的标题。"沃克家族惊天丑闻"，这是《洛杉矶时报》的头条。《每日新闻》则使用了"女叛徒"一词。《纽约邮报》更是夸张，直接说出了"背叛丈夫和国家的女间谍"。

超过三十家全国性日报的头条都报道了这一事件，只是表述方式略有不同。所有文章都提到了莉莉安·沃克虽然是民主党参议员爱德华·沃克之妻，也是一个十九岁女孩的母亲，但她却在背地里为克格勃从事间谍活动。《芝加哥论坛报》还提到，调查人员在她的房间里发现了一些可疑的文件，她的通敌叛国罪证确凿。她记下了每次丈夫与他人会谈时提到的重要信息，还偷窃了保险柜的钥匙，拍摄了其中的很多重要材料，把它们交给共产主义阵营乙方。《达拉斯邮报》更是指出，如果联邦调查局没能及早发现她的罪行的话，很多在越南的军事基地和在那里服役的士兵都会因她的叛国行径受害。虽然有人为她通风报信，她也曾经试图逃脱，但最后还是被绳之以法。

在那几天里，报纸不断挖掘这起叛国罪背后的猛料，对其可能产生的后果的猜测也逐渐升级。1 月 18 日，爱德华·沃克正式辞去参议员的职务，并宣布彻底退出政坛。1 月 19 日，全国几乎所有报纸都披露了内幕，称莉莉安·沃克本已逃至瑞典北方边境，正准备途经挪威潜入苏联，却被及时逮捕。但是在 20 日之后，就和多乐丽丝所说的一样，报纸上不再有任何关于莉莉安·沃克的消息。

　　只有《纽约时报》在1月21日发表了一篇署名为本·莫顿的文章，结尾处作者写道："沃克因此辞职，到底哪些人会因此受益？"

　　安德鲁立即想起了这个人，他记得莫顿是新闻行当里的老手，性格非常强硬。安德鲁之前和他在报社的走廊里打过照面，但是当时安德鲁只是一个负责发布讣告的小工，甚至都不算是记者，所以也未曾有机会和莫顿交谈。

　　安德鲁给报社负责信件的收发员打了个电话，问他要把本·莫顿的信件转寄到哪里。费格拉告诉他自己已经很久没有这样做过了，因为给莫顿的信件都只是些广告传单，莫顿就让他直接扔掉了。可是安德鲁锲而不舍，一直不停追问，费格拉才被迫告诉他莫顿现在隐居在佛蒙特州坦布里奇市的一个小村庄里，但是他也没有详细地址，只有一个邮政编码。

　　安德鲁看了看地图，看来只有开车才能到达坦布里奇市。可是他已经很久没有开过自己的达特桑了，自从一个愤怒的读者用球棒在地下停车场里把它砸坏之后。真是让人不愉快的回忆，安德鲁随后把它放到了西蒙的车厂里，一直也没有开出来。他并不怀疑车子已经完全被修好了，毕竟这是他的好朋友唯一的特长。

　　他拿起资料，准备了一些厚衣服和一罐热咖啡，就去了西蒙的车厂。

❦

　　"当然已经修好了，"西蒙说，"你要去哪儿？"

　　"这次我想一个人出去透透气。"

　　"你还是没有告诉我你要去哪儿。"西蒙脸上露出了不悦的神色。

"去佛蒙特。能把钥匙给我吗？"

"那里有雪，如果你开达特桑去的话，肯定会打滑，入夜后还会更危险。我借给你这辆雪佛兰产的'风火轮'车，六缸发动机，110马力。不过建议你最好把它完好无损地还给我，我们可是搜集了很多原装零件才把它修复的。"

"我当然知道，你肯定不会用其他零件。"

"你是在讽刺我吗？"

"西蒙，我要走了。"

"什么时候回来？"

"有的时候，我会想，你是不是我妈妈的化身。"

"你的玩笑一点儿都不好笑。到了之后给我打电话报个平安。"

安德鲁答应下来，发动了汽车。车子的座位散发着一种油漆的味道，但是树脂制的方向盘和操控板看起来都很让人安心。

"我保证会像爱惜自己的车子一样爱惜它。"安德鲁发誓说。

"那你还是保证会像爱惜我的车子一样爱惜它吧。"

安德鲁离开了纽约，一路向北。纽约的郊区已被他远远地甩在身后，一路上，他看到了很多居住用的塔楼、工业区、货仓和燃料库。之后他又穿过了几座小城市，那里一到天黑，路上就几乎空无一人。

安德鲁能感到沿途的生活节奏逐渐慢了下来，建筑物开始逐渐让位于田野，只有农舍里零星的灯光能够证明其中有人居住。

所谓的坦布里奇市其实只是一条小街，几盏昏暗的路灯点缀其上，光线下依稀能看见一家杂货铺、一家五金制品店，还有一座加油站，而其中只有加油站还开着门。安德鲁把车停在了唯一的加油泵旁边，轮胎轧过了地上的一根电缆，发出嘎吱的声响。一个老人闻声从房里走了出来。安德鲁打开车门，跳下了车。

"可以请你帮我把油加满吗？"安德鲁对他说。

"这样的车我可是好多年没有见过了，"老人已经掉了很多牙齿，说话的时候直漏风，"车的汽化器有没有改装过？我们这儿可只有无铅汽油。"

"应该改装过吧。有什么关系吗？"

"当然有关系，如果你还要继续赶路的话，最好现在就把这件事搞清楚。把你的发动机罩打开，我要检查一下。"

"不用麻烦了，这车才刚刚检修过。"

"检修后又开了多少英里？"

"大概三百英里吧。"

"那还是打开让我看一下吧，毕竟这种老式车很费油的，再说我也没什么事情做。上一个客人还是昨天早上来的。"

"那你为什么这个点儿还要开门营业？"安德鲁看着他检查车子，自己却抱着肩膀冻得发抖。

"看见玻璃后头的那张椅子了吗？我在上面坐了四十多年，那也是我唯一愿意坐下的地方。这个加油站是我父亲留下的，他1960年过世，之后就是我在经营。我爸爸建起了这个加油站，我还是个孩子的时候，就看着他在卖海湾牌汽油，可是现在连这个牌子都没有了。我的卧室就在这个楼的二层，我又睡不着，所以就把加油站一直开到入睡之前。要不我还能干点儿什么？说不定什么时候就来了一个你这样的外地客人，要是错过了可是件很遗憾的事情。你要去哪儿？"

"这儿就是我的目的地，你认识一个叫本·莫顿的人吗？"

"我很想告诉你我不认识，可是很倒霉，我偏偏认识这个人。"

"你知道他住在哪儿吗？"

"你今天过得怎么样？"

"还不错，不过你为什么要问这个？"

"既然你今天心情还算不错，那就赶紧回去吧，不然你会后悔的。"

"我可是从纽约一路开车来到这里，就是为了见他。"

"哪怕你是从迈阿密开车来的，我也建议你回去，莫顿是个老浑蛋，最好别跟他照面。"

"这种人我见得多了，没什么可怕的。"

"不，他肯定是其中最让人讨厌的，"那人一边感叹，一边把加油的阀门放回了原处，"好了，一共八十美元，如果能给点儿小费的话就更好了。"

安德鲁给了他五张二十美元的票子，老人数了数钱，突然笑了起来。

"一般小费也就两美元，你多给了十八块，肯定是跟我要这个老浑蛋的地址。反正我的手上也不是太干净，不在乎再多做点儿龌龊的事。来吧，跟我进去，里面有热咖啡。"

安德鲁走进了加油站里头。

"你到底要找他干什么？"

"他又到底对你做了什么，你要这么说他？"

"那你倒是说说，到底有谁能和这个比熊还粗鲁的人相处得来，你要是能说出来，我以后都免费给你加油。"

"真的有这么严重？"

"他天天都在他的小棚屋里，像老鼠一样活着。他让人把吃喝送到通往他家的小路路口，连他家门口都不能接近。我的这个加油站离他的领地还有一段距离呢。"

那人的咖啡有一股甘草的味道，但是安德鲁实在太冷了，顾不得挑剔就一饮而尽。

"你今晚就要去敲他的门？要是他能给你开门就怪了。"

"最近的汽车旅馆离这儿有多远？"

"五十多英里（约80公里），而且这个季节也肯定关着门。你可以到楼下的车库里将就一夜，只是那儿没有壁炉。莫顿的小屋是在南边，你之前已经经过了那附近。明天你沿着原路回去，过了拉塞尔街之后，就会看到右手边有一条小道，一直往里走，他就住在最里面，你肯定找得到。"

安德鲁向老人道了谢，就打算离开加油站。

"你的发动机状况不是很好，最好慢点儿开。如果油门踩得太大，可能会把气门弄坏。"

那辆老式的雪佛兰又开回了路上，所有的车灯全部打开，在坑坑洼洼的路上缓缓前行着。

安德鲁看到了远处的棚屋，两扇窗户里都透出了灯光。他立即熄火下车，敲响了那扇木门。

有一个老人过来打开了门，安德鲁盯着他的五官看了好一阵子，才依稀辨认出这的确是他的老同事。而对方也一直在打量着他。

"不要烦我，赶紧离开。"那个老人满脸的络腮胡，不悦地说道。

"莫顿先生，我开车走了很远的路程来到这里，就是为了见你。"

"那就反方向再开回去吧，返程的时候就不会觉得这么长了。"

"我需要跟你谈谈。"

"我不想跟你谈，滚吧，我什么都不需要。"

"你关于沃克事件的那篇文章。"

"什么沃克事件？"

"1966 年，有一个参议员的妻子被控叛国。"

"看来你对'时事'很有新闻敏感度嘛。我的文章怎么了？"

"我是《纽约时报》的记者，和你一样。我们之前在报社碰见过几次，但是我一直没有机会能跟你说话。"

"我已经退休很久了，别人没告诉过你吗？我看你应该是喜欢做深度调查的人。"

"报社的通讯录上已经没有你的名字了，可是我还是找到了你。"

本·莫顿盯着安德鲁看了很久，才示意他进来。

"到壁炉前面去吧，你的嘴唇都紫了。这儿可不比城里。"

安德鲁在火堆前揉搓着双手，莫顿开了一瓶黑葡萄酒，倒了两杯。

"给，"他把其中一杯递给了安德鲁，"要想暖和过来，这可比火要快多了。把你的记者证给我看看。"

"看来你是相信我的话了。"安德鲁打开了钱夹。

"只有傻瓜才会随便相信别人的话。在我们这个行当里，如果你很容易相信别人，那证明你不是个好记者。你可以烤五分钟的火，然后就立刻离开，明白了吗？"

"我读了上百篇有关沃克事件的文章，你是唯一对莉莉安·沃克的罪行持保留态度的人。虽然你只是在文章最后提了个问题，但是还是能看出来你对此有所怀疑。"

"那又怎么样？都是以前的事了。"

"从 1 月 20 日开始，所有的报刊都对这件事集体失声了，除了你的那篇文章，是在 21 日发表的。"

"我当时还年轻，不知天高地厚。"莫顿笑了起来，一口喝干了杯中的酒。

"所以你还记得当时的事情。"

"我是老了，但还没有糊涂。你怎么突然对这件旧事感兴趣？"

"我总是对所谓的主流舆论导向持怀疑态度。"

"我也是，"莫顿回答道，"就是这个原因促使我写了那篇文章。当时这事可没那么简单。我们收到了上头的指示，让所有媒体不要再提沃克和他妻子的事情。你要想想当时的情况。舆论还没有那么自由，政客们还是可以给我们制定条条框框。我可是突破了他们的底线。"

"怎么做到的？"

"我们都知道的一个小技巧。报社总是在编务会上告诉大家可以写什么，然后大家就去准备，再送审，再印刷。但是如果你交稿交得很晚，审稿的人就不会有时间去看你的文章，你就可以原样发表了。一般来说没什么事情，但是像这种大事，肯定不可能悄无声息地过去。那些大人物不会容许我们这样做的，这让他们觉得自己的尊严受到了侵害。虽然第二天，没听说有人向报社施压，可是在接下来的几个月里，我还是为此付出了代价。"

"你不认为沃克的妻子有罪？"

"我怎么认为并不重要。我所知道的，只是所有的同事，包括我，都没有亲眼见过那些所谓的铁证。让我在意的是，似乎没有人关心这一点。麦卡锡主义已经消失十二年了，但是在这件事上，我们还是能看到它的影响。你的五分钟已经结束了，我不用给你指门在哪里吧？"

"我现在的状态根本没法继续开车，你没有客房吗？"

"我从不接待客人。村子北边有个汽车旅馆。"

"加油站的人跟我说旅馆离这儿有五十多英里，而且冬天一般还会关门。"

"他真是鬼话连篇，是他告诉你我的住处的？"

"我不会告诉别人我的信息来源的。"

莫顿又递给安德鲁一杯酒。

"我可以把沙发借给你。但是明天一早，在我起床之前，你最好能离开我的房子。"

"我还有其他关于莉莉安·沃克的问题想要问你。"

"我不会再跟你说什么了。我要睡了。"

本·莫顿打开了壁橱的门，扔了一床被子给安德鲁。

"我不会跟你说明天见，因为我起床的时候你应该已经不在了。"

他关掉灯上了二楼，卧室的门随后也关上了。

安德鲁独自一人坐在一楼，只有一点儿微弱的火光可以给他照明。

他等到莫顿睡下，才走到窗户边的一张书桌处。

他拉开椅子坐了下来。桌上有一张莫顿的相片，上面的他大概只有二十几岁，旁边的男人应当是他的父亲。

"不要翻我的东西，要不我就把你赶出去。"

安德鲁苦笑了一下，躺到了沙发上。他打开了被子，听着壁炉里木柴燃烧的噼啪声进入了梦乡。

＊

有人抓着安德鲁的肩膀把他摇醒了。安德鲁睁开眼，却看见了莫顿的脸。

"你这个年纪竟然会做噩梦！你又没有参加过越战。"

安德鲁坐起身来，屋里的温度比之前下降了很多，可他还是一身冷汗。

"看来我还是应该为你做点儿什么，"莫顿继续说，"你以为我真的不知道你是谁？费格拉早就打电话通知过我你可能要来。如果你想做个好记者，就让我教你几招。我再往壁炉里添点儿柴，好让你再睡一会儿，我也不想再被你梦中的惨叫声吵醒了。"

"不用了，我要走了。"

"你走了，我要把剩下的事情告诉谁？"莫顿发起火来，"你从纽约过来，就是为了问我这些问题，而你竟然现在就要走？你每天早上去报社的时候，难道没在进门处看见'纽约时报'那四个字？你就没有感到一种使命感？"

"当然有，我每天都有这种感觉！"

"那就留下来，做一个合格的记者！你只有两个选择，要么就是听我喋喋不休地给你讲所有事情，直到你无法忍受，自己选择离开；要么就是我被你问烦了，用球棒把你赶出去。但是你就是不能半途而废，才问了几个问题就要放弃！现在你可以问我有关莉莉安·沃克的问题了。"

"你为什么会怀疑她的罪名？"

"在我看来，她的罪行好像有点儿太严重了。当然这只是我的猜测。"

"你的文章里为什么没有提到这一点？"

"一旦报社向你施压，让你不要再关注某个话题，那你就最好不要太固执。60年代的时候，我们还在用打字机，也不可能用网络让外界立刻知道发生了什么事。关于这起事件，上头已经发了禁言令。实际上，我也没有什么具体的证据能够支持自己的看法，而我当时一直是冒着很大的风险。天亮之后，你跟我到后面的车库去一下，我好看看是不是还有当时的材料。不是因为我的记忆力退化了，只是因为时间太久了。"

"在你看来，莉莉安·沃克到底窃取了哪些材料？"

"这正是最大的谜团，没人知道到底是什么材料。政府说是一些关于我方军事基地在越南的部署位置的材料。但这就更奇怪了，莉莉安·沃克是个母亲，她没有理由让那些年轻的战士去送死。我经常在想幕后黑手是不是想对付她的丈夫。作为一个民主党人，沃克的右倾倾向太明显了，他的很多主张甚至和党派的根本路线相悖，而他和总统的友谊也招致了很多人的嫉恨。"

"你认为这是场阴谋？"

"我不能说这是我的看法，但这也不是不可能，有谁能想到会发生这种事？好了，该我向你提一个问题了。都已经过去几十年了，你怎么会突然对这件事感兴趣？"

"莉莉安·沃克的外孙女是我的朋友。她坚持要为外祖母洗清罪名。我还知道直到前几天，好像还有人在关注这件事。"

安德鲁之前把苏茜的那封信抄录了一份，现在他把这个副本递给了莫顿，并详细讲述了他和苏茜公寓里的两起入室盗窃案。

"原件有破损，我就抄了一份。"安德鲁说。

"这封信并不能说明什么问题，"莫顿边看边说，"你说你看了上百篇和此事有关的文章？"

"所有提到沃克的文章我都看了。"

"那有没有提到什么出国旅行或出差之类的事情？"

"没有，你为什么这么问？"

"穿上你的外套，跟我去车库看看。"

莫顿拿起了书架上的一盏风灯，示意安德鲁和他一起过去。

他们穿过了一个满是冰霜的菜园，走进了一间车库。在安德鲁看来，这个车库甚至比莫顿的房子还要大。车库里有一辆老吉普，还有一堆木柴，最后面放着十几个铁质的箱子。

"我的职业生涯都在这些箱子里面了。要是这么看的话，人的一辈子也做不了什么，尤其是当我想到之前熬了不知道多少个通宵才写出这些东西，而它们现在已经完全没有用处的时候。"本·莫顿叹了口气。

他打开了几个箱子，让安德鲁在一旁为他照明。最后他从里面取出了一份材料，把它拿回了房间。

两个人在桌旁坐了下来。莫顿往壁炉里添了些木柴，开始看他当时的笔记。

"你也帮我一起看吧，我记得里面应该有一份沃克的生平。"

安德鲁立即执行命令，但是莫顿的笔迹并不是很容易辨认。最后他还是找出了那份文件，把它递给了莫顿。

"看来我还没有老糊涂。"莫顿高兴地感慨道。

"你在说什么？"

"和你那份信件有关的东西。1956 年沃克已经是议员了，而议员是不应该在冷战时期随便到柏林去的，除非有外交使命，而这种事很容易就能查到。但是你看看他的简历，如果你看得够仔细，应该会发现他从来没学过德语。那他为什么会在 1956 年到 1959 年间和这个朋友一直待在柏林？"

安德鲁立即很懊恼自己之前怎么没有想到这些。

莫顿站起身来，看着窗外的旭日。

"要下雪了，"他观察着天色，"如果要回纽约的话，你最好立即动身。在这个地方，下雪可不是什么好玩的事，你可能会被困上好几天。带上这份材料，虽然里面也没有什么重要的东西，但也许对你有用。我已经不需要它了。"

莫顿给安德鲁做了一个三明治，又给他灌了一壶热咖啡。

"你和加油站的那个人口中的本·莫顿很不一样。"

"你这么说是为了感谢我吗？如果是这样的话，你感谢的方式的确很特别，我的孩子。我出生在这里，长在这里，现在又回来度过余生。如果你已经游遍了世界，看过了你想看的东西，就会有一种叶落归根的愿望。我十七岁的时候，加油站的那个笨蛋坚信我和他的妹妹上床了。我出于自尊没有辩白。其实他的妹妹在这方面很是随便，镇上的男生也经常利用这一点，可是我从来没那么做过。而他几乎对村里和附近所有的男生都有敌意。"

莫顿把安德鲁送到汽车前。

"好好保管我给你的材料，仔细研究它，希望你用完后能把它寄还给我。"

安德鲁向他做了保证，然后就坐在了方向盘前。

"斯迪曼，你要小心。既然你的公寓遭遇了盗窃，就证明这件事情还没有结束，也许有人不希望莉莉安·沃克的过去被挖掘出来。"

"为什么？你自己也说过已经过去这么多年了。"

"我认识一些检察官，他们也很清楚一些死刑犯是被冤枉的，不应该为此送命。但是他们却会百般阻挠别人查清事实，宁愿看着这些人在电椅上死去也不愿意承认自己的失误和无能。虽然已经过去四十多年了，但是一个被冤致死的参议员之妻可能还是会威胁到一些人的利益。"

"你怎么会肯定她已经死了？没有一家报纸说过她最后到底怎么样了。"

"后来的集体性沉默就证明了这一点，"莫顿回答道，"不管怎样，如果你要我帮忙的话，可以给我打电话。我把号码写在了三明治的包装纸上面。最好晚上打，白天我一般不会在家。"

"还有最后一个问题，我一定要跟你说清楚，"安德鲁说，"是我建议费格拉给你打电话的，让他通知你我会前来拜访，我不是你想象的那种无能的记者。"

安德鲁发动车子离开了，空中已经飘起了雪花。

车子在地平线上消失之后，莫顿回到了房间里，拿起了电话。

"他已经走了。"他对另一端说。

"他知道了什么？"

"看来他还不知道太多事情。但是他是个好记者，就算知道也不一定会说出来。"

"你看到那封信了吗？"

"他给我看过。"

"你可以把内容抄下来吗？"

"应该是由你把它抄下来，记住里面的内容并不困难。"

他开始向对方复述如下内容：

亲爱的爱德华：

我可以想象这次的不幸对你造成了多大的影响，但是为了让你良心能安，我还是要告诉你，如果我是你，在同样的情况下，我也会这么做。国家利益高于一切，对于我们这种人来说，我们没有别的选择，只能选择捍卫国家，虽然可能会因此失去我们最珍视的东西。

我们今后不会再见面，我对这一点深表遗憾。我不会忘记我们在 1956 年到 1959 年间在柏林度过的那段闲适的时光，更不会忘记在某个 7 月 29 日，你曾经救过我一命。到现在，我们已经两清了。

"署名是谁？"

"他给我的只是手抄件，上面没有署名。据说原件的纸张已经很脆弱了。在山缝中尘封了快五十年，这样也可以理解。"

"你把材料给他了？"

"他把材料带走了。我觉得不需要给他更多暗示了。斯迪曼是个喜欢挖掘真相的人，他自己会查的。我已经按你说的做了，但是我不明白你的意图。我们之前所做的一切都是为了毁掉这些材料，你现在却要让它们重见天日。"

"她死之后没有人知道她把它们藏在那里。"

"报告中不是说过她已经把它们销毁了吗？这也是上头希望的，不是吗？让材料和她一起消失。"

"我从来就对报告上的内容持怀疑态度。莉莉安可是个聪明的女人，她肯定已经预见到自己即将被捕，在这之前她就应该会把材料放在安全的地方。如果她想公开这些材料，就肯定不会销毁它们。"

"这只是你的看法。就算报告的结论有误，但我们自己已经花了这么多年，都没能找到材料。这又有什么可担心的呢？"

"家族的荣誉需要每一代人的共同捍卫，这也是许多部族战争爆发的原因。我们之前之所以可以进行短暂的休整，是因为莉莉安·沃克的女儿没有能力查清真相，可是她的外孙女显然不是好惹的角色。如果她不能为外祖母洗刷冤屈，她的后代也会继续下去。我们要捍卫国家的荣誉，可是我们总有一天要离开人世。有这个记者的帮助，苏茜也许能实现她的目标。那我们就适时介入，让这件事彻底结束。"

"我们要为她安排和她的外祖母一样的命运？"

"希望不要。视具体情况而定吧，我们再联系。对了，你把真正的莫顿怎么样了？"

"你说他希望能在这个房子里度过余生，我帮助他实现了最后的愿望。现在他就睡在他的蔷薇花下面。我下面要做什么？"

"待在莫顿家里，直到你收到新的指令。"

"希望不要太久，这个地方不是很舒服。"

"我几天后给你电话。尽量不要让附近的人看见你。"

"不会有问题的，这个棚屋和外界几乎没有联系。"男人叹了口气。

但阿诺德·克诺夫已经挂断了电话。

男人走进了二层的浴室，看着镜中的自己，小心地摘下了粘上的胡子和花白的头发。除掉了伪装之后，他看起来至少年轻了二十岁。

❄

"看来你没有把和你外祖母有关的一切都告诉我。"图书馆里，安德鲁坐在了苏茜的旁边。

"我之前换位置不是为了让你再次坐到旁边的。"

"那可不一定。"

"你之前也没有问过我。"

"那好，我现在就问。还有什么关于莉莉安·沃克的事情是你没有告诉我的？"

"这和你有什么关系？"

"没什么关系。我也许的确是个酒鬼，脾气也不太好，但我是个称职的记者，这也是我唯一擅长的事情。你到底需不需要我的帮助？"

"你有什么条件？"

"我可以给你几个星期的时间。假设我们可以证明你外祖母的清白，那我要独家发布这条新闻，而且保留不经你审阅就发表相关文章的权利。"

苏茜拿起了所有的东西，一言不发地离开了座位。

"你不是开玩笑吧，"安德鲁追上了她，"你难道不想跟我讨价还价一下？"

"阅览室里不能说话。我们去咖啡馆，现在请你不要说话。"

苏茜要了一份甜点，然后坐在了安德鲁的对面。

"你只吃甜食吗？"

"你只喝酒吗？"苏茜立刻针锋相对，"我接受你的条件，但我有一个小小的要求。我不会改动你的文章，但是在发表之前，你要给我看一下。"

"成交。"安德鲁说道，"你的外祖父有没有跟你提过他曾经去柏林出过差？"

"他几乎从不跟我说话。你为什么要问这个问题？"

"因为他好像从来没有去过柏林。那我们就要好好想想阿什顿的话到底是什么意思了。你不是擅长破译密码吗？现在是你发挥作用的时候了。"

"我拿到信之后一直在尝试破解那句话的意思。你以为我这些天都在干什么？我打乱过词的顺序，加减过里面的辅音和元音，甚至还用过一个软件，但还是什么都没有发现。"

"你之前说你的外祖母留下过一条信息，我可以看一下吗？"

苏茜打开挎包，从中拿出一个文件夹，取出了一张纸，把它递给了安德鲁，上面是莉莉安的笔迹：

伍丁　詹姆斯·韦特默

泰勒　费雪·斯通

"这四个男人是谁？"安德鲁问道。

"是三个男人。威廉·伍丁是罗斯福手下的财务总长。但我没有查到谁是詹姆斯·韦特默，同名的人太多了！你肯定想不到有多少医生都叫这个名字！至于费雪·斯通的裁缝（泰勒一名在英语中也有裁缝的意思。——译注）……"

"费雪·斯通是个地方？在哪里？"

"我也不知道，我已经调查过所有沿海的小城市，从东海岸到西海岸，没有城市叫这个名字。我还在加拿大调查过，也没有什么线索。"

"挪威或者瑞典呢？"

"没什么结果。"

"我会请多乐丽丝帮忙。如果真有地方叫这个名字，不管它是在桑给巴尔的郊区还是在某个不知名的小岛上，她都能找到。你的文件夹里还有什么有用的材料吗？”

“除了这条无法理解的信息，还有莉莉安的几张照片和她写给玛蒂尔德的一句话，别的就没什么了。”

“什么话？”

“不管是雨雪严寒，还是酷暑黑暗，都不能阻止信使走完他要走的路。”

“你的外祖母真喜欢打哑谜。”

“设身处地地替她想一想。”

“跟我说说那天从杂货铺里出来的人是谁？”

“我告诉过你了，是克诺夫，他是外祖父的朋友。”

“如果我没搞错的话，他们应该不是同龄人。”

“是的，克诺夫要年轻一些。”

“除了是你外祖父的朋友，他平时是做什么工作的？”

“他为中情局工作。”

“是他帮你清除了有关过去的一切信息？”

“从我记事起，他就一直在保护我。他向外祖父保证过，他是个重诺的人。”

“中情局的雇员，又是你家人的朋友。他真是进退两难，恐怕很难处理这两方的关系。”

“玛蒂尔德认为是他向莉莉安通报了她稍后会被捕的消息。但是克诺夫对此一直否认。但是那天外祖母没有回家，我母亲之后再没有见过她。”

安德鲁拿出了莫顿给他的资料。

"除了我们两个人，还有别人可以帮我们。"

"是谁给你的？"苏茜浏览着那些剪报。

"一个已经退休的同事。你外祖母事发的当时，他就对她是否有罪持保留态度。不要再看这些文章了，它们都是在重复同一件事情。虽然多乐丽丝给我准备的材料也很全，但我总觉得里面好像少了什么。看看莫顿的笔记吧，这都是当时写的，记录了事件发生时的情况。"

安德鲁和苏茜一整个下午都待在阅览室里，直到傍晚才走下了图书馆门前的台阶。安德鲁希望多乐丽丝还在报社，但是等他到达的时候，多乐丽丝已经离开了。

安德鲁走进了自己的办公室，里面空无一人，安德鲁也利用这难得的安静气氛开始工作。他把那些笔记放在面前，试图把它们置于某个大框架内，好理清这些事实之间的联系。

弗雷迪·奥尔森走出了洗手间，朝安德鲁走了过来。

"不要这样看着我，斯迪曼，我只是去了趟洗手间。"

"奥尔森，我根本不想看你。"安德鲁边说边继续盯着那些笔记。

"你真的重新开始工作了！伟大的斯迪曼记者的下一个选题是什么？"奥尔森坐在了安德鲁的旁边。

"你是永远都这么精力充沛吗？"安德鲁反问道。

"如果能帮到你，那我会很乐意。"

"弗雷迪，回到你的座位上去，我不喜欢别人从我的头上往下看。"

"你开始对邮政系统感兴趣了？我知道你一向看不起我的工作，但是两年前我写过一份系统的报道，是关于法利邮局的。"

"你在说什么？"

"关于如何把邮局的地下部分连通在一起，好变成一个火车站。这个计划是 1990 年一个参议员提出的，但是二十年后才开始施行。一期工程两年前已经动工了，大概四年后就能完成。法利邮局的地下部分会和佩恩地铁站连接在一起，政府计划在它们之间建一个穿过第八大街的通道。"

"感谢你为我上的这堂市政教育课，奥尔森。"

"斯迪曼，你为什么总是轻视我？你总是认为你比所有人都要强，难道你担心我会抢走你的选题？而且这个题目我已经调查过了。如果你准备从高高在上的神坛上走下来，我可以把笔记借给你，你可以随便使用，我什么都不会说的，我保证。"

"但是我为什么要研究你说的邮局呢？"

"'不管是雨雪严寒，还是酷暑黑暗，都不能阻止信使走完他要走的路。'你以为我是傻瓜吗？这句话可是刻在每一家邮局的外墙上的。你是觉得它很美才抄下来的吗？"

"我发誓，我真的不知道是这样。"安德鲁回答道。

"斯迪曼，走路的时候最好也向周围看一看，这样你就会发现自己住在纽约。那个楼顶的霓虹灯会变换颜色的摩天大楼叫帝国大厦，希望你不会有一天突然问我它叫什么。"

安德鲁心中满是疑惑，他收拾东西离开了报社。为什么莉莉安·沃克要抄一句写在邮局外墙上的话？这句话又是什么意思？

❄

　　树枝和灌木丛上都挂满了冰凌。地面上一片白茫茫，池塘都已经冻住了。天空阴晴不定，在风的作用下，云在天上飘来飘去，月亮时隐时现。远处，她看到了一束灯光，就立即站起身来跑了出去。头顶传来一声乌鸦的啼叫，她抬起了头，却看到鸟儿正在盯着她，似乎在等待她成为自己的晚餐。

　　"还没到时候。"她说道，丝毫没有放慢奔跑的速度。

　　左边有一些陡坡，把这里和外界隔绝了开来。她助跑了一下，试图爬上去，只要能离开这里，那些人就无法再抓住她。

　　她加快了速度，但是月光却突然明亮起来。枪声响了起来，她的背部立刻感到了灼痛，她的呼吸停止了，腿也软了下来，整个身子向前栽去。

　　她的面部摔在了雪地上。死也没有这么可怕，反抗显得毫无意义。

　　身后传来了脚步声，积雪在他们的鞋子下嘎吱作响。那些人靠近了，但是她希望可以立刻死去，不要看见他们丑恶的嘴脸。至于在人世间最后的回忆，她只想记住玛蒂尔德的眼睛。她希望自己还有力气向玛蒂尔德说一声对不起，因为她的自私让玛蒂尔德失去了母亲。

　　她如何能离开自己的孩子，放弃看她承欢膝下的幸福，让自己再也听不到她附在耳边对母亲说的小秘密，再也看不到她无忧无虑的笑脸，把自己带到一个离她如此遥远的地方？死本身并不可怕，可怕的是要离开自己的亲人。

她的心跳加速了，她尝试站起来，但是地面在她面前裂开了，深渊中传来鼓声，露出了玛蒂尔德的脸。

苏茜一身冷汗地惊醒过来。从她童年起，这个噩梦就一直困扰着她，让她每次醒来后都会莫名地烦躁。

有人在敲门。苏茜掀开被子，穿过客厅，询问门外的人是谁。

"安德鲁·斯迪曼。"门口传来声音。

苏茜打开了门。

"你是在健身吗？"安德鲁走进门来。

他试图移开自己的视线，苏茜的汗衫已经全部湿透，乳房的形状若隐若现。很久以来的第一次，安德鲁感到了欲望的冲动。

"几点了？"苏茜问道。

"7点半。我给你带来了咖啡和小圆面包。快去冲个澡，穿上衣服。"

"斯迪曼，你是从床上掉下来了吗？"

"不是，你就没有什么浴袍之类的更保守的衣服可以换吗？"

苏茜从他手中拿过了咖啡，又咬了一口面包。

"怎么突然会有心情来给我送早餐？"

"昨天我从一个同事那里得到了一条重要线索。"

"先是你的多乐丽丝，现在又有另一个同事。是整个《纽约时报》的编辑部都被惊动了吗？我们应该谨慎一点儿，怎么你就做不到呢？"

"奥尔森什么都不知道，你不用教训我了。你到底去不去穿衣服？"

"你查到了什么？"苏茜边说边回到了卧室。

"你可以自己去看。"安德鲁也跟着她走了进来。

"如果你不介意的话，我想单独去洗个澡。"

安德鲁的脸红了，他走回了客厅的窗户处。

十分钟之后，苏茜重新出现了，她穿着一条牛仔裤，上身是一件宽松式毛衣，戴着一顶毛线帽。

"我们走吧？"

"穿上我的大衣，"安德鲁把自己的外套递给了苏茜，"把帽子一直拉到眼睛那里。你要自己出去。沿着街往上走，街的对面有一条向上的小道，顺着它一直走，你就会走到勒鲁瓦街区。跑步到第七大道，找一辆出租车，让它送你到第八大道和 31 号街路口处的佩恩地铁站的进口。"

"现在这个时间就玩这种寻宝游戏你不觉得很没有必要吗？有什么意义？"

"你家楼下停着一辆出租车。从你洗澡到现在，它都没有移动过。"安德鲁继续看着窗外。

"那又怎样？司机是不是去喝咖啡了？"

"那边没有卖咖啡的地方。司机就坐在方向盘后面，一直看着你的公寓。照我说的做。"

苏茜穿上了安德鲁的外套，安德鲁替她调整了一下帽子，又端详了一下。

"应该看不出来。不要这样看我，又不是我被跟踪了。"

"你觉得这么穿，他们就能把我当成你？"

"重要的是他们不把你当成你，这就够了。"

安德鲁回到了他的观察点。苏茜出去之后，那个出租车没有移动位置。

安德鲁等了几分钟，也走了出去。

※

苏茜正在人行道上等他，站在一个报刊亭的前面。

"我家楼下的到底是谁？"

"我记下了车牌号，看看能不能查出什么。"

"我们去坐地铁？"苏茜边说边准备走进地铁站。

"不是，"安德鲁回答道，"我们应该看看街对面。"

苏茜转过身来。

"你要寄信？"

"不要光顾着打趣我，看看上面写着什么。"

苏茜吃惊地睁大了双眼，看着法利邮局外面的文字。

"现在，我们就要考虑一下你外祖母为什么要抄下这句话了。"

"玛蒂尔德告诉过我莉莉安有一个保险箱，她在里面放了些东西。那个保险箱应该就寄放在邮局。"

"这样的话就糟糕了。已经过去这么久了，不知道还能不能找得到？"

他们走到了街的对面，进入邮局的大堂里。邮局内部的空间很大，安德鲁向一位职员询问了信箱在什么地方，职员告诉他在左手边的走廊里。

苏茜摘下了帽子，安德鲁看着她光洁的脖颈，有一瞬间的失神。

"看来我们是找不到了，这儿有一千多个邮箱。"苏茜看着那一面满是信箱的墙壁。

"你的外祖母希望有人能找到它。不管她想到的人是谁，我们都需要更多的信息。"

安德鲁打通了报社的电话。

"奥尔森，我需要你的帮助。"

"叫真正的斯迪曼来跟我说话，"弗雷迪反驳道，"你的声音学得很像，但是你刚刚说的话已经出卖了你。"

"我是认真的，到法利邮局的正门口来。"

"啊，我明白是怎么回事了。要是我这次愿意帮你，你准备怎么感谢我？"

"你会赢得我的尊敬，而且我保证如有一天你需要帮助的话，我也会帮你的。"

"那好吧。"奥尔森思考了一会儿，回答道。

❄

安德鲁和苏茜站在门口的台阶上等着奥尔森。不一会儿，奥尔森就从出租车上走了下来，把打车票递给了安德鲁。

"我不想走路，你欠我十块打车钱。你准备在法利邮局干什么？"

他一直盯着苏茜看，久到让苏茜都觉得有点儿尴尬。

"我是安德鲁前妻的朋友，"苏茜很快编造了一个身份，"我是市政管理学专业的学生，之前在做博士论文的时候我为了让内容多一点儿，就从网上盗用了一个章节。导师说他可以对此不予追究，条件是我必须立刻写出新的一章来，论述一下19世纪初纽约市建筑风格的演变对整个城市发展史的影响。这个老师是个极其固执的人，他让我下周一之前必须写出来，这么短的时间内几乎不可能写出来，但是我别无选择，必须完成这个任务。这家邮局是那个时期建筑的代表。安德鲁告诉我你比它的建筑师还要了解这座建筑。"

"比詹姆斯·韦特默还要了解？小姐你过奖了，不过我的确知道很多关于这儿的事情，我之前就这个选题发表过一篇很出色的文章，你本应该先读一读的。如果你能把住址告诉我，我今晚就可以给你送一份过去。"

"你刚才提到了谁的名字？"

"詹姆斯·韦特默，这个邮局的总建筑师，你不知道吗？"

"我刚刚忘记了，"苏茜露出了思索的神色，"那费雪和斯通这两个名字呢，能让你想起什么吗？这是不是指代这个邮局里的某个地方？"

"您到底是什么类型的市政管理学学生？"

"差生。"苏茜承认道。

"我也这么认为，跟我来吧。"奥尔森不由得嘟哝了两句。

他带着苏茜和安德鲁走到了一面墙壁前，上面有几行铭文，应该是用来纪念这个邮局的落成：

威廉·H.伍丁

财政部长

劳伦斯·W.罗伯特

部长秘书

詹姆斯·A.韦特默

总建筑师

泰勒 & 费雪

威廉·F.斯通

助理建筑师

1933

"看来我们知道邮箱的编号了。"安德鲁在苏茜的耳边说。

"好了，你们想从哪里开始参观？"奥尔森问道，显然他非常满意自己刚才的介绍带来的效果。

"还请你做我们的向导。"苏茜回答。

接下来的两个小时里，奥尔森就变成了一个合格的讲解员。他的相关知识非常丰富，甚至让安德鲁觉得很惊讶。每走一步，他都能告诉苏茜某个檐壁设计的来历，或者是某个浮雕是出自于哪个艺术家之手，甚至是铺地的大理石来自于哪个产地。苏茜一直很认真地听着，不时还会问几个问题，这让安德鲁很恼火。

走回到信箱旁边之后，苏茜和安德鲁注意到其中并没有1933号信箱。

"80年代初的时候，邮局开始使用自动信件分拣系统。原来位于地下的信箱就全部关闭了，不再向公众开放。"

"地下还有信箱？"

"当然有，但是关闭地下部分也没什么太大关系，人们都不太用信箱了，哪怕地上的这些，大部分也只是装饰品。虽然一般不能下去，但是我和邮局的一个负责人关系不错，如果你想参观一下的话，我们可以找一天时间一起下去看一看。"

"那就太好了。"苏茜回答道。

她向弗雷迪·奥尔森表示了感谢，告诉他自己回家之后就会用今天的收获来完善论文。

奥尔森记下了苏茜的号码，向她承诺他随时愿意效劳。

苏茜把大衣还给了安德鲁，让他和奥尔森可以独处一会儿。奥尔森看着苏茜消失在不远处。

"告诉我，斯迪曼，你是不是还在缅怀上一段婚姻？"弗雷迪看着苏茜穿过了第八大道。

"这跟你有什么关系？"

"我感觉好像是这样。既然如此，我跟你的朋友出去吃饭就没什么关系了吧？也许是我自作多情，不过我觉得她好像对我还蛮有点儿意思的。"

"既然你觉得她对你印象不错，那就别放过这次机会。"

"斯迪曼，你今天说的话没有平时那么招人讨厌。"

"她还是单身，你愿意怎么做是你的自由。"

❄

安德鲁走进了弗兰基餐厅，看到苏茜坐在餐厅最里面固定的位置上。

"我跟服务生说今天要和你一起吃晚饭。"

"我看出来了。"安德鲁坐了下来。

"你甩掉你的同事了？"

"你又没有帮我赶走他。"

"那我们现在做什么？"

"吃饭，然后我们去做一件很大胆的事情，不过希望之后不要因此后悔。"

"什么样的大胆的事情？"苏茜做了一个挑衅的手势。

安德鲁在随身的挎包里翻了一下，拿出一盏风灯放在桌上。苏茜打开了它，把它举向天花板。

"我们是不是要假扮自由女神？"苏茜边说边拿灯去照安德鲁的眼睛，"快把所有你知道的事情都倒出来吧，斯迪曼先生。"她又开始模仿警察审讯犯人的口气。

"苏茜，不要闹了。不过还是很高兴这盏灯能给你带来这么大的乐趣。"

"好吧，我们到底要拿它去做什么？"

"我们要去法利邮局地下找一个信箱。"

"你是认真的？"

"不光认真，我们还不能惊动任何人。"

"我喜欢这个主意。"

"那太好了，不过说实在的，我从心底并不想这么做。"

安德鲁在苏茜面前打开了一张平面图。

"这是多乐丽丝在市政网站上找到的，属于可以公开查询的材料。你看，在这片区域，就是邮局地下室的范围，"他用手指着地图上的黑线，"我已经知道该怎么进去了。"

"你会穿墙术吗？"

"地图上这些略细的线代表这里的墙壁是石膏制的。不过你既然觉得我的想法很可笑，那我就回家看电视了，比偷偷摸摸跑去邮局地下室要舒服，也安全得多。"

苏茜把手放在了安德鲁的手上。

"我只是想逗你笑一笑。我几乎从来没见你笑过。"

安德鲁努力挤出了一个笑容。

"比哭还要难看，就好像在看尼克尔森扮演搞笑的角色。"

"好吧，我本来就不是喜欢笑的人。"安德鲁收起了地图，"快把意大利面吃完，我好给你讲解一下。"他抽回了手。

苏茜让女侍应生上了一杯酒，安德鲁则示意她可以把账单拿过来了。

"你是怎么认识你前妻的？"

"中学就认识了。我们都是在波基普西长大的。"

"你们那时候就在一起了？"

"没有，大概二十年之后，我们在纽约相遇了，在一家酒吧门口。瓦莱丽变成了一个真正的女人，她变得很美！但是那天晚上，我觉得自己面前的仍然是以前的那个小姑娘。这种感觉我一直记得。"

"后来为什么分手？"

"第一次是她离开了我，我们都有自己的梦想，她不想继续在我身上耽误时间了。年轻的时候我们总是耐心不足。"

"第二次呢？"

"因为我不会撒谎……"

"你劈腿了？"

"不算是。"

"斯迪曼，你真是个有趣的人。"

"还是个不会笑的人。"

"你还爱她吗？"

"爱不爱还重要吗？"

"她还活着，你可以试图挽回。"

"沙米尔爱你，你也爱他。某种意义上，你们才是真正永远在一起了。而我一直是一个人。"

苏茜突然站了起来，俯身给了安德鲁一个吻。这个吻很短暂，充满了忧伤和恐惧，又像是为了告别，仿佛他们会就此分开。

"我们要去实施这起盗窃案了吗？"她抚着安德鲁的面颊。

安德鲁牵起了苏茜的手，他的视线停留在苏茜失去的指节上。他吻了吻苏茜的手心。

"走，我们作案去吧。"他边说边站起身来。

西村之后就是切尔西街区，两人乘着的士一路向东。途中，安德鲁一直看着后视镜，似乎很怕被跟踪。

"不用这么小心吧？"苏茜说。

"那天你家楼下的出租车是警车伪装的。"

"你问了那个司机？"

"可不是只有奥尔森一个人有关系，他认识邮局的人，我也认识当地警署的一个探长。我下午给他打过电话，那个号码是警车牌号。"

"也许我们周围有某个逃犯，想想我们之前都被盗了。"

"我倒希望是这样。皮勒格探长不是那种会无视我的问题的人。我请他查一查那个警察到底在监视谁，但他的那些同事都表示没人在哈得孙街执行监视任务。"

"那我就不明白了，这到底是不是警车？"

"这应该是经过双重伪装的车。只有一个政府部门能做到这一点，你现在明白了吧？"

❄

安德鲁带着苏茜来到了佩恩地铁站。他们顺着楼梯走到了地下的站台。时间已经很晚了，站里没有什么乘客。他们沿着一个通道一直向里面走，周围的光线越来越暗。转过一个路口之后，他们看到了一排栅栏，上面贴着建筑许可证。

"这就是工地。"安德鲁从包里掏出了一把螺丝刀。

他研究着大门上的链锁，很快就打开了。

"没想到你还是个内行。"苏茜笑着说。

"我父亲是修理工。"

他们面前出现了一条向下的通道，头上只有一根电线连着几盏昏暗的灯。安德鲁拧亮了手中的灯，示意苏茜和他一起下去。

"我们是在第八大道下面吗？"苏茜问道。

"是的，如果地图没错的话。沿着这个隧道就能到法利邮局地下。"

隧道里没有一点儿灯光，安德鲁一手拿着地图，又递给苏茜一个小手电，让她帮忙照着地图。

"右转。"他边走边告诉苏茜。

四周传来了他们脚步的回声。安德鲁突然示意苏茜停下，却一言不发。他关掉了灯，又等了一会儿。

"出什么事了？"苏茜低声问。

"这儿好像还有别人。"

"是老鼠吧，"苏茜回答，"这地方恐怕是它们的大本营。"

"老鼠可不会穿鞋子，"安德鲁反驳道，"我听到了脚步声。"

"那我们就走吧。"

"我还以为你是个胆子很大的人。不管怎样，跟着我继续往前走吧，可能就是老鼠，现在没声音了。"

安德鲁又打开了灯。

他们来到一个古老的收发室，里面用来分配信件的桌子已经完全被灰尘覆盖。他们随后又穿过了一个原来的食堂、一个衣帽间，还看到了很多已经破损的办公桌。安德鲁觉得自己好像是在一个旧仓库里。

他重新看了看地图，然后往回走了几步。

"左手边应该有一个旋转楼梯。那些旧信箱就在我们头顶上。"

安德鲁把灯递给苏茜，搬开了一些破旧的箱子，发现在那后面有一个螺旋形的楼梯通往上面一层。

"我们从这儿上去。"安德鲁率先走了上去。

他一级级小心往上走，检查每一个台阶是否都足够牢固，好确保苏茜的安全，但是他随后想到苏茜是个登山运动员，应该不会感到害怕。

他们都来到了上一层。安德鲁用手中的灯照了一下四周，看到墙上有一排信箱。它们的锁上都嵌有一颗锡制的星星，编号则是金色的，在天蓝色的底色上尤为显眼。

苏茜走近了 1933 号信箱。安德鲁拿起了手中的螺丝刀，撬开了信箱的锁。

"你来查看吧。"安德鲁对苏茜说。

苏茜从里面拿出了一个信封，她双手颤抖地打开了它，发现上面只写了一个单词："Snegourotchka"。

安德鲁却突然把食指放在了苏茜的嘴唇上，关掉了灯。

这一次，他确定听见了脚步声，随后就是粗重的呼吸声，这些都不可能是老鼠的声音。他焦急地回想着这附近的路线图，希望自己可以回忆起什么东西。他拉着苏茜退到了这个房间的最里面。

苏茜却碰到了什么东西，不由得尖叫起来。安德鲁又打开了灯，照亮了向上的台阶。

"从这儿走。"他边说边加快了脚步。

他能很清楚地听到其他人脚步的回音，有两个人一直跟踪着他们。

安德鲁抓紧了苏茜的手，开始跑了起来。有一扇门挡住了他们的路，安德鲁踹了门锁一下，但门丝毫未动，他只好又踹了一脚，这次门开了。他拉着苏茜跑了过去，又快速把门关上，用一只铁箱子堵住了它。

他们来到了一间堆满杂物的房间里，里面充斥着排泄物的味道。看来这里是流浪汉过夜的地方。既然流浪汉可以到这里来，那就证明这里和外界应该是连通的。安德鲁用灯光照了一下四周，看到天花板上有一个出口。他把一个破旧的桌子放在下面，让苏茜爬出去，却惊讶地发现苏茜的身手比他想象的更为矫健。苏茜又从上面探下了身子，伸手把安德鲁拉了上去。刚一到上面，安德鲁就听到门开的声音，那两个人应该已经把箱子移开了。

苏茜指着上面一个没有栏杆的天窗，看来那些流浪汉就是从那里进来的。他们挨个儿从天窗爬了出去，掉到了法利邮局旁边的一条已经干涸的水渠里。

重新呼吸到新鲜的空气让他们感到非常兴奋。安德鲁推测他们应该比跟踪者领先了两分钟左右的时间，但是在伸手不见五指的黑夜里，还是什么都可能发生。

"快来，我们从这里出去。"他对苏茜说。

❋

回到街上后，他们跑步穿过了第八大道，一直冲到路的中央拦住了一辆出租车。安德鲁告诉司机往哈莱姆社区的方向开，但是过了 80 号街之后，他又说自己改变了主意，让司机掉头回格林尼治村方向。

直到的士已经开上了西侧的高速公路，安德鲁还是没有平静下来。

"你是不是告诉了别人我们今晚要去那里？"他问苏茜。

"当然没有，你把我当成什么人了！"

"那你怎么解释刚才发生的事情？"

"也许只是流浪汉呢。"

"我最先听到脚步声的时候，可以确定那个房间从没有人来过。"

"你怎么知道的？"

"那个房间灰尘很厚，就像雪地一样，可是上面完全没有脚印。这些人应该是从佩恩车站就开始跟踪我们了。但是我可以保证我们离开你家的时候后面没有人。"

"我发誓没有告诉任何人！"

"我相信你，"安德鲁回答道，"从现在开始，我们要再小心一点儿。"

苏茜把从信箱中取出来的字条交给了安德鲁。

"你知道这是什么意思吗？"安德鲁露出了不解的神色。

"一点儿都不知道。"

"好像是俄语，"安德鲁说，"这似乎又加重了你外祖母的嫌疑。"

苏茜没有再说话。

回到安德鲁的公寓之后，苏茜已经冻得浑身发抖，立刻给自己和安德鲁冲了两杯热茶。

"雪姑娘！"安德鲁突然在客厅里喊道。

苏茜把托盘放在桌上，弯腰去查看电脑屏幕。

"'Snegourotchka'拉丁语的意思是雪姑娘，是里姆斯基 - 科萨科夫1881年创作的一部歌剧，好像是从一个叫亚历山大·奥斯特洛夫斯基的人的剧作改编而来的。"

"莉莉安只喜欢爵士乐。"

"既然你的外祖母要费如此大的力气把这个词藏在信箱里，就证明这个词有很不一般的意义。"

"这个歌剧的主题是什么？"

"大自然各种力量之间的永恒冲突。"安德鲁说，"你自己看一看吧，我的眼睛太累了。"他边说边站起身来，两只手都在发抖，他把手藏在背后，躺在了沙发上。

苏茜坐在他的椅子上，大声地读出屏幕上的内容。

"这个故事中的人物既有传说中的神灵，也有普通的凡人。雪姑娘希望能够生活在凡人的中间。她的母亲春之女神和她的父亲冰雪之王，同意让一对农人夫妇收养她。第二幕，一位叫作昆波娃的姑娘宣称自己将要和一个名叫米基洛克的小伙子结婚。但是就在婚礼前几天的时候，米基洛克在树林里遇见了雪姑娘，他疯狂地爱上了她，并希望她能用爱回应自己。"

"这让我想起了某个人。"安德鲁叹了口气。

"雪姑娘并不懂得什么是爱情，她拒绝了小伙子。村中的农人向沙皇要求惩罚米基洛克，以便为被侮辱的昆波娃报仇，沙皇也决定放逐米基洛克。但是当沙皇见到雪姑娘本人的时候，他被她的魅力征服了，决定暂缓执行他的决定，而是询问雪姑娘是否也爱米基洛克。雪姑娘回答说她有一颗冰做的心，她不能爱任何人。沙皇于是宣布谁可以征服雪姑娘的心，就可以娶她为妻，并得到国人的爱戴。在接下来的两幕中，雪姑娘被米基洛克的真情打动了，她第一次感受到了爱情的愉悦。但是她的母亲曾经告诫她不要生活在阳光下，但是米基洛克却是生活在光明里的。最后，雪姑娘走出了森林，要与米基洛克结为连理。婚礼上，在所有宾客的见证下，她化成了水，永远消失在了世界上。"

"我觉得自己很像这个米基洛克，我能明白他的痛苦。"安德鲁低声说。

"你还不知道，在雪姑娘死之后，米基洛克由于痛苦和绝望，投湖自尽了。"

"每个人都有他结束痛苦的方式，而我的方式就是菲奈特-可乐。最后这个悲剧是如何结尾的？"

"沙皇向民众说由于雪姑娘的消失，从此俄罗斯的冬季将会更为漫长。"

"真是不错，看来我们真是找到了关键性的线索！"安德鲁打趣道。

"为什么外祖母要在信箱里留下这个？"

"我还想问你呢！"

安德鲁把房间让给苏茜，他睡在沙发上，反正也已经习惯了。苏茜拿了一床被褥，关掉了灯，躺在安德鲁旁边的地毯上。

"你在做什么？"

"我告诉过你，我不喜欢床，而且我发现虽然给你换了新床单，你也不想睡在你的床上。那你还要卧室做什么？"

"你要不要睡沙发？如果你不想一个人睡，我也可以睡在地毯上。"

"好啊。"

他们二人并排躺着，都不说话，直到眼睛已经适应了昏暗的光线。

"你睡着了吗？"苏茜轻轻地问。

"还没有。"

"你困吗？"

"我已经筋疲力尽了。"

"然后呢？"

"没有然后了。"

"今天晚上很愉快。"

"在摆脱那两个跟踪的人的时候，我也没想到可以打开门锁。"

"我说的是晚餐。"

"是的，很愉快。"安德鲁转身朝向苏茜。

随后他就听到了苏茜均匀的呼吸声。他一直看着她，直到自己也沉沉睡去。

✺

电话铃声吵醒了克诺夫。

"这么晚打电话来，希望是重要的事情。"

"雪姑娘。这个理由足够重要吧？"

克诺夫的呼吸都停滞了一下。

"你为什么会突然说这个？"他竭力控制着自己的情绪。

"因为那对小情侣已经知道了这件事。"

"他们明白是什么意思吗？"

"还不知道。"

"他们怎么会知道的？"

"根据我们窃听来的情况看，他们应该是去了法利邮局的地下室。你的莉莉安·沃克在那里的一个信箱中留下了一张字条。我之前还以为我们已经清除掉了所有的痕迹。"

"看来没有。"

"我想知道为什么会发生如此严重的错误？"

"她比我们想象得更聪明。"

"是比你想象得更聪明，克诺夫，我得提醒你这件事是由你负责的。"

"你们下手太快了，也没有征得我的同意。如果我们再等一等……"

"如果我们再等一天，她可能就什么都做完了，雪姑娘也会因此丧命。现在，把这件事处理好，最好能永绝后患。"

"我不明白为什么要这么紧张。就算他们能明白这个词的意思，虽然这种可能性不大，他们也找不到证据。"

"苏茜·沃克和安德鲁·斯迪曼只用了几天时间，就找到了一个我们在过去的四十七年间都不知晓其存在的材料。不要小看他们。你确定雪姑娘的相关材料都已经被销毁了吗？现在看来可能还有残留。"

"我很确定。"

"还有别人在关注这两个人，为什么会这样？"

"你在说什么？"

"还是监听来的，我听到一句话：'在摆脱那两个跟踪的人的时候，我也没想到可以打开门锁。'我们有人跟踪了他们。"

"没有，我们跟踪丢了，他们离开公寓的时候我们并不知情。"

"真是业余水平，克诺夫，"那个有浓重鼻音的声音说道，"我们要保护雪姑娘。在现在的情况下，如果被别人发现她的存在，那将是绝对的灾难，你听到了吗？"

"先生，我听得很清楚。"

"那就去做该做的事情吧。"

对方没有向克诺夫道晚安，就挂断了电话。

第 五 章

[　　雪姑娘　　]

　　他们要谋杀雪姑娘。如果不采取保护措施的话，她就会永远消失。在她冰雪的外袍下，保存着无尽的财富。

苏茜仍然睡着，整个人蜷缩在地板上。

安德鲁走到厨房，手里拿着本·莫顿给他的材料。他煮了一杯咖啡，就坐在了餐桌旁。他的手抖得越来越厉害，尝试了两次才把咖啡杯送到嘴边。他擦拭着溅落在材料上的咖啡，却发现笔记上有一处折页的地方显得尤其重，他小心地打开了折页处，发现里面有两份打印的材料。

莫顿所做的调查其实比他自己所说的更为深入。他甚至采访了莉莉安·沃克周围的亲友，虽然愿意接受他采访的人并不多。

莉莉安的钢琴教师在电话中曾说他的学生向他袒露过一部分心事。但是本·莫顿和他之间的当面访谈最终也没能实现，因为在约定日期的前一天这位老人因心肌梗死而过世。

耶利米·费什本，也就是沃克家族所创立的一家慈善组织的负责人，则提到了一个其他记者都没注意到的矛盾点。既然莉莉安·沃克决意牺牲那么多在越南的士兵，她为什么同时还会花费如此多的时间和金钱在慈善事业上呢？

另外一个不愿透露姓名的朋友则说莉莉安·沃克的生活并没有表面上看来那么平静。她曾经听到莉莉安和一个女性朋友的约定，这个朋友向莉莉安的家人撒谎说自己陪她去了克拉克岛，但实际上莉莉安是一个人前往的。

安德鲁抄下了岛的名称，继续往下看。

他听到了淋浴的声音，就等了一下。水声停止之后，他就走到卧室，苏茜之前借走了他的浴袍。

"你知道你的外祖母会弹钢琴吗？"

"我的钢琴启蒙用的就是她的施坦威钢琴。我的外祖父举办聚会的时候，都是她在弹奏爵士乐。"

"克拉克岛，你能想起什么吗？"

"我应该想起什么吗？"

安德鲁打开了衣柜，从里面抽出了两条长裤、两件厚毛衣，还取出了一个小行李箱。

"我们马上去你家，你也取些东西。快穿衣服。"

❄

下午时分，飞机停在了提康德罗加市飞机场的跑道上。在阿迪朗达克地区，冬季显得尤为寒冷，树林皆被积雪所覆盖。

"这里离加拿大的边境线已经不远了。"安德鲁坐上了他租来的汽车。

"有多远的路程？"苏茜打开了车里的暖风。

"大概半个小时，但是在这种天气情况下可能要久一点儿。恐怕要来场风暴。"

苏茜显得心事重重，看着车外的景色。风一阵阵地吹着，卷起了原野上的尘土，甚至都吹进了汽车内部。苏茜摇下车窗，把头伸了出去，之后又敲了敲安德鲁的膝盖示意他停下。

车停在了路边，苏茜立即冲下了路基，把之前在机场吃的三明治全部吐了出来。

安德鲁走到她身边，扶着她的肩膀。苏茜吐完之后，他把她搀上车，又重新坐在方向盘前。

"对不起，我很抱歉。"苏茜说。

"大家永远都不知道商家往这种包装好的食物里加了什么。"

"刚开始的时候，"苏茜的声音几乎微不可闻，"我每天早上醒来，都会以为这一切不过是个噩梦，他已经在厨房里做好早餐等着我。我虽然通常比他醒得早，但是我总是装睡，好让他去准备早餐，这样我只要坐在餐桌前就可以了。我就是这么懒。他刚走的那几个月，我经常会穿上衣服，出门在大街上漫无目的地走。有的时候，我会去逛超市，我推着小车，在走道里来来回回，却什么都不买。我看着周围的人，我嫉妒他们。一旦失去了自己的所爱，日子就会变得如此漫长。"

安德鲁打开了一条窗缝，调整着后视镜，思索着自己该说些什么。

"出院之后，"他最后开口道，"我经常会在下午坐在瓦莱丽的窗下。我就这么待着，坐在长椅上，几个小时都一动不动，看着公寓的门。"

"她从来没有碰到过你吗？"

"不，不会的，她已经搬家了。正是因为这样我才敢坐在那里。"

苏茜不再说话了，只是盯着窗外的风暴。转弯的时候，汽车侧滑了一下。安德鲁立刻松开了油门，可是车还是一直向斜前方滑去，最后撞上了一个雪堆。

"这儿还是个不错的溜冰场。"安德鲁大笑起来。

"你喝酒了？"

"在飞机上喝了一点点，但真的只是一点点。"

"立刻停下来。"

安德鲁并没有听她的话，于是苏茜的拳头就如同雨点一样在他的手臂和胸膛上落了下来。安德鲁抓住了苏茜的手，努力让她镇定下来。

"沙米尔已经不在了，瓦莱丽也离开了我。只剩下我们，而我们却什么都做不了。现在，你要安静下来。如果你愿意的话，我可以让你来开。但是就算我没有喝酒，刚刚那段结冰的路也同样会很危险。"

苏茜把手从安德鲁的手掌里抽了出来，转过身继续看着窗外。

安德鲁继续向前开。风越来越大，车身甚至因此颠簸起来。随着夜晚的临近，能见度也越来越差。他们经过了一个破败的小镇，安德鲁不由得想：不知道都是哪些可怜虫住在这里。风雪中，他看到了一个写着"迪克西·李"的招牌，就把车停了过去。

"今天就别再赶路了。"他边说边拔下了钥匙。

餐厅里只有两个客人，环境的破旧程度几乎可以拍恐怖电影。侍者为他们送来了咖啡和两份菜单。安德鲁叫了煎饼，而苏茜却什么都没有选。

"你应该吃点儿东西。"

"我不饿。"

"你有没有想过或许你的外祖母其实是有罪的？"

"从来没有。"

"我并不是说她一定有罪，但是如果你带着成见去进行调查，你就很可能会进行自我欺骗。"

一个坐在吧台前的卡车司机一直用一种让人很不舒服的眼神看着苏茜，安德鲁迎上了他的日光。

"不，不要假装西部牛仔。"苏茜对安德鲁说。

"这个人让我很生气。"

苏茜走上前去，主动跟这个司机搭了话。

"你想和我们一起吃吗？一个人开了一天的车，又单独吃饭，不如大家一起吧，这样热闹一点儿。"她的语气很诚恳，没有一点儿讽刺的意味。

那个司机显得很是惊讶。

"我只拜托你一件事，不要再看我的胸部了。这让我的男友很不舒服，而且恐怕你的太太也不会开心。"苏茜又补充说，还用眼光扫了一下他手上的结婚戒指。

卡车司机立即付钱出了餐馆。

苏茜坐回到安德鲁旁边。

"你们男人最大的弱点就是不知道该怎么接话。"

"路对面有家汽车旅馆。我们就在那儿过夜吧？"安德鲁建议说。

"旅馆旁边还有家酒吧，"苏茜从窗户看了出去，"你是不是打算等我一睡着就溜过去？"

"有可能，但这和你又有什么关系？"

"是没什么关系，可是一看见你的手在发抖，我就觉得恶心。"

侍者把安德鲁点的东西送了过来。他把盘子推到了桌子中间。

"如果你愿意吃点儿东西，我今晚就不去喝酒。"

苏茜看着安德鲁。她拿起叉子，把煎饼分成了两半，然后把自己的一半浸到了槭糖浆里。

"舒伦湖离这儿不远，"她说，"我们到了那儿之后怎么办？"

"还没想好，明天再说吧。"

晚饭之后，安德鲁去了趟洗手间。他刚刚转过身去，苏茜就利用这个空隙掏出了手机。

"你在哪儿？我已经找了你两天了。"

"我出来散心。"苏茜回答道。

"你有烦心事？"

"你知不知道我的外祖母很喜欢来一个小岛上度周末？"

克诺夫沉默了。

"你是默认了吗？"

"不管你有任何理由，都不要去。"克诺夫最后说道。

"你是不是还有其他事情瞒我？"

"我向你隐瞒这些事情，都是为了不让你受伤害。"

"什么叫不让我受伤害？"

"让你对莉莉安的幻想全部破灭。这些幻想伴随着你的整个童年，但是我怎么能指责你呢？你是那么孤独。"

"你想对我说什么？"

"在你的心目中，外祖母就是个英雄。你用玛蒂尔德的只言片语重新创造了她的人生，但是苏茜，我很抱歉，她不是你想象的那个人。"

"克诺夫，你不要再瞒着我了，我已经是成年人了。"

"她背叛了你的外祖父。"

"他知道吗？"

"他当然知道，但是他选择对此视而不见。他太爱莉莉安了，不想因此失去她。"

"我不相信。"

"没人会逼你相信。不管怎样，你可以自己去发掘真相，我想你应该已经在去湖边的路上了。"

这次轮到苏茜沉默了。

"到了舒伦湖之后，你可以去找村上杂货店的老板。不会弄错的，那里只有一家店。之后就要看你自己的了，但我还是要真诚地建议你不要去。"

"为什么？"

"因为你比自己想象的要脆弱，你总是摆脱不了自己的幻想。"

"她的情人是谁？"苏茜紧咬牙关，向克诺夫问道。

可是对方没有回答就挂断了电话。

安德鲁一直站在香烟售卖机旁，等到苏茜打完电话才走了过来。

✻

克诺夫放下了听筒，把手枕在了头的下面。

"难道我们就不能安静地休息一晚吗？"克诺夫的男友问道。

"睡吧，史丹利，现在已经很晚了。"

"然后让你一个人在这儿忍受失眠？看看你自己的脸色。到底是什么让你这么烦？"

"没什么，我只是有点儿累。"

"是她吗？"

"是的。"

"你在发愁？"

"我也不知道，有的时候会发愁，有的时候不会。"

"为什么？"史丹利握住了克诺夫的手。

"因为我不知道到底哪个才是真相。"

"从我认识你开始，这个家族的人就不停地为你带来麻烦，而我们现在都已经在一起四十年了。不管结局如何，我都希望这一切能早点儿结束，那样我就能真正地放心了。"

"是那个承诺毁了我们的生活。"

"你之所以会做出这个承诺，是因为你当时还年轻，而且爱上了一个参议员。也是因为我们一直没有孩子，你就选择担任了一个本不属于你的角色。我提醒过你多少次了，你不能一直扮演双面间谍，不然你总有一天会死在这上头。"

"我已经到这个岁数了，还有什么可怕的？别说傻话了，我只是欣赏沃克，他对我来说是良师益友。"

"恐怕不只是这样吧。我们关灯吧？"史丹利问道。

❋

"希望没让你等烦。"安德鲁边说边坐了下来。

"没有，我在看外面的雪，这就和壁炉里燃烧的木柴一样，永远都看不烦的。"

侍者再次过来帮他们添了咖啡。安德鲁看了看她胸前的工作牌，上面写着她的名字。

"安妮塔，那家汽车旅馆怎么样？"

安妮塔看起来已经六十几岁了，她贴着的假睫毛长到和布娃娃一样夸张，唇上的口红艳得耀眼，脸颊上的粉更是突出了她的皱纹，仿佛在暗示在这样一个偏远的地方当一个餐厅服务员是多么无聊。

"你是从纽约来的？"安妮塔嚼着口香糖，"我去过一次。时代广场和百老汇，都非常好看，我现在还记得。我们在街上走了几个小时，为了看那些摩天大楼，我把脖子都仰酸了。不过真是可惜了世贸中心的那对双子塔，这么做的人真应该被绞死！"

"是啊，应该被绞死。"

"后来本·拉登被杀死的时候，我们这儿的人都激动得哭了。你们呢，我猜在曼哈顿大家应该大肆庆祝过吧。"

"应该是，"安德鲁说，"可惜我没去参加。"

"那真是可惜。我跟我的丈夫说要在我七十岁的时候再去纽约看看。好在还不着急，我还有时间。"

"那个旅馆呢，安妮塔？怎么样？"

"我的孩子，旅馆还挺干净的，这就已经不错了。你带着这么漂亮的姑娘出来度蜜月，虽然这里不是科帕卡巴纳，"安妮塔的声音和她的鞋跟一样尖利，"再往前二十英里有个假日旅店，条件会好一点儿，但是看看这个鬼天气，反正我是不会再赶路的。再说了，只要两个人感情好，有个好枕头就够了。我再给你们拿点儿什么吧？厨房马上就要关了。"

安德鲁递给她二十美元，感谢她的服务如此贴心。安妮塔很高兴地接受了他的赞美，收下了小费。

"告诉老板你是我的朋友，他可以给你个折扣。记得要旅馆后面的房间，临街的房间早上会很吵，因为有卡车开来开去。"

安德鲁和苏茜走到了路的对面。安德鲁向老板要了两个房间，但苏茜却坚持一个就够了。

一张大床、一块老旧的化纤地毯、一把更旧的椅子，还有 70 年代的餐桌和电视，这些就是这个位于旅馆一层的房间的全部设施。

浴室的条件也不太好，但水总算够热。

安德鲁从壁橱里拿出一床被褥，又从床上扯了一个枕头，就在窗户下面铺了一个简易床铺。他钻进床上的被子里面，开着床头灯，而苏茜正在里面洗澡。苏茜出来的时候，只在腰上裹了一块浴巾，整个上身赤裸着，躺在了安德鲁的旁边。

"不要这样。"安德鲁说。

"我还什么都没做。"

"我很久都没见过赤裸的女人了。"

"你喜欢这样吗？"苏茜把手伸进了被子里。

她的手来回抚摸着安德鲁的下体，而安德鲁的喉结都忍不住动了起来，一句话都说不出。苏茜继续着方才的动作，直到安德鲁真正释放了出来。他想反过来回馈苏茜，开始亲吻她的胸部，但是苏茜却推开了他，并熄灭了灯。

"我不能这样做，"她喃喃地说，"还不到时候。"

随后，她就抱住安德鲁，闭上了眼睛。

安德鲁却一直大睁着双眼，盯着天花板，努力放匀自己的呼吸。他的小腹处黏黏的，让他觉得很不舒服。他感到了一种负罪感，一种无法抵制诱惑的无力感，激情过后，他突然觉得自己很肮脏。

苏茜已经睡熟了。安德鲁坐了起来，打开了电视机下面的酒柜。他用贪婪地目光看着里面一瓶瓶泛着光泽的酒，最终又下定决心关上了酒柜的门。

他来到浴室里，靠在窗户旁。风暴席卷了外界的一切，连地平线都已变得模糊。远处，有风车在呜咽，谷仓的顶棚在风的攻击下发出巨大的声响，原野里的稻草人被吹得七零八落，让这幅画面显得更为诡异。纽约已经很远了，安德鲁想，但是他儿时的美国就在这里，他突然很渴望，哪怕只有一瞬，再看看父亲的脸。

等他回到房间的时候，苏茜已经不在床上了，而是睡在了地上。

✳

"迪克西·李"的大堂和昨晚很是不同，各种各样的声音让人感到清晨的朝气。所有桌子旁的圆凳都已经坐满了客人。安妮塔在各桌之间跑来跑去，用小臂和手一次性端着好几个盘子，就像马戏团的演员一样。

她向安德鲁使了个眼色，向他示意旁边桌上有两个卡车司机要走了。

安德鲁和苏茜坐了下来。

"怎么样，昨晚睡得还好吗？风实在太大了，你该去看看外面的路，全部都白了，积雪足足有三十厘米厚。我给你拿个汉堡怎么样？哈哈，开玩笑的，你昨晚才吃了煎饼。"

"两杯咖啡，两个煎蛋，我的那个不要放火腿。"苏茜回答道。

"啊，这位小公主终于开口了，昨天我还以为你不会说话呢！两个煎蛋，一个不放火腿，两杯咖啡。"安妮塔边念叨边走向吧台。

"我看她是想让我说昨晚我让对面这个男人上了我的床。"苏茜长舒了一口气。

"我觉得她还不错，年轻时应该很漂亮。"

"百老汇真的很好！"苏茜故意弄尖了声音，还蠕动着嘴唇模仿安妮塔嚼口香糖的动作。

"我就是在这样的村子长大的，"安德鲁说，"这里的人要比我纽约的邻居更热情。"

"那就换个街区！"

"我可以请教一下为什么你心情这么坏吗？"

"因为我昨晚睡得不好，而且胃里没东西的时候，我会尤其讨厌周围的噪声。"

"昨晚……"

"已经过去了，我不想再提。"

安妮塔送来了他们的早餐。

"你们怎么会到这里来？"她边上菜边问道。

"为了度假，"安德鲁回答，"我们想参观阿迪朗达克森林公园。"

"去看看图佩湖吧，虽然不是最美的时候，但是冬天的景色也不错。"

"是的，我们要去图佩湖。"

"最好再去趟自然博物馆，那儿值得一去。"

苏茜却忍受不了了。她要求安妮塔把账单拿来，后者立即明白她貌似不是太受欢迎。她在本子上写了写，撕下那张纸交给了苏茜。

"服务费已经包含在里面了。"安妮塔离开了他们的桌子，表情很是傲慢。

✳

半个小时后，他们来到了舒伦湖畔的小村庄。

安德鲁在村里的主路上停下了车子。

"把车停在杂货铺前面。"苏茜说。

"然后呢？"

"在这样的村子里，杂货铺老板一般很有威信。放心，我心里有数。"

这家杂货铺看起来更像百货公司。进门处的一边摆放着蔬菜和水果，店铺中央堆着一些家居用品，最里面放着五金建材和修理用具。这些东西都可以在纽约的百货公司里找到，只是略微陈旧了些。苏茜向收银台后面的男人打了个招呼，要求见他的老板。

"我就是老板。"迪隆·布鲁迪回答道，他看起来有三十几岁。

"我找的人要比你年长一些。"

"杰克现在在阿富汗，杰森在伊拉克。你不会是来告诉我们什么坏消息的吧？"

"我找的是你们家上一辈的人，"苏茜说，"我没有任何坏消息要告诉你。"

"我父亲在里面算账，现在最好不要去烦他。"

苏茜穿过店铺，敲响了里间的门，安德鲁也站在她的身边。

"迪隆，不要烦我，我还没算完呢！"里面传来喊声。

苏茜率先走了进去。艾略特·布鲁迪是个矮小的男人，脸上满是皱纹。

1 8 8

他从账本里抬起头来，皱着眉打量着这个不速之客。他推了推眼镜，继续算账。

"如果你是要推销什么，那就别费劲了。我正在盘点，我的笨儿子到现在都不知道该怎么管理库存。"

苏茜从口袋里拿出一张照片，把它放在了账本上。

"你认识这个女人吗？"

老店主看了看这张发黄的照片，又仔细端详了苏茜的脸。随后，他站起身来，把照片举到苏茜的脸旁，发现这两张脸惊人地相似。

"你怎么这么像她？"布鲁迪说，"已经这么久了。但是我不太明白，她的女儿怎么可能这么年轻？"

"莉莉安是我的外祖母。你认识她？"

"把门关上，坐吧。算了，"他自言自语道，"还是别在这里吧。"

他拿起衣架上的皮质外套，拧开了房间另一扇门的把手，外面是一片空地。

"我一般都偷偷到这儿来抽烟。"布鲁迪在一个树洞里翻找了几下，拿出了一包烟。他先询问了另外两个人需不需要，就点燃了一支，抽了起来。

苏茜的心已经快要跳出胸膛了。安德鲁把手放在她的肩上，示意她不要表现出什么。

"在村里，大家都叫你的外祖母玛塔·哈莉。"

"为什么是这个外号？"

"因为人们都很清楚她到这里来是干什么的。刚开始，大家都不太能接受，不过你的外祖母很会与人相处，她非常迷人，又很慷慨。所以大家也就睁一只眼闭一只眼了。"

"对什么睁一只眼闭一只眼?"

"那都不重要了,已经是过去的事了。重要的是她给你留下了什么,我一直觉得有天可能会有人找到这里来,毕竟给了那么多钱,不过我以为来的会是她女儿。"

"她给我留了东西,就在这儿?在你的店里?"

艾略特·布鲁迪大笑了起来。

"我的仓库可放不下那个东西。"

"放什么?"

"来吧,跟我来。"艾略特从口袋里掏出了一串钥匙。

他朝着空地上停着的一辆小卡车走去。

"我们三个人都坐在前面吧。"他打开了车门,"上来吧!"

车椅上的裂纹几乎和他脸上的皱纹一样多。驾驶室里充满了刺鼻的汽油味。发动机轰鸣了起来,开始运转。艾略特踩下了油门,卡车就向前蹿了出去。

他开着卡车绕了个圈子,从店门口经过,和他的儿子打了个招呼,而迪隆则是满脸惊讶。走了大约三公里,卡车就上了一条土路,在一个渡口前停了下来。

"马上就到了。"他走下了卡车。

在码头上,他让苏茜和安德鲁坐上了一条拴着的小船。艾略特搓了搓手,用尽全身的力气拉动了小船发动机上的皮带,足足试了三次才成功。安德鲁提出要帮忙,却只收获了一个白眼。

　　小船在平静的水面上激起了波纹，朝着一个草木葱茏的小岛驶去，那个岛就仿佛是雪白的沙漠中的一片绿洲。

　　"我们去哪里？"苏茜问道。

　　艾略特·布鲁迪笑了笑才回答她：

　　"我们要回到过去，去见你的外祖母。"

　　船绕着小岛开了一圈，停泊在某个堤岸的旁边。艾略特关闭了发动机，跳下船，又把船拴在岸边的木桩上，这一系列动作他做得很熟练。安德鲁和苏茜跟在他的身后。

　　他们沿着一条弯弯曲曲的小路走进了小岛的腹地，远处阴暗的天际处可以看到一个灰色的烟囱。

　　"从这里走，"他们来到了一个岔路口，旁边还有园丁居住的小屋，布鲁迪带着他们走上了其中一条路，"如果一直往左边走就会看到一片很美的沙滩。傍晚的时候你的外祖母喜欢在那里散步，但是现在这个季节不太合适。还有几步路我们就到了。"他补充道。

　　穿过一片松树林，苏茜和安德鲁看到了一座静谧的小屋。

　　"这就是你外祖母的房子，"艾略特·布鲁迪说，"整个岛都是她的，不过我想现在应该是你的了。"

　　"我不太明白当时的情况。"苏茜说。

　　"那个时候，村子北面有一个小型飞机场。每个月有两个周五的晚上，都会有一架直升机把你外祖母送到这里，她在这儿过完周末，周一再离开。当时我的父亲负责打理这片产业，我才只有十六岁，也会给他帮帮忙。这个房子直到1966年才有人住。后来你外祖母出事的一年后，她的丈夫来过这里，告诉我们他希望能保留这份家业，因为这是全家唯一没被政府没收的财产。他还解释说因为这个岛是在一家公司的名下的，所以国家没有发现。不过，这和我们也没什么关系，只是当时的气氛太尴尬，我们也就没好意思问什么。每个月我们都会收到一笔汇款，让我们好好维护这座房子和修剪树木。我父亲去世之后，我就接过了这项工作。"

"你是自愿无偿做这件事的？"

"不是，到现在每个月还会有汇款，而且每年都会涨一点儿。房子维护得很好，但还是不敢说你在里面看不到灰尘。我和我的儿子一起，已经尽力了，现在有两个儿子参了军，任务变得重了一些。所有的设施都可以用，锅炉去年才换过，屋顶也是定期检修的，烟囱都是通的，液化气罐应该还是满的。只要稍微打扫一下这里就可以变成新房。小姐，你现在回家了，这是你外祖父的意愿。"艾略特把钥匙递给了苏茜。

苏茜一直看着这座房子。她走上了门前的台阶，把钥匙插进了锁孔里。

"我来帮你吧，"艾略特走上前来，"这扇门不太好开，需要点儿小技巧。"

门开了，里面是个宽敞的客厅，所有的家具上都罩着白布。

艾略特拉开了窗帘，光涌进了房间。壁炉上方，苏茜看到了外祖母的一幅肖像，正微笑地看着她。

"你和她这么像，真是不可思议！"安德鲁说，"你们的眼神都是一样的，下巴、嘴唇都像是一个模子里刻出来的。"

苏茜走近那幅画像，她的情绪已经完全表露了出来。她踮着脚，轻柔地触摸着画布，动作里却蕴含着一丝感伤。她转过身来，看了看客厅。

"需要我把家具上的布都撤下来吗？"布鲁迪问。

"不用了，我想上二楼看看。"

"稍等一下。"布鲁迪离开了房间。

苏茜打量着这个房间，用手指拂过每一件家具，甚至窗户的边缘。她变换着各种角度，欣赏着这里的每一件物品。安德鲁只是安静地看着她。

他们随之听到了一阵轰鸣声，天花板上的灯亮了起来。

布鲁迪回到了房间里。

"供电的是一套发电机组，你慢慢就会习惯这个噪声的。万一停转的话，可以到园丁的小屋里检修一下。我每个月都会开一次，所以现在的储电量还是满的。电压还算够稳，但是不要一次性打开所有的电器。浴室和卧室都在楼上，跟我来。"

楼梯有一股橄树的味道，栏杆扶起来有一点儿嘎吱作响。到了二楼，苏茜突然在卧室门前犹豫了一下。

安德鲁转过身去，示意布鲁迪和他一起下去。

苏茜没有注意到他们的离开，她转动了把手，走进了莉莉安的房间。

卧室里，所有的家具都保持原样，上面也没有蒙上白布，就好像当天晚上主人就会回来。屋子中央有一张大床，上面盖着印度式的红绿相间的床罩。两扇窗户之间放着一张矮桌和一把躺椅，桌上甚至还插着葡萄藤的枝子。地板是松木的，上面的圆形花纹比成年人的拳头还要大，铺着阿尔拉契亚式的地毯。左边的墙壁上有一个石砌的壁炉，已经被熏得发黑。

苏茜拉开了衣橱的抽屉。莉莉安的衣服整齐地放在里面，上面还盖着绸布。

苏茜揭开了绸布，拿起一条披肩，把它披在身上，看着镜中的自己。随后她又走进了浴室，站在洗手台的前面。口杯里放着两把牙刷，置物架上有两瓶香水，一瓶男用一瓶女用。苏茜闻了闻，又盖上了盖子，离开了房间。

回到客厅之后，她看到安德鲁正在取下家具上的白布。

"布鲁迪去哪里了？"

"他走了。他觉得我们要在这里过夜。他的儿子会用船给我们送来生活用品。他还跟我说仓库里有的是木柴，我一会儿就去找一找。之后，如果你愿意的话，我们可以巡视一下这片领地。"

"我真是没有想到。"

"没想到自己竟然拥有一座这么美丽的小岛？"

"没想到我的外祖母竟然有秘密情人。"

"难道这不是乡民的谣传吗？"

"我在上面看到了一瓶男士香水，那不是我外祖父的。"

门开了，艾略特·布鲁迪气喘吁吁地走了进来。

"我忘了给你们留我的电话号码了。如果你们有什么需要，都可以给我打电话。"

"布鲁迪先生，我外祖母的情人到底是谁？"

"没人见过他，他每次都是周五晚上到，比你外祖母来得还要晚，一般那时镇上的人都已经睡下了，周日晚上他又会悄悄离去。一般他来之前我们就会送来生活必需品，周末的时候，小岛周围是不许人靠近的。就连我的父亲也不能违反这条禁令，你的外祖母在这个问题上非常谨慎。"

安德鲁走到布鲁迪的面前。

"我并不怀疑你的父亲，但是一个十六岁的男孩肯定不能抵制住这种违反禁令的诱惑。"

布鲁迪低下了头，干咳了几声。

"我需要知道，"苏茜继续说道，"你自己也说过，这一切都是过去的事了。说出来又有什么关系呢？"

"我维护这个房子已经有四十年了。我每个月不用催促就能收到钱，这可不是每位顾客都能做到的，我不想自寻烦恼。"

"什么叫自寻烦恼？"

"你的外祖父让我的父亲以名誉起誓，不会对外泄露沃克太太在这里的事情。如果有别人知道的话，小岛就要被出售，我就收不到钱了。"

安德鲁翻了翻口袋，拿出了五张二十美元的纸币。

"我只问两个问题，布鲁迪先生。第一个问题：给你打钱的人是谁？"

"虽然我并不一定非得回答，但是出于诚信，我还是会给你一个答案。"布鲁迪边说边接过了这些钱。"我每个月都能收到四千美元，当然这份工作也值得起这个价钱。钱是一家公司打来的，我也不清楚，只能看到公司的名称。"

"它叫什么名字？"

"挪威布鲁水务公司。"

"好，第二个问题：和莉莉安·沃克共度周末的男人是谁？"

"我们当时还是少年。夏天的时候，你的外祖母喜欢和他一起泡在湖里。她真的很美。我们有时会偷偷地游泳过来，藏在岸边的灌木丛里。那个人当时还不算有名，我保证也只见过他两次。我还是后来才知道他是谁的。"

"好吧，好吧，好吧，"苏茜开始不耐烦，"到底是谁？"

"真有意思，你外祖母表示不耐烦的方式和你一模一样。这是个有钱有势的男人，"艾略特·布鲁迪继续说道，"不是那种惹人讨厌的类型。讽刺的是，你的外祖父和他要竞争的事物不仅是你的外祖母。要知道，一个民主党参议员的妻子竟然和一个共和党人发生了婚外情。但这都是过去的事情了，也应当让它留在过去。我怎么会告诉你们这些事情？"

苏茜走近布鲁迪，抓住了他的手。

"这些家族的秘密我都不会告诉别人，另外，从现在起，"她说，"由我来支付您报酬。好了，布鲁迪先生，你要服从你的雇主的第一个命令，我可是和我的外祖母一样固执而又苛刻，把你知道的一切都告诉我吧。"

布鲁迪迟疑了一下。

"和我一起到小船那里去吧，我得回去了。"

在去往湖边的路上，艾略特·布鲁迪开口了。

"我应该告诉你一件事，你的外祖父来的时候我也告诉了他。你的外祖母和她的情人就是在这个岛上分手的。那天我和几个朋友都在岛上。我们不知道他们为什么会吵起来，刚开始他们的声音还很小，我们根本听不清楚。后来他们的音量都大了起来，我们就能听到他们是在互相辱骂……我从来没在别人的争执中听过这么多侮辱性的词汇，虽然我也知道其中的一些。她骂那个男人是懦夫、垃圾，我就不一一重复了，我也不敢全部说给你听。她说自己以后不会再见他，会不计代价地做完这件事情。那个男人发了火，给了她好几个耳光，特别重的耳光，重到我和朋友们都想要不要从藏身的地方出来阻止那个男人。无论如何都是不可以打女人的。但是在你外祖母摔倒在地之后，他就冷静了下来，收拾起所有的行李，坐船离开了小岛。"

"那我的外祖母呢？她又做了什么？"苏茜坚持问道。

"小姐，我向你发誓，如果是我的父亲这样打我，我一定会大哭大闹。你的外祖母当然也不例外。我们当时很想出来安慰她，但是我们实在没胆量。她在地上跪坐了一会儿，就站了起来，沿着小路回了房子。第二天我又来小岛，想看看她怎么样了，可是她已经离开了，之后我就再没见过她。"

"那个男人到底是谁？"

"他之后就结婚了，在仕途上一路高升，一直坐到了最高的位置，当然这已经是多年之后的事情了。现在，我说得已经够多了，"艾略特·布鲁迪跳上了船，"我就先走了。等我儿子来送东西的时候，请不要问他什么，他什么都不知道。好好享受岛上的时光，这里很安静，风光也好。"

布鲁迪的船很快就变成了地平线上的一个小点儿。苏茜和安德鲁面面相觑，都是一副震惊的样子。

"信息量还真是很大，我们现在有了很多线索。"安德鲁说道。

"为什么外祖父要留下这个地方，难道这儿对他来说不是噩梦般的所在吗？"

"我觉得不应该从这里开始，但这的确是个值得思考的问题。这种家族秘密还是留给你来想吧，我感兴趣的是那家一直在给布鲁迪这个老滑头汇钱的公司。我还想知道你外祖母说的那件不计代价一定会做完的事情究竟是什么。"

"布鲁迪说的'一直坐到了最高的位置'是什么意思？"

"我也不清楚。"安德鲁说。

他们两人在岔路口分开了，安德鲁去了仓库，而苏茜则穿过那片松树林回到了房间里面。

客厅的一角有个东西隐隐像是钢琴的形状。苏茜掀起了上面的盖布，打开钢琴盖，把手放在琴键上。

安德鲁也回到了屋里，手里抱着木柴。

"你给我们弹点儿什么吧，这儿安静得都有点儿压抑了。"他对苏茜说。

苏茜抬起了手，指着自己残缺的食指和中指苦笑了一下。安德鲁把木柴放在壁炉的旁边，在她身侧坐下了。他用右手弹了几个音符，并示意苏茜和他一起。苏茜犹豫了一下，用左手和安德鲁的旋律配合起来。

"你看，我们是可以互补的。"安德鲁边说边加快了节奏。

之后，两个人就开始各自忙自己的事情。安德鲁拿的木柴已经远远超出了需要，但是他还是觉得有点儿事情做的感觉是很好的，就好像是搬运柴草可以帮助他平静心绪。苏茜则是机械地检查着每个抽屉和壁橱。

"你是在浪费时间。这座房子肯定不知道被翻过多少次了。"安德鲁边说边把头伸进了壁炉里面。

他拉住一根链子，打开了烟道。从那儿可以看到一块灰蒙蒙的天空，有不少烟灰落了下来。

"你是在扮演圣诞老人吗？"苏茜看着安德鲁把头又伸进了烟道。

"你能帮我把包里的手电拿来吗？"

苏茜照做了。

"有件奇怪的事情。"安德鲁说。

壁炉足够大，他和苏茜可以一起待在里面。

"看，"安德鲁拿手电照着烟道，"这上面全部都是烟灰。但是在我们的头上面一点儿的地方，却一点儿烟灰都没有。那个棚屋里应该有工具，跟我来。"

一走到门外苏茜就打了个冷战，安德鲁脱下外套披在她的肩上。

"看来天气真的转冷了。"他说。

就在他们往园丁的小屋走的时候，湖边的方向传来了船靠岸的声音。

"应该是布鲁迪的儿子来给我们送东西了。来得真好，我都已经饿了。记得帮我找一把螺丝刀，还有一把锤子。我取了东西就立刻回来。"

苏茜看着安德鲁向岸边走去，就走进了那间小屋。

刚一推开门，她就听到了一片工具倒地的声音，有锄头、耙子、铁锹和草叉。她弯腰把这些东西一一扶正，又费劲地把它们靠回墙上。墙上的挂钩上挂着不同尺寸的锯子，还有很多各种各样的工具。她想了想，选了一把园艺剪、一把锤子和一把锉刀。

她走出了储物间。夜晚的寒风中，桦树光秃秃的枝干正在随风摆动。苏茜机械性地看了看表，渐渐不耐烦起来。安德鲁早就该回来了。她猜测是不是他又逼问了布鲁迪的儿子一些相关事情。虽然她不愿意再走路了，但是也许安德鲁需要人帮忙拿东西。于是她把工具放在门前，手插在口袋里向湖边走去。

走近码头的时候，她听到一阵水声，还有越来越大的类似波浪的声音。她加快了步伐，却听到了一阵痛苦的叫喊声。苏茜猛地停下步伐，看见一个强壮的男人正跪在船的一端，两条手臂都没在水里，似乎在摁着什么东西。接着，苏茜就看到水面上出现了安德鲁就快窒息的脸，那个男人还是不停地把他摁到水里。

苏茜却一点儿都不害怕。她只是觉得时间静止了，她很清楚应该怎么做，所有的动作也都一气呵成。安德鲁的头又短暂地冒出了水面。在那个男人没注意到她之前，苏茜从安德鲁的外套里拿出了手枪，打开了保险栓。

她连开了两枪，第一枪打在了男人的肩胛骨上，他惨叫了一声，刚要站起来，第二颗子弹就射中了他的脖子。子弹先打在一节颈椎骨上，又穿过了他的颈动脉。他倒在地上，脸朝着地面，流出的血染红了周围的湖水。

苏茜手里的枪掉在地上，她冲向安德鲁，而安德鲁当时还在水里挣扎。苏茜探出身体，试图把他拉出水面。最后安德鲁抓住了浮桥的一侧，上岸的时候，他们都摔倒在地。

"嘘，"苏茜摩擦着他的身体，"没事了，深呼吸，不要想别的事情。"她边说边抚摸着安德鲁的面颊。

安德鲁侧过身子，剧烈地咳嗽起来，吐出了很多水。苏茜脱下外套，把他裹了起来。

安德鲁推开她，跪在那个袭击者的旁边，用手捂着脸。苏茜站在他身后，一言未发。

"我还以为是布鲁迪的儿子，"安德鲁仍然在咳嗽，"我甚至还帮他把船靠了岸。后来我发现不是小布鲁迪，但也没有怀疑。他就突然跳到浮桥上，我还没来得及说话，他就掐住了我的脖子，想要掐死我，然后把我摁到了水里……"

"之后我就到了。"苏茜看着那具尸体。

"我们可以开他的摩托艇去报警。"

"你要先换衣服，不然你会被冻死。然后我们再报警。"苏茜的声音很坚定。

回到屋子里之后，她让安德鲁上了二层，带着他进了卧室。

"把衣服脱下来。"她命令道，然后走进了浴室。

安德鲁听见了水流声，苏茜拿着一条浴巾走了出来。

"虽然这浴巾比木头还要硬，但总比没有要好，"她把浴巾递给了安德鲁，"立刻去洗澡，不然你会感染肺炎。"

安德鲁听了苏茜的话，拿着浴巾进了浴室。

过了好大一会儿，他的身体才渐渐暖和过来。他看着镜中的自己，打开了旁边的柜子。他找到了一把肥皂刷、一把剃须刀和一块放在中式漆盒里的香皂。他在洗手池里放满了水，把肥皂刷浸在热水里，犹豫了一下，开始剔去之前的胡子。

慢慢地，他原来的样子就在镜子中展现了出来。

从浴室里出来之后，他看到床上放着一条麻质的裤子、一件衬衫和一件羊毛开衫。他穿上衣服，在客厅里找到了苏茜。

"这些衣服是谁的？"他问道。

"总之不是我外祖母的。我现在至少知道了她的情人和你穿一个尺码。"

苏茜走上前来，把手放在了安德鲁的面颊上。

"在我面前的好像是另外一个男人。"

"你喜欢之前的样子？"安德鲁推开她的手，问道。

"两个都喜欢。"苏茜回答。

"我们该走了。"

"不，我们哪儿也不去。"

"你真是有主见。"

"我可以把这个当成赞美吗？"

"你刚刚才杀了人，现在却像什么都没发生过一样。"

"为了救我，沙米尔放弃了生命，从那之后，我所有的情绪好像都消失了。是的，我杀了人，这很可怕，但是他可是想要淹死你，你希望我为他难过？"

"也许吧。不过你至少应该显得内疚一点儿，不然我会觉得恶心。"

"好吧，那我就是要坚持自己的看法，我一直都是这样。有问题吗？你想让警察来翻你的包，那就去报警吧，门就在那边。"苏茜喊道，满脸都是怒气。

"天色太晚了，我们没法渡湖，已经是夜里了，"安德鲁看着窗外，平静地说，"我的手机在外套里面，我去打电话。"

"我已经试过了，没有信号，门厅那里的座机也打不通。"

安德鲁坐在椅子上，脸色苍白。只要一闭上眼，他就会想到浮桥上的那一幕。

苏茜跪在他面前，把头放在了他的膝盖上。

"我希望时光可以倒流，我们从来没有来过这个被诅咒的小岛。"

她的手在发抖，安德鲁无法忽视这一点。

很长时间，他们没有再说一句话。苏茜颤抖着，安德鲁抚摸着她的头发。

"既然电话不通，布鲁迪为什么要回来留下他的电话号码？"苏茜在自言自语。

"好让我们相信他。这样他一上船，就立即切断了我们和外界的联系。"

"你认为这是他主使的？"

"还有别人知道我们在岛上吗？"安德鲁反问道。

他站起身来，走到壁橱的旁边。

"之前把莫顿街的公寓租给你的那个朋友，你最近有她的消息吗？"

"没有，怎么突然问这个？"

"因为这也是你的小伎俩，好让我对你的事情感兴趣，你好像一直把我当成傻瓜。"

"我没有搞什么阴谋诡计。"

"你只要再撒一次谎，我就立即回纽约。"安德鲁发火了。

"你应该回去，我没有权利让你涉险。"

"对，你没有权利。那好，那个朋友，你认识她很久了吗？"

苏茜没有回答。

"我之前一直被你牵着鼻子走，我已经付出了代价，现在事情已经超出了我掌控的范围。昨天在'迪克西·李'，当我看到你背着我打电话的时候，我就已经决定放弃了。"

"你改主意了？"

"我不知道你的外祖母有没有为那些社会主义国家传递过消息。但是如果当时她有别的同伙可以逃脱制裁，那他们现在就会不惜一切代价来掩盖真相！之前在浮桥上发生的事情就已经证明了这一点！现在，你可以告诉我你在餐厅是给谁打的电话了吗？"

"给克诺夫打的。"苏茜低低地说。

"那就在刚才，你发现我们的手机没有信号，也是因为想给他打电话？"

"我心里想着那具尸体。袭击你的人没有携带武器，但是我却有。如果报警的话，我们的调查就要到此为止了。克诺夫很了解这种事情，我想问他应该怎么做。"

"看来你的朋友倒是有一技之长！他给了你什么建议？"

"他会派人来。"

"你就没有想过他是不是已经派人来了？"

"你说这个杀手是克诺夫派来的？这不可能！他从我还是小女孩起就一直照顾我。他不会伤我一根头发的。"

"他也许不会伤害你，可这并不代表他不会伤害我！布鲁迪根本没有时间来策划这次袭击。但是克诺夫，因为你的通风报信，昨天就已经知道了我们的位置。"

"但也许是布鲁迪想要私吞这座房子，我们的到来打乱了他的计划。"

"不要随便乱说！你觉得那个戴着眼镜拿着账本的小男人像杀人犯吗？"

"那之前那个打破你头的女人第一眼看上去像是暴徒吗？"

安德鲁没有回答。

"那，现在的话，"苏茜说，"我们现在该怎么做？"

安德鲁在房间里走来走去，想让头脑恢复清醒。没有酒精，他很难冷静地思考，也很难反对苏茜这个有悖于他的原则的决定。他看了苏茜一眼，就摔门走出了房间。

苏茜在草坪那里找到了他，安德鲁正坐在栏杆上。

"我们把尸体埋了吧。"他开口说。

"为什么不沉在湖里呢？"

"没什么能让你放弃调查，是吗？"

"要是在夜里挖一个墓穴，再把人埋进去，你不觉得太可怕了吗？"

安德鲁跳下了栏杆，面对着苏茜。

"好吧，如果能找到什么绑在尸体上的东西的话。"

他取下了进门处的那盏煤油灯，苏茜跟着他走进了树林。

"我的外祖母是如何有勇气在这个岛上独自度过周末的？"

"她应该和你一样，都是很有主意的人。"安德鲁走进了仓库，"这些应该就够了。"他拎起了工具台上的一大袋子工具。

"布鲁迪肯定会想他的工具哪里去了。"

"他肯定会想的，毕竟你都认定了他是主谋。如果他真是主使者的话，我不认为他有必要在忙活过这些维护的工作后把我们留在岛上。"

"我向你保证克诺夫绝对和这件事毫无关系。"

"那就走着瞧。拿着这根绳子，我们把问题解决掉。"

他们回到了码头。安德鲁把煤油灯放在了尸体的旁边。他用绳子的一头把工具袋的手柄和男人的手腕绑在一起，又用另一头捆住了他的上半身。

"给我帮个忙。"他对苏茜说。

苏茜做了个鬼脸，帮他抬起了尸体的双腿，安德鲁则托着肩膀。他们一起把尸体放在了船里。

"拿着灯等在这里，我可以看着光回来。"

苏茜却把它放在了浮桥上，也跳进了船。

"我和你一起去！"

"我看到了。"安德鲁边说边发动了船。

他们朝着湖面开去。

"如果灯灭掉的话，我们就永远也找不到码头了。"安德鲁回头看了看。

灯的火苗越来越暗。安德鲁关掉了发动机，船在水面上漂着，最后停了下来。

他们抬起了绑着工具袋的尸体，看着它沉入了漆黑的湖水中。

"我们应该把东西绑在他的脚上的。"苏茜看着尸体沉没的过程，突然说道。

"为什么？"

"因为这样他就得一直头朝下待着了。多不幸啊，这么干的人真应该被绞死！"苏茜还在模仿安妮塔。

"你的玩世不恭让我很害怕。"

"是我杀了人，你却一脸悲愤的样子。走吧，趁着灯还没灭赶紧回去。"

他们在回去的路上一句话都没有说。冰冷的夜风吹在他们的脸上，但是也带来了雪和树的味道，让他们觉得又重回人世。

"布鲁迪的儿子最后也没有给我们送东西来。"苏茜走进了房间。

安德鲁吹灭了灯，把它放回原位，然后进了厨房。

"你饿了？"他边说边洗了洗手。

"难道你不饿？"

"不，我一点儿也不饿。"

"那如果我要跟你分享呢？"苏茜从外衣的口袋里掏出了一条谷物棒。她大口大口地吃着，又拿出一条给了安德鲁。

"我们接下来唯一要做的事就是去睡觉。这样可以放松你的神经，明天我们去报警。"

她走上二楼，进了卧室。

过了一会儿，安德鲁也走了进来。苏茜躺在床上，未着寸缕。安德鲁脱去衣服，伏在她的身上，急切而又笨拙。他温暖的身体唤醒了苏茜的欲望，而苏茜只觉得小腹那里有某种温热的东西。她抱住了安德鲁，用舌头舔吻着他的脖子。

安德鲁的嘴唇在苏茜身上游走，他亲吻着她的乳房、肩膀和嘴唇。苏茜的腿盘在安德鲁的腰间，用手引导着他。在安德鲁进入她的时候，她轻轻推开他，随后又将他搂得更紧。他们的呼吸融合在一起，充满了热量与激情，让他们暂时忘却了之前不愉快的经历。苏茜坐在了安德鲁的身上，胸部剧烈地抖动着，双手摁着安德鲁的大腿，不停地上下起伏。安德鲁又反身压了下来，苏茜发出了一声呻吟。

她睡在安德鲁的旁边，安德鲁握住她的手，想要亲吻她。但是苏茜却一言不发地起身进了浴室。

等她回到卧室的时候，安德鲁已经离开了。客厅里传来他的脚步声。苏茜缩进被子里，关了灯，咬住枕头好不让安德鲁听到她的抽泣声。

楼下传来连续不断的敲击声。苏茜睁开了眼，意识到她竟然睡在了一张床上。噪声丝毫没有停下的迹象，她拿起衣服，下楼到了客厅里。

安德鲁把头伸进了烟道里面，苏茜只能看见他的腿和腰部。

"你不用睡觉吗？"

"我觉很少，而且我睡得很快。"安德鲁边说边继续忙着手里的活计。

"可以问一下你在干什么吗？"

"我睡不着，所以就开始做这件事了，但是光线不好，我老是看不太清楚。"

苏茜走到了进门处，取下了那盏煤油灯，点亮了灯芯，把它放在了壁炉的上方。

"这样是不是好一点儿？"

"嗯，好多了。"安德鲁回答道。他发现了一块上面完全没有烟灰的砖，把它敲下，又递给了苏茜。

"把灯举起来。"他用一种命令的语气说。

苏茜立即照做了。

安德鲁好像在里面拿到了什么东西，他从壁炉里欠身出来，正好迎上苏茜的目光。

"怎么了？"

"没什么，只是我和某个男人度过了一晚，可是他却宁愿睡在壁炉里。除了这个就没什么了。"

"给。"安德鲁递给她一个牛皮纸包。

"这是什么？"苏茜的脸上满是惊讶。

"我去找把小刀，我们很快就知道这是什么了。"

苏茜跟着他来到厨房，他们坐在了餐桌旁边。

纸包里有一些莉莉安的照片，拍照的人肯定是那个和她一起在这座小岛上共度周末的神秘情人，还有一段乐谱，最后他们看到了一封写给玛蒂尔德的信。

苏茜抢过了信封。

"你不要把它交给收信人吗？"

"玛蒂尔德从波士顿的海边被救之后，就决定换一种生活方式，我不想再让她为此烦心了。"

苏茜拆开信封，展开了手中的信。

玛蒂尔德：

我在这座岛上给你写信，不是以母亲的身份，而是一个女人。这个女人爱上了一个男人，可他的爱却比她要少。他今天中午已经离开了，而且永远不会再回来。

不要以为是我背叛了你的父亲。他给了我所能期待的最好的礼物，那就是你，我的孩子，你的存在充实了我的人生。你五岁的时候，我看到他和别的人一起睡在床上。我花了很久才原谅他。后来，我也渴望找到自己的感情，可是由于世俗的偏见，一直未能如愿。但也许有一天，社会会变得比现在更宽容。我们有什么理由去批评相爱的人呢？

在我给你写信的房子里有一个男人，他不是你的父亲。他对我说了世界上最动听的话，他告诉了我他的理想：那是一个财富公平分配、公民拥有充分话语权的未来世界。我抛开了一切党派的纷争，给予了他最大的信任，我相信他的热情、他的激情和他的诚意。

但是，对权力的欲望总是与日俱增，最好的愿望也会因此变成最坏的结果。

我总是听到身边的各种丑闻，有私情、有谎言，直到我看到了那些书。也许我本来不该看的，可是好奇心却驱使我这么做了。

当权者总是善于为民众制造幻想，为了达到这个目的，他们首先要赢得我们的信任。表面上看，幻想可能会比事实更真实。但是它就像气球一样，一根针就能将它戳破，随后而来的就是令人绝望的现实。

玛蒂尔德，我要离开了，一切都太晚了，我已经无法回头。如果我失败了，别人就会告诉你一些关于我的事情，你千万不要相信。

明天，我就把一个包裹交给我唯一的朋友，等到你成年，有了自己的主见，他就会把包裹还给你。里面有一份乐谱，相信你能看懂它的含义，还有一把钥匙。如果等待我的是最坏的结果，那请你一定要记住，如果你想念我的话，可以去我们在你父亲旅行时常去的地方；你可以在那里怀念我。

不管做什么，都希望你能遵从自己的内心。你可以继续做我没有做完的事，但是我不会强迫你。

如果你决定追寻我的步伐，我只给你一个建议，不要相信任何人。

我爱你，我的女儿。我对你的爱比你想象的还要深，也许有天等你做了母亲，才可以理解我的感情。但是，有些事情比生命更重要。我相信如果你处于我现在的位置，你也会这么做的。

不管今后我将去往何处，都请你记得，我爱你。我无时无刻不与你同在，永远都是。

你就是我生存的全部意义。

爱你的母亲

苏茜把信递给了安德鲁，让他也读一读。

"真希望这一切都没有发生。"她低声说。

"你知道她说的常和你妈妈去的地方是哪里吗？"

"不知道。"

"那份乐谱呢，你能看明白吗？"

"我很多年没有弹过钢琴了，也许我没法弹出来，但是说不定可以看懂。"

"如果那些想除掉我们的人知道之前的行动失败了，那他们一定会再派人来的。赶紧想一下，玛蒂尔德有没有跟你提过什么地方，是她和你的外祖母经常去的？"

"现在你也叫她玛蒂尔德了？我真的不知道，什么都想不起来，不过克诺夫可能知道。我愿意相信莉莉安的信里说的朋友就是他，莉莉安肯定是打算把包裹交给克诺夫的。"

"可是我却在壁炉里找到了这个包裹，她最后肯定突然改变了主意！"

"但也可能只是因为她没有时间了。"

安德鲁把照片摆在桌上，全部都是莉莉安在岛上拍的。照片上，她有时躺在沙滩上，有时拿着斧头站在木屋的门前，有时在草地上种花，有时跪坐在壁炉前，或者只是做了个鬼脸。但是有一幅照片上她是全身赤裸的，站在浴室的洗手台前，回头望着那个给她拍照的人。

"你是想趁机偷窥我的外祖母吗？"苏茜从安德鲁的手里夺下了照片。

"那个时候你还没出生呢，有什么好介意的。"

"她真的很美。"苏茜说。

"你也不差。"

苏茜端详着这张照片，仔细辨认着每一个细节。

"看，"她对安德鲁说，"在洗手台上面的镜子里，好像照出了她情人的脸。"

安德鲁拿过照片，也开始研究起来。

"也许吧，不过我看不清他的五官。"

"沙发旁边的矮桌上有放大镜。"苏茜立刻站起身来。

她把照片一起拿了过去。安德鲁在厨房里等着她，她却一直没有回来。安德鲁就干脆去了客厅。

苏茜正用放大镜检视着那张照片。

"现在我明白克诺夫为什么要说莉莉安很新潮了。"

"什么意思？"安德鲁坐在了她的身侧。

"她的情人看上去至少比她年轻二十岁。"

"可以看出来吗？"安德鲁拿过了苏茜手里的放大镜。

"现在，我明白为什么布鲁迪要说这个男人'一直坐到了最高的位置'了，"安德鲁吃惊地大张着嘴，"他在三十多年后成为了美国历史上最有权势的副总统，也肯定是最可怕的一个。"

"他还活着吗？"

"还活着。"

"我一定要和他谈谈。"

"你不仅疯狂，而且还天真。你简直是我这辈子见过的最天真的女人。"

"你见过很多别的女人？"

"你根本不知道这个男人是什么样的人，不知道他这副宽厚的外表下藏着一颗怎样的心。也许最后你的外祖母在和他争执时发现了这一点。"

"他们曾经相爱过，他肯定知道一些关于莉莉安的事情。"

"你想问事情？那如果我告诉你，这个男人是美国历史上最具权势也是最危险的领导人之一，你还想见他吗？"

"你怎么会知道？"

"也许是因为我有一个新闻学的文凭，"安德鲁并不生气地说。

"你确定照片上的人是他？"

"确定，除非他还有个双胞胎兄弟。现在，立刻收拾东西，我们休息两个小时，天亮就离开。"

"有这么严重吗？"

"我不知道你的外祖母是如何被卷入其中的。可是现在我们已经插手了这件事情，要知道，我们这次的对手可并不容易对付。"

"你觉得他会是莉莉安的同谋吗？"

安德鲁想了一下，才回答了苏茜的问题。

"按照布鲁迪之前所描述的那场争执，应该是没有。"

"但他也可能直到最后才退缩了，甚至这件事都有可能是他挑起的。"

"对于这个人，不管他做什么我都不会吃惊。但是我很高兴，因为你终于开始相信你的外祖母有可能犯了叛国罪了。"

"斯迪曼，有的时候我真的很讨厌你。"苏茜说。

"你是请我来帮你寻找真相的，但你可没要求过我一定要讨人喜欢！"

黎明时分，安德鲁就叫醒了苏茜。他刚刚在沙发上小睡了一会儿，而苏茜就睡在沙发旁的地毯上。

他们关掉了所有的灯，苏茜掏出钥匙锁上了大门，离开了她外祖母的房子。

两个人向码头走去。下雪了，雪花落在湖面上，又随即融化，带着一种静谧的优雅。

安德鲁扶苏茜上了船。

"谢谢你一直陪我到现在。"苏茜坐在船的一端，对安德鲁说。

之后，他们没有再说一句话。湖面上只有发动机的轰鸣声和水声。苏茜一直盯着那座小岛。安德鲁没有把船开回之前的村子，而是去了相反的方向。到湖边以后，他让船靠了岸，然后就把船留在了那里。

他们穿过了一片树林。苏茜在雪地上跌跌撞撞地走着，偶尔跌倒也一言不发，好像她已经把自己的灵魂留在了岛上。

一个小时之后，他们找到了大路。安德鲁竖起了拇指，接着一辆经过这里的卡车就开门让他们上来。

司机没有问他们任何问题。在这个地方，过度的谨慎是不合适的，毕竟现在是冬天，不可能把徒步的游客扔在外面不管。

到了前面的路口，司机要继续向北走，可是安德鲁和苏茜则要去南边。司机就给几个同事打了电话，问他们是否有人要去纽约。

最后，安德鲁和苏茜来到了一家加油站，等着另一位司机载他们回纽约。安德鲁注意到这里离美加国境线只有十五公里，想是否先越过国境线再想办法回美国会更为安全。

不过他们还是上了另外一辆卡车。这个司机也不比他之前的同事更健谈。八个小时的旅程中，两个人都一直在睡觉。他们最终在泽西城的一个货物集散地下了车，隔着一条哈得孙河，已经可以看到纽约的夜景了。

"回家的感觉真好。"安德鲁说。

他们坐上了轮渡，靠在甲板的栏杆上呼吸着新鲜空气。在纽约寒冷的冬天里，他们是唯一这样做的乘客。

"有件事情说不通，"安德鲁说，"莫顿住的地方离这个岛只有六十公里。我可不认为他可以抑制住去那儿看一看的好奇心。"

"你怎么知道他没有去过？"

"他的笔记里没有提到这一点。我还是给他打个电话确认一下。"

"确不确认有什么关系？"

"就是因为他的笔记我们才找到了那个岛。他知道的事情肯定要比他告诉我的多得多。"

"我要给克诺夫打电话。"苏茜说。

"别忘了你外祖母信里的忠告。不要相信任何人。你应该听取她的建议。今晚我们就住旅馆吧，我身上还有现金。不要打开手机。"

"有必要这么小心吗？"

"昨天下午，就在浮桥那儿，我因为轻信了别人而差点儿被杀死。"

"我们明天去干什么？"

"我昨天整个晚上都在想这个问题。你外祖母的婚外情可能是她事发的诱因之一,但我不认为这一定会害死她。既然有人一直跟踪我们,那应该是有其他的原因,我已经想到了其中一个可能性。"

渡船停在了南海港。安德鲁和苏茜打了一辆车,来到了万豪酒店的门前。安德鲁之前经常来这里的酒吧喝一杯。

进了房间之后,他就想到楼下的酒吧去一趟,于是他告诉苏茜自己要去打个电话。

"你是要去喝酒吗?"苏茜问道。

"我只是有点儿渴了。"

"玛蒂尔德每次要出门酗酒的时候都会说一模一样的话!"苏茜边说边打开了房间里的小冰箱,"她也说自己渴了,当时我还是个小女孩,我就会去厨房里给她找解渴的东西。"

她拿起一罐可乐,扔给了安德鲁。

"她会先接过我拿来的可乐,然后把它放在手边的某个家具上。接下来,她就会苦笑一下,摸摸我的脸,最后走出家门。你不是说你渴了吗?"

安德鲁把可乐罐在手里抛了几下,就把它放在了桌上。他带上门走出了房间。

☙

安德鲁坐在了吧台前。侍者跟他打了招呼,就拿来了一杯菲奈特 - 可乐。安德鲁一口干掉了它。侍者正要再给他加一杯,安德鲁却阻止了他。

"我可以用一下电话吗?我的手机没电了,放心,对方也是本地号码。"

　　服务生把自己的手机给了他。安德鲁连拨了三次本·莫顿的电话，但都无人应答。但之前莫顿曾经说可以在晚上给他打电话，安德鲁也不认为这个老记者会在这个时间出门找乐子。他开始担心起来，毕竟莫顿独自一人在如此偏远的地方生活，如果出了事可能会无人知晓。

　　于是安德鲁又打给了服务台，询问坦布里奇市加油站的电话号码。接线员帮他把电话转接了过去。

　　那个老人还记得安德鲁，向他询问之前和莫顿的会面进行得如何。安德鲁解释说自己正在找他，很为他的现状担心。

　　安德鲁在电话里坚持了很久，老人才同意第二天去莫顿家看一看，并一再申明哪怕莫顿已经因为心脏病去世了，他也不会去参加葬礼。

　　安德鲁犹豫了一下，最终还是把那个秘密说了出来，他告诉老人莫顿从来没和他的姐姐上过床。老人却回答他说如果莫顿真的这样做过，那就见鬼了，因为他是独生子。

❄

　　电话铃响个不停。苏茜终于再也无法忍受这个声音，干脆从浴缸里走了出来，拿起了听筒。

　　"你到底在干什么？我都给你打了十几个电话了！"

　　"我在穿衣服。"

　　"我在楼下等你，我饿了。"安德鲁说完就挂了电话。

　　苏茜在一张靠窗的桌子旁看到了安德鲁。她才刚刚坐下，服务生就在她的面前放了一盘意面，又给安德鲁端来了一块牛排。

"我们现在的麻烦应该不是来自于你外祖母的私生活，而是那些文件。"安德鲁切着面前的牛排。

"什么文件？"

"就是那些她可能要交给苏联人的文件。"

"谢谢你说了可能，至少你还没认为她肯定有罪。"

"我已经告诉过你了，我不会给自己设定某种成见。她可能有罪，也有可能是无辜的。至于那些材料，莫顿也说过没有记者亲眼见过。但显然有人还在寻找它们，这些人害怕别人会比他们先找到。你想想，如果真的是越战时期的兵力部署图，那现在还有什么关系呢？战争已经结束四十多年了，我可不认为五角大楼还会去美莱村策划一场大屠杀。你外祖母想要传递的材料肯定不是这个。现在我们要搞清楚的是，她到底得到了哪些信息，还有她究竟打算做什么。"

"这也印证了她和那人争执时说过的话：不管付出什么代价她都会坚持到底。"

"但她是要把什么坚持到底呢？"安德鲁努力地思索着。

突然，出于某种直觉的驱使，他突然转过头去，看到瓦莱丽就站在窗外的街上。她手里拿着一把雨伞，正看着自己和苏茜共进晚餐。她冲安德鲁笑了一下，就继续向前走去。

"你在等什么？"苏茜提醒安德鲁。

安德鲁立即从座位上跳了起来，向外面跑去。瓦莱丽消失在了前面的拐角，安德鲁连忙快跑了几步，却看到她打开了一辆出租车的门。听到安德鲁的脚步声，她转过身对他笑了一下。

"不是你想的那样。"他边说边走向瓦莱丽。

"你指的是你又喝酒了还是你的女友?"

"这两件事都不是真的,我已经戒酒了,而且我还是单身。"

"安德鲁,这是你的生活,"瓦莱丽平静地说,"你没必要向我解释什么。"

安德鲁不知该如何回答。他对现在的场景不知道设想过多少次,但是事到临头,他却一句话都说不出来。

"你今晚很美。"他终于挤出了一句话。

"你看起来也不错。"瓦莱丽回答道。

出租车司机扭过头,不耐烦地看着他们。

"我要走了,"瓦莱丽说,"有点儿急事。"

"我明白。"

"你还好吗?"

"还不错。"

"那就好。"

"在这种情况下见到你还真是出人意料。"安德鲁语无伦次地说。

"是啊,很出人意料。"

瓦莱丽坐上出租车的后座,关上了车门。

安德鲁一直站在原地,看着出租车远去。他却不知道,瓦莱丽也在做同样的事情:她一直注视着后视镜里安德鲁的身影。

安德鲁又回到了酒吧，坐在桌旁。苏茜已经吃完了自己的东西。

"她本人要比照片上漂亮。"苏茜用这句话打破了沉默。

安德鲁没有回答。

"你以前常来这个地方吗？"

"我们当时就是在这条街上重逢的。"

"你们分手之后，你还常到这里来吗？"

"出院后来过一次？"

"她的办公室在这附近？"

"不，在城市的另一头。"

"你觉得她是凑巧才到这里来的？"

"应该是巧合吧。"

"看来你不是唯一一个缅怀过去的人。你相信命运吗？"

"也许吧。"

"那就告诉自己她对你也余情未了。"苏茜边说边站了起来。

"你觉得……"

"她看到我之后有没有表现出嫉妒的神色？"

"我正要问你这个问题。"

"我也不知道。还是回房睡觉吧，我已经困得不行了。"

在去往二十层的电梯里，苏茜把手搭在了安德鲁的肩上。

"我希望自己有一天也能遇到你这样的人，斯迪曼。"

"好像你已经遇到我了。"

"我说的是在合适的时间。"苏茜说着，电梯门就打开了。

他们进了房间，苏茜拿了一个枕头和一床被子，就睡在了窗户旁边。

❀

第二天一早，苏茜被街上的噪声吵醒了。她睁开眼睛，发现安德鲁已经不在房间里。她穿上衣服，来到酒店的大堂。酒吧已经关门了，安德鲁也没有在餐厅吃早餐。

她给《纽约时报》的报社打了个电话，接线员说自己已经好几天没见过斯迪曼了。时间还太早，图书馆肯定还没有开门，安德鲁也不会在那里。苏茜郁闷地发现，没有安德鲁在身边，她甚至不知道自己该做些什么。她回到房间里，打开旅行包，重读了一遍莉莉安的信，看了看那份乐谱。她突然就有了一个如何打发上午的时间的好主意。

❀

西蒙在办公室里走来走去，还不时用怀疑的眼光看着安德鲁。

"如果你一直这样的话，我会很不舒服的。"安德鲁说。

"我就这三天没有管你，看看你把自己搞成什么样子了！"

"这就是我为什么会把你当成我妈的化身。我来这儿可不是为了让你教训我的，而是跟你借钱的。"

"事情已经严重到连信用卡都不能用了吗？"

"我连对手是谁都不知道，当然希望能小心一点儿。而且我户头里的钱也不够。"

西蒙坐在了办公桌后面，接着又站了起来，走到窗户旁边。

"求你了，西蒙，你就老实地坐着吧。我又不是第一个因为调查而招来麻烦的新闻记者。你这么喜欢车，那我们就用赛车打个比喻。两队的目标都是率先到达终点。但是对方的队员已经做好了一切准备，这些我都清楚，而我的武器就是报社的印刷机。你之前不想让我喝酒，我已经一个星期滴酒未沾了。自从上次出事以后，我从来没这么充实过。"

"我不知道你做这一切是纯粹为了找乐子，还是出于对自己的不负责任。"

"西蒙，我也想写一篇很长的报道，来宣传你的车行。但是我了解我的主编，她只对国家大事和丑闻感兴趣。她不知道自己都错过了什么。"

"你要多少钱？"

"最好是五千美元，我把报道发表之后就还给你。"

"你甚至都不知道自己要报道些什么。"

"是暂时不知道，但是我有预感，这件事情背后一定藏着一个大秘密。"

"你还都要现金！"

"我不想去银行，而且我也不希望他们查到你头上。"

"恐怕他们已经查到我头上来了。"西蒙看着窗外。

"你在说什么？"

"别动，对面人行道上停着一辆黑色的轿车，司机看起来很可疑。"

安德鲁立即冲到窗户前，想看看自己是不是被跟踪了。这时一位女士从对面的楼里走了出来，还抱着一只吉娃娃。那辆车的司机给她打开了车门，然后就发动了汽车。

"这肯定是中情局的人。他们训练了一个旅的吉娃娃，用来掩盖他们的真实身份。"

"别说我了，这辆车的确有点儿可疑。"

西蒙打开了办公室里的保险柜，递给安德鲁一个信封。

"这是一万美元。花不完的记得还给我。"

"你需要我保留每一次消费的票据吗？"

"在我改变主意之前，赶紧滚出我的办公室。我不管你用什么办法，你要定时跟我联系。你确定我不能和你们一起去吗？"

"我确定。"

"你好像变了。是谁在这三天时间里改变了你？那个女人？"

"昨晚我在街上遇到瓦莱丽了。"

"我知道，她给我打过电话。"

"她说了什么？"

"她先问我最近怎么样，后来又问你是不是有了新的交往对象。"

"你是怎么说的？"

"我说我什么都不知道。"

"你为什么这么说？"

"因为这是实情，我知道这么说她会嫉妒。"

"你的心理年龄只有五岁吗？你是嫌她离我还不够远吗？"

"伙计，我只想告诉你，你写好你的文章就行了。像女性心理这种事，这是我的专业范畴。"

"你上一段超过十五天的恋情是什么时候的事了？"

"滚，你还是该做什么做什么吧，我也还有事情！"

❋

回到宾馆之后，安德鲁发现苏茜不在房间里。他没有给苏茜打电话，只是默默希望她没有打开手机。但是一旦想到苏茜也许回了她自己的住处，他就开始坐立不安。从昨晚开始，他就很想补充一点儿酒精，回味着那杯菲奈特-可乐的味道，他更是抵御不住这种诱惑。他打开了房间里的小冰柜，发现了一张小字条。

> 我在茱莉亚音乐学院，到练习室来找我。告诉门房你要找
> 科尔森教授。一会儿见。
>
> 苏茜

安德鲁立即叫了一辆出租车，来到了 65 号街。

学校的门房向他指了练习室的位置，然后告诉他科尔森教授正在里面指导一个学生练琴，最好不要去打扰。他话还没有说完，安德鲁就已经走进了里面的走廊。

科尔森教授看起来大约六十几岁，身上的燕尾服和领结让他看起来更加年长。他的额头油光发亮，满头的白发被整齐地梳在脑后。

他从琴凳上站了起来，向安德鲁致意，然后示意他坐在苏茜的旁边。

"你看到我的字条了？"苏茜小声问道。

"把字条放在小冰柜里的主意很不赖。"

"除了你，恐怕别人也发现不了那儿有字条。"苏茜把嘴唇贴在安德鲁的耳边，就好像要嗅他身上的气味。

"我可以继续弹吗？"科尔森教授问道。

"他是谁？"安德鲁小声地问苏茜。

"他是我的钢琴启蒙教师。"

科尔森把双手放在了键盘上，开始弹奏面前的乐谱。

"我现在知道你为什么在钢琴上一直没有进步了。"安德鲁对苏茜耳语道。

"这些音符没有任何意义，"教授说，"在您来之前我已经跟苏茜说过了。这简直就是能震破鼓膜的噪音。"

"这是《雪姑娘》的曲谱吗？"

"是的，"教授回答道，"虽然毫无原作品的优雅感，但的确是《雪姑娘》。我不能再弹了，这实在无法忍受。"他把曲谱还给了苏茜。

"请问您说的'毫无原作品的优雅感'是什么意思？"

"有一半的小节都被删掉了，有人好像想简化这首乐曲，但是显然他没有成功。"

"看来我的预感很准。"苏茜很是自得于之前猜中了乐曲的名字。

"请问您，哪里能找到这出歌剧的全稿？"

"图书馆就可以，我一会儿就帮你们复印一份。"

科尔森教授带着他们俩来到了学院的图书馆。他请图书管理员帮他复印了一份《雪姑娘》的全部曲谱，然后问苏茜是否还需要帮助。

苏茜迟疑了一下，不知道是不是还要向她的钢琴老师寻求进一步的帮助。

"我想见一下您班上最差的学生。"

"这个要求倒是很奇怪，"科尔森教授说，"为什么不是最好的学生？"

"我对差生有特殊的好感。"苏茜回答道。

"啊，那就是杰克·科尔曼吧。我都不知道他是怎么被招进来的，他实在是一点儿天赋都没有。你应该能在楼下的咖啡馆找到他，他应该在那里吃东西呢，"科尔森教授看了看墙上的挂钟，"我半个小时后要给他们班上课，他每次来上课的时候手都油腻腻的。抱歉，我要失陪了。"

"我不会把您的话告诉他的，我保证。"苏茜向她的钢琴老师挥手告别。

"你不用有什么顾虑。"科尔森离开了。

❄

杰克·科尔曼坐在咖啡馆里，嘴里塞着满满的食物，唇上到处都是糖霜，贪婪地舔着手指。

"我真是爱死这些差生了。"苏茜边说边向科尔曼走去。

科尔曼惊讶地发现一个漂亮女生笔直地向这个方向走了过来，他不由得转过头去，看看自己身后还有没有别人。他实在是不明白为什么一个这样的女生要过来找自己。苏茜直接坐在了他的对面，从他的奶油面包上掰了一块，吃了下去。科尔曼立刻忘记了咀嚼嘴里的食物。

"杰克？"

科尔曼立即咳嗽起来，他没有想到这个女生竟然知道自己的名字。

"我有麻烦了？"他紧张地问道，这时安德鲁也在他旁边坐了下来。

"你没听过那句俗语吗？承认错误就是改正了一半。"

"我这周末就还钱，我发誓。"科尔曼说。

"为什么不今晚就还呢？"苏茜用一种生硬的语调说，连安德鲁都惊讶于她的演技。

"我没有钱，我向你保证，一有钱就会还给你。"

"那如果我们给你钱呢？我有一个工作要交给你。"

"我要做什么？"科尔曼的声音都开始发抖了。

"只是帮我们一个小忙，"安德鲁说，"别慌，安心吃你的奶油面包。我们不是来找你麻烦的，是科尔森向我们推荐了你。"

"科尔森教授都知道了？"

"孩子，我不知道你在说什么事情，我也不关心。你欠别人多少钱？"

"二百块。"

"如果你愿意的话，今晚就能还上。"安德鲁拿出了西蒙给他的信封。

他从里面抽出了一张一百美元的钞票，把它递给了科尔曼。科尔曼看着钱的眼神就像他之前看着奶油面包一样。安德鲁示意苏茜把乐谱交给他。

"你玩过找不同的游戏吗？"

"小时候玩过。我的水平还不错。"

"我给你的这份乐谱里漏了一些音符，我需要你把它们全部挑出来。你帮我们比较一下这两份乐谱，看看比较旧的这一份里到底少了些什么。挑出来之后，你得想一想为什么是这些音符被删掉了，它们之间有什么逻辑，或者是任何它们被漏掉的理由。"

科尔曼把手指插进了头发里。

"如果我做到了呢？"

"那另外一百美元就也是你的。"

"你需要我什么时候做？"

"现在。"

"我半个小时之后有课。"

"科尔森教授允许你旷课一节。"

"真是他让你们来找我的吗？"

"他的课让你很痛苦，是吗？"

科尔曼抬头看着天花板。

"我也曾经是他的学生，"苏茜说，"如果他对某个人严厉，那是因为他相信那个人。他其实对你是寄予厚望的。"

"真的？"科尔曼惊讶地问道。

"当然是真的。"

安德鲁也点头表示同意苏茜的话。

"好，我现在就开始做，"科尔曼拿起了那两份乐谱。我住在学生公寓，C栋2层311室。下午5点之前弄完，可以吗？"

安德鲁拿出一张自己的名片，在上面写下了万豪酒店楼下酒吧的电话，递给了科尔曼。

"3点的时候准时给这个号码打电话，跟对方说你要找我。我希望到时候你能告诉我们你的工作进度。"安德鲁边说边同科尔曼握了一下手。

"你是记者？"科尔曼看着名片，问道。

"做好我们交代的事情，你这个学年就不用担心考试成绩了。"

苏茜站起身来，给了他一个大大的笑脸，顺便拿走了他的面包。

✻

"你之前对这个男生做的事情实在是太过分了。"走到65号街之后，安德鲁对苏茜说。

"因为我抢了他的面包？我还没吃早饭，实在是太饿。"

"别装傻，我说的是关于科尔森教授的那些事情，还有他的期末成绩。"

"你不了解差生的心理。我保证今天是他最高兴的一天。他肯定头一次觉得自己是个有用的人，感到自己身上的使命感。"

"别人还跟我说过，我其实也不懂女性心理。"

"至少我可没有这么说。"苏茜反驳道。

✻

洛克菲勒中心门前的溜冰场上，虽然寒风肆虐，却不能阻挡人们滑冰的热情。克诺夫坐在一张长椅上，看着滑冰的人们，心中却无法理解他们为什么要在这么冷的天气里到这个比马厩还小的地方滑冰。

·伍尔福德从他的身后出现，也在长椅上坐了下来。

"接到你的电话后，我就离开了莫顿的小木屋。"

"你知道她在哪儿吗？"

"不知道，我到岛上的时候他们已经离开了。"

"两个人都走了？"

"我不知道。"

"你怎么能什么都不知道？伍尔福德，你本应该把她带回来的。"

"我靠岸的时候，看到码头那里有一大摊血迹。"

克诺夫的脸色变了。

"你确定他们已经离开岛上了吗？"

"房里和村里都没有他们的踪迹。"

"你去过村里？"

"发现那摊血迹之后，我就知道不能再耽误了，立即就去了村里打探情况。"

"你有没有清理掉那摊血迹？"

"当时下雪了，没有必要再做什么。"

"那你去没去过他们的公寓？"

"两个公寓都空着。我费了很大的力气来隐藏行迹，那个记者可比我想的要壮实得多，上次在他家门前我就吃了些苦头。"

"他们的手机呢？"

"从他们踏上岛开始就一直不通。"

"这可不是什么好事。"

"是不是艾略特·布鲁迪骗了我们？"

"他是个唯利是图的小人，胆子又小，根本不会和我们一起冒险。"

"别担心，他们已经有防备了。"

"已经发生了这么多事情，怎么可能还没有防备！"

"我们需不需要加派人手？"

"暂时还不需要。有人想抢在我们的前面，虽然我还不知道对方是谁，但最好还是小心一点儿。继续监视他们的行动，他们总会需要钱的，或者至少需要打个电话。"

"先生，有消息我会立刻通知你。"伍尔福德站起身来。

克诺夫目送他离开，等他走远了，他接起了自己的手机。

"怎么样？"

"他回到了宾馆？"

"他去茉莉亚音乐学院干什么？"

"司机一直跟着他，但是因为周围的环境比较特殊，所以没法跟得太近。"

"你为什么没有亲自去？"

"斯迪曼上午去了他朋友的车厂，他很可能已经发现我了，我不想冒险。"

"你说司机一直在跟踪他们？"

"斯迪曼是一个人去的音乐学院，但是他是和苏茜·沃克一起离开的。看来沃克应该是在那里等他。"

克诺夫抬头看了看天，叹了一口气。

"到洛克菲勒中心来找我，我要当面听那个司机的详细报告。"

❄

安德鲁躺在床上，手枕在脑后。苏茜走到床头柜旁边，拉开抽屉，看了看里面的《圣经》。

"你相信上帝吗？"

"我的父母都是虔诚的教徒，我们每个周末都去做弥撒。我参加的最后一场弥撒就是我父亲的葬礼。你呢？"

"我从欧洲返回美国之后，就去了巴尔的摩。去沙米尔家的时候，他的父母都在家。他的父亲一直看着我，什么都没有说，但是在他看到我的手指之后，说的第一句话就是关心我的伤势。不知道为什么，就在那天晚上，我又相信上帝了。我问他的母亲可不可以取几样东西作为纪念，尤其是他那身蓝色的工装、他的衬衫还有他登山时总戴的那条红围巾。这条围巾是他的吉祥物，每次登顶之后，他都会把它系在登山镐上，然后把登山镐插在地上，让它随风飘扬，享受这个胜利的时刻。但是我们去勃朗峰的时候没有把它带上，而是在收拾行李的时候把它落在了巴尔的摩。我一直在跟他的父母讲述同一个故事，虽然他们早已经知道结局，但还是坚持让我重复当时登山的细节。我发现每次提到沙米尔的时候，他们的眼睛就会发亮。最后我还是沉默了下来，因为我实在不知道该说些什么。他的母亲摩挲着我的面颊，解下了脖子上的一串项链，把它送给了我。她对我说，如果有一天我再去攀登勃朗峰，一定要把它扔到沙米尔安息的山缝中，她还鼓励我好好活着，把沙米尔的那份也活出来。我希望死亡只是一场没有梦的睡眠，沙米尔的灵魂还在那里，快乐地活着。"

安德鲁站了起来，走到窗户旁边，沉默了一会儿，开始讲述他的经历。

"救护车在哈得孙河的沿岸飞驰，我当时躺在车里，徘徊在生死之间，准确地说是离死亡更近一点儿。我的世界里没有一点儿光明，我听不到天使的呼唤，《圣经》里说的一切都没有发生，但是我看到了很多其他事情。现在，我不知道自己的信仰究竟是什么。也许我信仰的只有生命，我敬畏生命，却无惧冒险。你应当能明白的，你是事故中的幸存者，还执着于为一个从未谋面的人洗刷冤屈。"

"不要比较我们俩不同的生存方式。你有你的酒精，我有我的目标。我只是想有一位外祖母，能告诉她我不敢告诉父母的事情，能从她那里获得有益的建议。我需要证明她的清白，这也是为我的生命寻找意义，而不是摧毁我的生命。我是假托别人的名字生活的。合适的时候，我想重新使用沃克这个姓氏，我也会以此为傲。"

"这是她丈夫的名字。"

"但这也是她选择的名字，她的原名是麦卡锡。所以我也有爱尔兰血统。"

"到时间了，"安德鲁看了看手表，"科尔曼应该会准时打电话来，我们去吃点儿东西顺便等他的电话吧。"

✦

安德鲁要了一个三明治，苏茜却只选了一杯苏打水。她的视线一直在墙上的挂钟和吧台上的电话之间游移。

"他会打来的。"安德鲁拿起纸巾擦了擦嘴。

最后，电话终于响了起来。侍应生把听筒交给了安德鲁。

"我要你们再加一千块！"电话里传来科尔曼兴奋的声音。

"我们之前可不是这样说的。"安德鲁回答道。

"我发现的东西可比两百美元要值钱多了。"

"你或许需要告诉我你到底发现了什么，我好判断一下这个价钱是否合理。"

"那些被删掉的音节没有任何意义，彼此之间也没有逻辑。"

"你就打算靠这个来让我提高报酬？"

"让我说完。我突然想到可以把乐谱和剧本对照起来。我找到了和删掉的小节相对应的台词。然后我就试图把这些词连贯起来，结果真让人吃惊！我现在明白你为什么要我检查这段乐谱了。如果上面的话都是真的，那你绝对能写一个跌破大家眼镜的独家新闻。"

安德鲁强忍着不耐烦，尽量不让科尔曼发觉。

"好的，我会付你钱的。你什么时候能弄完？"

"有电脑在旁边，把这些话拼起来就是小菜一碟。再有一个小时就能完工。"

"我们二十分钟后到你宿舍。把你已经发现的东西用电邮发过来，我路上看。"

"你保证会给我加钱吗？"

"我说话算数。"

杰克·科尔曼挂断了电话。

❀

安德鲁向学校的门房询问了学生公寓的位置，就和苏茜走了过去。

苏茜在他前面推开了 C 栋公寓的大门。

安德鲁敲了敲门，但科尔曼可能戴着耳机，没有听到敲门声。苏茜又上前拍了几下门，但科尔曼一直都没有回应，她就索性打开门走了进去。

科尔曼好像在睡觉，头压在电脑键盘上。苏茜吃了一惊，看了安德鲁一眼，就走到了电脑桌的旁边。她把手放在了科尔曼的肩膀上，但是他的胳膊却滑了下去，整个身子都向后仰倒，脸上没有一丝血色。

苏茜尖叫了一声，安德鲁试图捂住她的嘴。苏茜一直摇晃着科尔曼的身体，希望他可以醒过来。科尔曼的头把键盘压得噼啪作响，可是他的眼睛最后也没有睁开，整个人也没有丝毫生命体征。

"叫救护车。"苏茜喊道。

安德鲁把食指放在了科尔曼的鼻子下方。

"很抱歉，我也很难过。"他的嗓子几乎发不出任何声音。

苏茜跪在科尔曼的身边，握着他的手，祈求他醒过来。安德鲁却强迫她站了起来。

"你这样会留下很多指纹的！走，我们现在就离开！"

"我不关心有没有指纹！"

"这的确是出惨剧，但是我们已经无能为力了。"

安德鲁注意到科尔曼的头压住了一张白色的卡片。他把它拿了起来，发现这正是自己的名片。他的脑海里立刻涌入了一个念头，这让他暂时忘却了现在的处境。

"见鬼，不用管指纹的事情了！"他低声咒骂道。

他移开了科尔曼的头，拿起了电脑键盘，苏茜看着他做的一切，露出了不解的神色。

安德鲁立刻打开了浏览器，登录了报社的信箱，输入了自己的用户名和密码。

信箱里有很多他这几天没有来得及看的邮件，最上面的一封是刚刚收到的，就是杰克·科尔曼发来的。

他们之前通过电话后，科尔曼应该就开始编辑这封邮件了。最后他倒在了电脑前，应该是他的头部碰到了发送键。

安德鲁立刻开始读这封邮件，但是他意识到他邮箱里的其他信件正在一封一封地消失。

"有人侵入了我的邮箱！"

他的邮件清单变得越来越短。

安德鲁立刻摁下了两个快捷键。科尔曼的打印机工作起来。

他把打印好的纸放在了口袋里，然后拨通了911。

❄

学生宿舍里站满了警察。救护车也赶到了现场，在确认了相关人的死亡后就离开了。尸体上没有明显伤痕，现场也没有搏斗痕迹，没有发现注射器，这就排除了外力致死或药物过量这两个死因。

只有一个年轻的学生，死在他的电脑屏幕前。录取安德鲁口供的警察告诉他这很可能是自然死亡。这已经不是第一个猝死的学生了，常见的死因有心脏缺陷、动脉瘤诱发、苯丙胺药物摄入过量，或者只是单纯因为他们糟糕的生活习惯。"这些学生为了通过考试还真是不惜一切代价。"警察叹了口气。在他的职业生涯中已经见过很多类似的事情。尸检也证明了他的推测。目前，苏茜和安德鲁都被要求不能离开纽约州，并在24小时内前往当地警署留存笔录。

在放他们离开之前，警察给报社打了个电话，要求直接与主编通话，好确认这个名叫斯迪曼的记者今天下午是不是应该到音乐学院来采访一个叫杰克·科尔曼的人。奥莉薇亚毫不迟疑地确认了这一点。她请警察把手机递给安德鲁，说想跟他说一句话。警察照办了。

"你知道的，我会准时在办公室等你。"奥莉薇亚说。

"好的，就这样说定了。"

安德鲁把手机还给了警察。

"抱歉，这都是程序，但是我没有告诉你的上级你现在和女朋友在一起。"

"虽然我们的工作纪律并不禁止这样做，但还是非常感谢您。"安德鲁回答。

警察放他们离开了现场。

"你为什么什么都没说？"苏茜质问安德鲁。

"说什么？说我们让这个学生找出乐谱里漏掉的小节，结果导致他被杀了？还是说这应该是职业杀手做的，我们的假设是有依据的，因为我们几天前才碰到一个他的同事？你还记得岛上发生的事吗？当时是谁不愿意叫警察，生怕会因此终止调查？"

"我得跟克诺夫谈一谈，不管你愿不愿意。"

"随便你吧。我要去见主编，还不知道要跟她说些什么她才能不再找我麻烦。我把这封邮件的打印稿带走了，我要在报社看一下，傍晚时候在宾馆见吧。我很不放心你一个人行动，小心一点儿，不要开手机。"

"你还不是已经把手机打开了？"

"我别无选择，我也很后悔。"

※

安德鲁需要整理一下思绪。他的位置和报社之间隔了大约二十个街区，他准备步行过去。经过一家酒吧的时候，他叫了一杯菲奈特-可乐，老板却告诉他这里不提供这种饮料，他生气地走了出去。

走在街上，他看到了一个公用电话亭，就进去拨了一个圣弗朗西斯科的电话。

"我是安德鲁·斯迪曼，你方便说话吗？"

"这要看你这次让我帮什么忙了。"皮勒格探长回答道。

"我碰巧出现在了一桩命案的现场，在那儿留下了不少指纹，希望你能找个同事帮我说几句话。"

"什么意思？"

"让他们告诉办案的警察我不是那种会杀人的人。死者最多只有二十岁。我需要一点儿安静的时间，好让我把调查做完。"

皮勒格没有说话，电话里只传来他的呼吸声。

"好吧，你是碰巧才在现场的？"他平静地询问安德鲁。

"算是吧。"

"案子发生在哪里？"

"茉莉亚音乐学院的学生公寓里，65 号街。"

"你知道是谁干的吗？"

"不太清楚，不过肯定是职业杀手。"

"好的，我给他们打电话。斯迪曼，你这次又去调查什么了？"

"如果我告诉你其实我自己也不知道，你会相信吗？"

"我有选择吗？你需不需要我帮忙？"

"不用，至少暂时不用。"

"如果有用到我的地方尽管告诉我，我现在特别无聊。"

皮勒格挂断了电话。

安德鲁来到了报社门前。他抬头看了看门上的"纽约时报"几个字，把手插进上衣的口袋里，走了进去。

❀

克诺夫坐在华盛顿广场的一张长椅上，边看报纸边等待苏茜。苏茜坐在了他的身边。

"你看起来很烦恼。"克诺夫收起了他的报纸。

"阿诺德，我现在很迷茫。"

"看来事情应该很严重，要不然你不会叫我的名字的。"

"我应该听你的话的，根本不该去那个见鬼的岛。我开枪打死了一个人，恐怕这辈子都要背着罪恶感活着了。"

"你杀了那个记者？"

"不，是要溺死他的一个人。"

"那就是正当防卫了。"

"可是当你看到一个人满身鲜血地倒在你面前的时候，是不是正当防卫也没有区别了。"

"当然有区别。不然就要换成别人看着你满身鲜血地倒在他面前了，这可是很大的区别，不管是对我还是对你。你怎么处理尸体的？"

"我们把他沉在了湖里。"

"的确应该这么做。"

"我也不知道自己做得对不对，也许我应该听安德鲁的话立即叫警察的。但是我总是不愿意听别人的建议。"

"我都不记得你已经因为这一点给我惹来多少麻烦了。我们就不用提那些你少年时代的辉煌往事了，但是如果你把指纹留在了尸体身上，就算是正当防卫，也是一件很麻烦的事。"

"可惜我的确这么做了。"

"你不是把他沉在湖里了吗？"

"那个人的确被扔到了湖里。但是今天下午我们和茱莉亚音乐学院的一个学生有约，到了他房间后却发现他已经死了。"

"你在房间里留下指纹了？"

"楼梯栏杆上、门把手上、尸体身上、他坐的椅子上、他的书桌上……但是这次我们通知了警察，明天还要去警署做笔录。"

"是哪个警察负责这件案子？"

苏茜把警察给她的名片交给了克诺夫。

"我去看看能做些什么。"克诺夫接过了名片，"有消息我会告诉你的。但至少要让我能找到你！你的手机丢了？"

"没有，只是关机了。"

"那就打开它！我连你的人都找不到，还怎么保护你！苏茜，我已经提醒过你了，这个调查是一件极端危险的事情。"

"不要再教训我了，这下你可高兴了，我决定终止调查。这一切已经超出了我的能力范围。"

克诺夫握住了苏茜的手，轻轻地拍着。

"亲爱的，要是能在几天前听到你说这样的话，我一定会非常高兴。"

"你现在已经不想听到了？"

"恐怕已经太晚了。苏茜，我要告诉你一个秘密，你要发誓不告诉任何人，至少现在不能。我本来希望能够永远瞒着你，但是情势所逼，我只好说出来。你的外祖母取走的材料比越南战场上的兵力部署计划要重要得多，上头只是放出了这个谣言来麻痹敌人。莉莉安是位坚定的反核人士，猪湾事件的发生更是坚定了她的想法。她从你外祖父办公室拿走的材料其实是我们的核武器防御系统的部署计划，更严重的是，其中还提到了我们在欧洲秘密布置的一些导弹防御基地。我们一直否认这些基地的存在，但它们的确一直在那里，很多都隐藏在森林里。现在，俄罗斯人已经不再是我们的敌人，但是上头认为这种信息一旦披露出去，会给美国造成严重的外交上的后果。在我们国家，任何人都不能拿国家安全开玩笑。"

"你只要告诉他们我放弃调查就可以了。"

"要是真能这么简单就好了！我甚至都不知道是哪个机构想要除掉你，是中情局、国安局，还是军队？我在这些部门的朋友都和我差不多年纪，现在都已经退休了。"

苏茜用脚尖在地上画着圆圈。

"如果你是我，你会怎么做？"苏茜始终回避着克诺夫的视线。

"如果车子一定会撞上前面的障碍，那与其减速，等着被撞毁，还不如加速冲过这个障碍。不管你当时的理由有多么正当，他们都不会相信你的。唯一能阻止他们的办法就是赶在他们之前找到那些材料，然后再交给他们。我们可以利用这些材料来讨价还价，保证你的安全。这样的情况下，你就不能向你的记者朋友吐露一个字，因为你们的利益并不一致。"

"如果这样也不行呢？"苏茜思索着。

"如果他们实在是太固执，我们就改变战略。可以利用那个记者，让他把一切都发表出来。等到所有的事情都被公之于世，你也就没有什么可怕的了，他们不敢动你。"

"那为什么不直接选择第二种方案呢？"

"因为这会证明你的外祖母的确有罪。我希望我们不要真的走到那一步。但是在一个所谓的外交事故和你的生命之间，我当然会立即选择你。"

苏茜转向克诺夫，头一次直视着他的眼睛。

"那她真的有罪吗？"

"要看对谁而言了。对当权者来说，她当然有罪。但是十五年之后，大家都意识到了她的正确性，我们也签订了防止核扩散条约。美国人引以为豪的 B-52 轰炸机也闲置在亚利桑那州的大沙漠里。当然这种表面上的军备的减少也只不过是个姿态，我们只是把它们换成了导弹。"

"克诺夫，你之前为什么没有告诉我这些？"

"你会愿意听吗？我尝试过，但是你的外祖母对你而言实在太重要了。玛蒂尔德没有尽到做母亲的责任，你就把莉莉安当成了榜样。那是你童年的疮疤，我又怎么能在上面撒盐呢？"

苏茜看了看四周，冬天让整个公园都变成了单调的灰色。小径上有几个散步的人，但他们都把手插在口袋里，领子也竖了起来。

"我爬了一座山，害死了三个人，其中一个甚至还不满二十岁，所有的这一切都是为了证明莉莉安的清白。现在，我要继续这个疯狂的行动，就像你说的那样，我要找到证明她有罪的证据。多么讽刺！"

"我想你家人的很多事情也都很有讽刺意味。你的记者朋友哪里去了？"

"他去见主编了。"

"我知道这和我没什么关系，可是我还是想问你们俩之间有没有发生什么事情？"

"这和你没有关系。你这么了解莉莉安，知不知道有一个地方是她经常背着丈夫带玛蒂尔德去的？"

克诺夫用手摸了摸下巴。

"你的外祖母是个有很多秘密的人。你去过那个岛上，相信你已经意识到了这一点。"

"我的外祖父是因为谁而背叛了她？"

"看，你还是不由自主地为她辩护。关于你的上一个问题，我只能想到一个地方。莉莉安是个狂热的爵士乐迷，但是你的外祖父只喜欢歌剧和古典音乐。对他来说，爵士乐只不过是一串刺耳的噪音。每次你的外祖母弹钢琴的时候，他都会要求她关上琴室的门，并且打开消音的设备。工作原因，爱德华每个月都要去华盛顿出差，莉莉安就利用这一段时间前往曼哈顿一家著名的爵士乐俱乐部，名字好像是叫万加德，如果我没有记错的话。但是我不记得她有没有带玛蒂尔德一起去，你为什么问这个？"

"在岛上的时候，我们发现了一封莉莉安写给玛蒂尔德的信。她提到了一个这样的地方。"

"信上还有没有说别的什么？"

"只是一些表达她的爱的文字。她感觉到自己很危险，我从中读出了一种遗书的味道。"

"我也很想看一看，如果可以的话。"

"下次见面的时候我就带给你，"苏茜保证道，"阿诺德，谢谢你。"

"谢我什么？我什么都没做。"

"谢谢你一直都在我身边，谢谢你一直都是这样的人，一个我可以依靠的人。"

她站起身来，在克诺夫的脸颊上留下了一个吻。这个充满温情的举动让他脸红了。

"对了，"克诺夫也从长椅上站了起来，"那个叫科尔曼的人死之前有没有留下什么信息？"

"没有，我们到得太晚了。"

苏茜向她的教父挥手道别，然后就沿着小路离开了。

❊

安德鲁正在宾馆的酒吧里等她。他的面前有一杯还剩一半的酒。

"我这才喝第一杯，而且我甚至都没喝完。"

"我可什么都没有问你。"苏茜也坐在了高脚椅上。

她拿起安德鲁的杯子抿了一口。

"你怎么会喝这么苦的东西？"

"口味不同罢了。"

"对了，你刚才和克诺夫的会面进行得如何？"

"只是角度问题罢了！我的外祖母的确有罪，"苏茜艰难地承认道，"但并不是她当时被指控的罪名，不管怎样，她的确背叛了国家。"

"你的守护天使表现得如何？"

"很好，但是我总觉得他对我撒了谎。"

"可怜的孩子，你的幻梦一个又一个地破灭了。"

苏茜转过身，给了安德鲁一个耳光。她拿起吧台上的酒杯，一口就把它喝得精光。

"你也是个骗子，你的目光闪烁，而且又在酗酒。你喝了几杯？"

"三杯，"酒吧的侍者走了过来，"小姐，你需要什么吗？算在我们的账上。"

"一杯血腥玛丽。"苏茜回答道。

安德鲁捂着脸，一脸的不可置信。

"克诺夫问了科尔曼死之前有没有告诉我们什么，"苏茜继续说，"但是我之前甚至没有告诉过他这个学生的名字。"

服务生把血腥玛丽放在了苏茜的面前，却发现安德鲁正在冷冷地瞪着他。

"你没有什么要说的吗？"苏茜问道。

"我很想说我之前就提醒过你，不管是关于你的外祖母还是克诺夫，可是你不愿意听。"

"克诺夫并不是我们的敌人，我仍然坚信这一点。他没有告诉我全部的真相，但是对于他的职业来说，秘密就是一门艺术。"

"你还发现别的什么了吗？"

"我知道了莉莉安拿走的材料究竟是什么。她之所以这样做，不是为了金钱利益，而是为了她的理想。她希望军队可以停止在东欧的森林里布置导弹。这就是《雪姑娘》背后最大的秘密。"

安德鲁示意服务生给苏茜添酒。

"你也总是能让我惊讶，"苏茜继续说道，"我以为自己向你提供了一个爆炸性的新闻，可是你脸上的表情就像收到第一件衬衫时一样平静。"

"不要这么说，我非常喜欢我的第一件衬衫。但是关于60年代美国军方在东欧布置导弹的事情，我一点儿都不关心。相关的谣言从来就没停过，但是这对今天又有什么影响？"

"会是一起巨大的外交丑闻。"

"你以为呢？关于这种俄罗斯潜艇跨过海洋边境线，穿过阿拉斯加海峡到达挪威领海的事情，最多也就是个小报的假新闻。如果这就是我跟主编承诺过的大独家，那恐怕我的下一个任务就是去中央公园的湖边数鸭子，就此来写篇新闻了。好了，我们应该谈谈，但不是在这儿。"

安德鲁付了账单，没有忘记告诉他是自己喝掉了第二杯血腥玛丽。他扶着苏茜的胳膊，把她拉到了街上。他们一言不发地穿过了两个街区，一直走到 49 号街的地铁口旁。

"我们要去哪儿？"

"你喜欢北边的站台还是南边的站台？"

"都一样。"

"那我们就去南边的站台吧。"安德鲁边说边拉着苏茜下了楼梯。

在站台最里面，他找到了一张长椅，坐了下来。隧道里不时传来地铁的轰鸣声。

"科尔曼破译出来的东西可是和克诺夫说的完全不一样。"

"你看了他的邮件？"

"他没能完成自己的工作。很难从那些话中得出准确的结论，"安德鲁的声音几乎被淹没在地铁的轰鸣声里，"但是我可以明白他为什么要求提高报酬。里面的内容真是让人脊背发凉。"

安德鲁递给了苏茜那份打印出来的邮件。

他们要谋杀雪姑娘。

如果不采取保护措施的话，她就会永远消失。

在她冰雪的外袍下，保存着无尽的财富。那些特权阶层想要将之掠夺过来。

获得这些财富的唯一方法就是加速她的死亡。

但是，雪姑娘的死亡也会带走这个世界的冬天，将会引发一场极大的灾难。

那些人也清楚这样做的后果，但是他们并不在意。我已经找到证据了。

不管东方还是西方，不管是敌人还是盟友，这些都已经不再重要。一定要将他们的计划公之于世，这样才可以阻止他们疯狂的行动。

特权阶层不择手段地想要完成他们的计划。

那些断裂都是他们故意造成的，剩下的一切就交给自然之力来完成。

拯救雪姑娘，这和政见与党派无关，只是为了拯救上百万民众的生命。

"你明白这些是什么意思吗？"苏茜问道。

"很显然通篇都是隐喻，很难懂，毕竟是你的外祖母使用一个歌剧的台词拼接成的。第一遍读的时候，我也像你一样思考了很久。之后我就想起了科尔曼在电话里兴奋的语气，猜测他到底发现了什么我还没有看到的东西。当时我打开手机报警的时候，没有看那些新的短信。但是刚刚在酒吧等你的时候，我发现科尔曼给我发过一条信息，也许因为他发现了敲门的人不是我们。就是这条信息让我明白了上面的内容。"

安德鲁拿出了他的手机，让苏茜看了看这条短信。

"雪姑娘就是北极地区的大浮冰。"

"现在再看看这封邮件，"安德鲁说，"你就什么都明白了。唯一不明白的恐怕就是那些人为什么会疯狂到试图去融解北极的冰盖。"

"他们想摧毁那些浮冰？"苏茜问道。

"并借此打通北冰洋的航路。当权者一直担心巴拿马运河的通航问题，但是这是唯一不用经过'咆哮西风带'而又可以连接太平洋和大西洋的航路。对他们来说，如果这个计划可以施行，那真是意外之喜。巴拿马运河里每年都要通行三十亿吨货物，但它却是一个小小的中美洲国家的财产。在这种情况下，开辟北方航路就有了非常大的战略意义。那些北冰洋上的浮冰就成了最大的障碍。而且，计划实施之后，石油公司也可以从中分一杯羹。还记得莉莉安的情人的履历吗？他是政客、商人，准确地说是工商业巨头和跨国能源公司的老板。所有那些权势阶层的利益都在他身上融合，何况他们的利益本身就是一致的。世界石油储量的40％都在北极的冰下面，但只要冰不融化，就没有人可以开采。我记得好像在哪里看过，说这些石油可以带来七万亿美元的经济收益。这足以让他们蠢蠢欲动了。这就是为什么历届政府对防止气候变暖的政策都不予支持。不管是飓风，还是海啸、干旱、饥饿或是海平面上升，这些都没有七万亿美元重要。在这四十年里，美国、加拿大和俄罗斯一直在争夺北冰洋的领海主权。俄国人甚至还派了一艘潜艇，把国旗插在了海底。"

"我们不还把国旗插在了月球上，但月球也没有因此变成我们的。"

"月亮太远了，再说也没有在上面发现石油。石油的争夺已经引发了多少战争？又有多少人曾经因此丧命？但是在你外祖母留下的信息里，最让我惊恐的是她似乎在暗示这个计划已经开始了。"

"究竟是什么计划？"

"'那些断裂都是他们故意造成的，剩下的一切就交给自然之力来完成。'从深处破坏冰层，加速它的融化。"

"怎样才能做到这一点？"

"我不知道，但是它的确每年都在加速消融，我想这句话也许不是一句谎言。不管他们做了什么，我都觉得好像的确已经见效了。"

"你是说我们的政府故意加速冰层的融化，就是为了去那里开采石油？"

"大概就是这样。如果我们真的找到了与之相关的直接证据，你认为接下来会发生什么？我不认为这仅仅是外交事故。美国政府的信誉在世界范围内都会遭到质疑。想想那些环保组织的反应，还有那些和平主义者，更不用提其他那些曾被气候变暖的后果所危害的国家了。就连我们的欧洲盟友也在争夺北冰洋的主权。雪姑娘就是一个巨大的火药桶，我们现在就坐在上面。"

"这也可能是你的记者生涯中最轰动的新闻了。"

"那我也要有命活到可以把文章发表出来。"

就在安德鲁和苏茜讨论莉莉安留下的信息的时候，地铁里的监控摄像头已经锁定了他们，一切画面都出现在了监控中心的屏幕上。"9·11"

事件以来，所有的监控设备都配备了人脸识别功能，他们在这里的消息立刻被传送了出去。

❋

　　一个穿着深色套装的男人站在窗前，看着远处的海平线。哈得孙河上，有一艘邮轮缓缓地驶向入海口。伊莱亚斯·利特菲尔德不由得想，如果他有家人的话，一定不会带他们到这些浮动的廉租房上去旅行。跟着一条船的人一起晃来晃去，这对他来说是无法接受的事情。

　　他从胸前的口袋里拿出一副眼镜，戴上了它。随后他就转过身去，看着会议桌旁的团队，表情愤怒而又严肃。

　　"我还以为，我们团队最重要的任务应该是避免事情的发生，而不是出事之后才去解决问题！你们中间有谁可以拿出一点儿时间，给我把那份材料取回来？就现在！"

　　"如果你现在让他们出手的话，那将是个极大的错误。"克诺夫着重强调了"现在"两个字。

　　利特菲尔德走到会议桌旁，喝了一大杯水。喝水的时候，他发出了一种吮吸的声音，这让克诺夫很是厌恶。

　　"你负责看管的那两只鸟儿曾在我们眼皮底下消失了四十八小时！"利特菲尔德说，"我不允许这种情况再次发生。"

　　"是你派人去岛上杀他们的？"

　　利特菲尔德看着他的同事们，给他们使了个眼色，因为他们都知道那个人只属于他领导的一个小队。

"不，我们什么都没做。"

他又转身看着窗外。

帝国大厦的霓虹灯已经变为了红绿两色，预示着年末的到来。他已经在计划把这件事情解决之后，就去科罗拉多滑雪。

"你还是要和其他部门比赛谁更快吗？"克诺夫继续说，"我不知道你是要保卫国家，还是要保护自己的仕途。"

"那为什么现在都是其他部门的人在插手这件事，而不是俄国人、加拿大人，或者是挪威人来和我们争抢那份材料？"

"因为他们都很聪明。他们在等我们拿到了证据再动手。"

"克诺夫，不要用这种语气跟我说话。多少年里，你都向我们保证那些材料已经完全销毁了。我们现在重新起用你，是因为你对那件事很了解。但是时间越久，我就越怀疑你究竟有没有用处。我要提醒你，你在这里只是一个观察员，而不是执行者，所以不要随便评论我们的行动。"

克诺夫拉开了他的椅子，从衣帽钩上取下了大衣，直接离开了会议室。

※

又有一辆地铁进站了。车厢门打开之后，安德鲁和苏茜进到了尾部的一节车厢，坐在了靠门的座位上。

"我们从科尔曼的宿舍离开后的一个小时，那些警察就被要求离开了现场。"

"是谁要求他们离开的？"

"应该是国安局的人接手了这一工作。"

"你是如何知道的？"

"我请一位朋友帮了个忙。他之后给我打了电话，告诉了我这个消息。"

"我们不是说好不再打开手机吗？"

"这就是我把你带到这儿来的原因。地铁里没有信号，他们就无法追踪我们了。我们坐到终点站布鲁克林吧。"

"不，我们在克里斯多夫街下车，我也发现了一些新的东西。"

❋

自由塔附近正在施工，工地上的灯光在周围投射下了一片朦胧的光晕。这是一个典型的冬夜，寒冷到让人骨子里都觉得发凉。第七大道上，车辆熙熙攘攘，而路面上已经结了薄冰，刺耳的喇叭声和轮胎摩擦地面的声音混杂在一起，让人不由得烦躁起来。

苏茜推开了178号的大门，沿着楼梯走了下去。这就是克诺夫所说的万加德俱乐部。时间还很早，里面只有零零落落的几个顾客坐在吧台旁或包厢里。洛琳·戈登也坐在吧台旁的一把高脚椅上，让人一望便知她是这个俱乐部的所有者。她今年四十二岁，俱乐部营业的时候，她几乎每晚都坐在这里，每周六天，风雨无阻。

赛隆尼斯·蒙克，迈尔斯·戴维斯，汉克·莫布里，比尔·埃文斯，所有这些歌手都曾经在她的店里表演过。对于他们来说，她就是独一无二的"洛琳"，是他们爵士乐道路上的女神，只有雪莉·霍恩叫她"中士"，其他很少有人敢这么称呼她。

苏茜和安德鲁坐在了离舞台最近的位置。洛琳·戈登走向他们，未经允许就和他们坐在了一起。

"欢迎回来！你之前去哪儿了？"

"你是这里的常客？"苏茜问道。

"这位先生可是经常来我们这里喝两杯的，亲爱的小姐。"洛琳替安德鲁解释道。

"我一直在闲逛。"安德鲁说。

"我之前见过你比现在还糟糕的样子，这儿的灯光虽然很暗，可是我还是能看出来，你好像不是太好。你把你太太怎么样了？"

安德鲁没有回答，洛琳就改口问他要喝点儿什么。

"什么都不用，"苏茜接口道，"他一点儿也不渴。"

洛琳很欣赏苏茜敢这么说的胆量，但是什么都没说。她不喜欢那些太漂亮的女孩子，认为她们都是利用自己的身体来达到目的。之前如果有某位乐手突然情绪不高，或者是在演奏时显得有气无力，一般都是因为那些漂亮女孩伤了他们的心。

"很久之前，她的外祖母也在这儿演出过，"安德鲁问道，"名字是莉莉安·沃克。你能想起什么吗？"

"我也不清楚，"洛琳看着苏茜，"亲爱的，在我这儿演奏过的人实在是太多了。"

"也许她用的名字是莉莉安·麦卡锡？"苏茜强忍着让洛琳赶紧离开的冲动，向她打听道。

"她是哪一年来这儿演奏的？"

"最后一次应该是 1966 年。"

"你应该能看出来我今年才二十六岁。那个时候麦克斯甚至还没和我结婚。"

洛琳向四周看了一下，走到一面挂满照片的墙壁前。

"我真的不记得这个人。"

苏茜拿出了一张莉莉安的照片，洛琳对照着照片在墙上找了起来。她拿下一个相框，又坐了回来。

"给，你看，这就是你的外祖母。所有在这儿演奏过的人都可以把照片挂在上面。你把相框还给我就可以了，照片上应该还有这个人的留言。"

苏茜双手颤抖地接过了照片，仔细端详着莉莉安的脸。莉莉安微笑着，笑容比之前所有照片上的都要明媚。苏茜取下了相框，看了看照片背面的字，立即把它递给了安德鲁，却丝毫没有在洛琳面前表现出惊讶。

照片的背面不是留言，而是一个地址："奥斯陆，文化历史博物馆，三号门。"

安德鲁走近洛琳，在她耳边低低地说：

"你能帮我一个忙吗？如果有人问起的话，你就说自己从来没有见过我。"

"这可不是我的作风，我可不为婚外情打掩护。"

安德鲁斜眼看了看洛琳，她立刻意识到应该不是这种问题。

"警察在找你？"

"比这个更复杂，我需要一点儿时间。"

"那你们快走吧，从后门出去，外面有一条小道直通维沃利广场。既然之前我都没看到你们进来，现在也没看到你们出去。"

安德鲁带着苏茜去一家叫"塔姆"的餐厅吃了饭，那是家简陋的小餐馆，但是它的沙拉三明治却非常有名。然后他们决定在西村的路上走一走。

"我们不能再回万豪酒店了。这个地址肯定已经暴露了。"安德鲁说。

"还有其他宾馆，"苏茜提议道，"选一家你喜欢的，我都无所谓。"

"如果国安局已经介入了，整个纽约就都不可能有宾馆接待我们了。就连那种小招待所都不会让我们进去。"

"那我们整夜都要在外面流浪？"

"我知道几个可以让我们过夜的酒吧。"

"我需要睡觉。"

安德鲁找了一个电话亭。

"又有谋杀案了？"皮勒格探长问道。

"没有，我只是想找个安全的地方过夜。"

"那你去布龙咖啡馆吧，"皮勒格想了想才说，"就在怀特普大街上。你到了那儿就要求见奥斯卡，告诉他是我介绍你去的。他什么都不会问。斯迪曼，你到底做了什么？之前我给莫勒利探长打过电话，让他不要去找你，可是他刚刚找过我，问我知不知道你的位置。全城的警察都在找你。"

"不是警察，是国家安全局。"

"那就不要去那个地方了。立刻挂断电话，从你现在的位置离开，要快！"

安德鲁拉着苏茜的手，跑向哈得孙河的方向。他一直跑到下一个路口，才拦了一辆的士，飞快地爬了上去。

"我知道一个他们肯定不会去的地方。"安德鲁说。

❄

多乐丽丝刚刚关上电脑，准备离开办公室，就看到安德鲁带着一个年轻女人闯了进来。她抬起头，看着这两位不速之客。

"是苏茜·贝克吧？"

苏茜向她伸出了手，可是多乐丽丝只是象征性地握了一下。

"我需要你的帮助，多乐丽丝。"安德鲁边说边脱下雨衣。

"我还以为你要带我去吃晚饭！你真是走运，奥莉薇亚十分钟前才刚刚走。我不知道你到底干了什么，但是她好像生你的气了，到处在找你。她问我最近有没有见过你或者跟你通过电话。幸好我刚刚不需要骗她。"

多乐丽丝又打开了电脑，把手放在键盘上。

"说吧，这次又要查什么？"

"什么都不查，我们只是想在这儿过夜。"

"在我的办公室？"

"我自己的办公室就在奥莉薇亚的对面，而且奥尔森还是我的邻桌。"

"你总是有理，斯迪曼。你以为我不知道吗？全城的警察都在找她，你是带她到这儿避难来了，这是英雄救美吗？"

"他不是我的类型，"苏茜说道，"你说得对，我们需要藏一下。"

多乐丽丝耸了耸肩，把椅子推到了办公桌下。

"好吧，你们就随意吧。清洁工早上6点的时候会过来打扫，需要我提前叫你们吗？之前可是有人早上5点半就把我叫醒了！"多乐丽丝听起来像是在赌气。

她朝办公室的大门走了过去。

"多乐丽丝？"安德鲁叫她。

"还有什么事？"

"我还是需要你帮忙查点儿东西。"

"啊，到底还是有事要我做。我还以为你只是到我这里避难来了。说吧，什么事？"

"主要是一些官方文件，或者是公开的材料，只要是关于北冰洋底石油矿藏的，全部都要。还有极地地区的地理介绍、天气情况，不过最好是国外科学界写的。"

"明天就要吗？"

"不，周末之前就可以了。"

"你还会再来见我？"

"不，最近一段时间恐怕不会了。"

"我要把这些材料送到哪里？"

"你可以用你的名字建一个邮箱，密码设成你养的猫的名字就好，我可以找到的。"

"斯迪曼，你是陷入了一个很大的麻烦吗？"多乐丽丝出门前还是问了安德鲁这个问题。

"比你能想到的所有情况都要糟糕。"

"对于你的事情，我从来不靠想象，因为事实往往比想象更夸张。"她看了苏茜一眼，就离开了办公室。

第 六 章

[　　**迷离的真相**　　]

　　我走完了一段很长的旅程才来到这里，真的很长。我从来没有见过你，但是从小，我的生活里一直都有你。你陪我上学，监督我做功课。我告诉你所有的小秘密。我从你身上汲取了很多的能量。

　　伊莱亚斯·利特菲尔德坐在会议桌的一端，依次和每个与会者商谈。在聆听的过程中，他非常专注，还不时地记着笔记。桌上有很多材料，会议已经持续了两个多小时。他的手机突然振动了起来，他看了一眼，抓起手机，走出了会议室。

　　他从会议室的后门直接进入自己的办公室，坐在办公桌后。他坐在转椅上转了个身，让自己面朝着窗外，才告诉对方可以讲话了。

　　"克诺夫刚刚离开了。"电话里是个女人的声音。

　　"他要做什么？"

　　"想知道那两个他要保护的人是不是来见过我。我按照你之前说的，告诉了他实情。"

　　"你把照片给他们了吗？"

　　"给了一个复制品，反面的地址换成了你要我写的那个。"

"没有人怀疑吧？"

"他们走了之后，我立即换回了克诺夫给我的那张照片，怕他会随时回来取，但是他之后并没有取走那张照片。我从来没想过他会背着我们独自行动，直到他昨天来见我。"

"我们也有一部分责任。克诺夫是个老派的人，借调到我们组之后也不愿意袖手旁观。"

"你会把他怎么样？"

"不用替他担心，我们会让他退休，之后他对我们就不会再有妨碍了。谢谢你今晚的帮忙。"

洛琳·戈登挂断了电话，继续去招待客人。伊莱亚斯也回了会议室。

"克诺夫很快就会回到这里来。在他来之前，每个人都要坚守岗位。关于那个监听的计划，我们之前讨论到哪里了？"

"没法装在他的楼下，他太警觉了，肯定会发现的。我们也进不去他的公寓。他的男友在家里工作，就算他不在的时候，他们的管家也会在那儿看家。"

"那就想办法让他们全部出门，实在不行就放把火。我需要他们说的每一句话，哪怕是他洗澡时哼的歌！贝克和那个记者哪里去了？"

"他们一从俱乐部出来就被我们盯上了。之后他们去了《纽约时报》的报社，我们现在监视了所有出口。"

"你们四个人，"伊莱亚斯转向他左手边的两男两女，"你们明天就去挪威，组两个队。一旦目标出现在博物馆，就立即行动。克诺夫会去那个之前说好的地方等他们，你们也监视着他，但不要让他发现。如果一切顺利的话，他取了材料之后我们可以抓个现行。"

"你觉得他真的知道材料在哪儿吗？"他右手边有个同事开口了，"那他为什么不提前取出来，好直接交给他们？"

"因为他不想这么做。克诺夫可不是个会叛变的人。只要不危害到他的苏茜·贝克，他本来也不会背着我们搞鬼。但每个人都有弱点，克诺夫的弱点就是参议员沃克。他爱过沃克，像狗一样地忠诚于他，我甚至觉得他可能直到现在还爱着沃克。我也不想这样对他，但是事情已经到了这个地步，我们没有其他的选择了，只能让这些人全部闭嘴。一旦克诺夫被当场逮捕，他就会回到我们这一边，他不是个不知好歹的人。"

"那他的男友呢？"那个同事继续问道。

"只要你们安好了窃听器，就能立刻知道他是不是参与了这件事，我们再看吧。"

"我们是不是要放松他们过境的检查？"另一个人说道，"如果不那么做的话他们根本无法离开美国，更别提去奥斯陆了。"

"你放心，克诺夫会帮忙的。如果他们出境的过程太过顺利，他们会怀疑的。"

※

苏茜很习惯睡在地上，但是安德鲁却无法适应，整个背都疼了起来。他揉了揉背，露出了痛苦的表情。

"我们可以试着从加拿大走。"他看着多乐丽丝的屏幕。

"试什么？"

"墨西哥可能会更安全。我们可以从那儿直接到危地马拉，再从危地马拉去欧洲。国安局在南美的势力应该不是很大。"

"要六七天才能到目的地，时间太长了。"

"我也想直接从肯尼迪机场出发，这样明天就能到奥斯陆。可是也可能我们明天就死了。"

"我能用这个电话吗？不会有监听的危险吧？"苏茜问道。

"水门事件以后，媒体的办公电话一般不会被监听，不然政府因此负担的风险就太大了。你要打给谁？"

"我的旅行社。"苏茜看了安德鲁一眼。

"早上5点就营业？"

❄

史丹利看了看床头柜上的时钟，无言地望着天花板。最后他还是打着哈欠坐了起来，掀开被子下了床。他披上睡袍，喊了一声"来了"，但电话铃还是一直在响。

"你忘了什么东西吗？"他拿起了听筒。

"史丹利，我是苏茜，我要跟阿诺德通话。"

"你知道现在几点吗？"

"我知道，但真的是急事。"

"你的事情有哪件不是急事？"

"别挂，史丹利，这次情况真的很严重，阿诺德也被牵连了进来。快点儿叫醒他，让他和我说话，求你了。"

"他还没回家，要过几天才回来。我之前收到了他的留言，你应该也知道，我也不清楚他去哪儿了。你找他干什么？"

"我要在最短的时间内赶到奥斯陆，我说的最短的时间，是指我要和时钟赛跑。"

"那就去坐飞机！"

"我不能搭乘普通航线，不可能的。"

史丹利搓了搓手，看了看克诺夫的照片，把他放在了电话桌上。照片是在伯利兹照的，他们在那儿度过了难得的假期，史丹利很确定这个目的地是克诺夫特意选的。

"我如果帮你们到了挪威，有没有可能你就不再回来了？挪威很美，你在那儿会很开心的，你这么喜欢寒冷的天气。"

"史丹利，如果你能帮我的话，我保证以后都不会再烦你了，也不会再烦阿诺德。"

"上帝做证！让我研究一下，一个小时后中央公园溜冰场见。"

挂断电话之后，史丹利拿起桌上的照片，对他的男友说道：

"我希望你能遵守承诺。不然下次你回家的时候，我可能已经不在了。"

※

中央公园里，天色已经微微发亮。已经有人在小径上慢跑，可以听到他们均匀的喘息声和脚步声。史丹利在溜冰场门前来回踱步，想让自己暖和一些。苏茜过来拍他肩膀的时候，他被吓了一跳。

"天哪，不要这么吓我。我的心脏很脆弱。"

"抱歉，现在我必须得谨慎一点儿。"

"你又干了什么？好吧，还是不要告诉我，我不想知道。"

"你有没有……"

"你不是很着急吗？那还是让我说吧！"

史丹利看了看苏茜的身后。

"树后面那个盯着我们看的家伙是谁？"

"一个朋友。"

"他看起来很滑稽。11点的时候，你用克拉克夫人的名字，到泰特伯勒机场，找到大西洋航空公司的登记处。如果你要和这个长得像猴子的人一起去，就说他是你的保镖。会有一个男人过来接你，直接把你送上飞机，不会有人来检查的。"

"然后呢？"

"然后你就照他的话做，之后你明天就到奥斯陆了。"

"谢谢你，史丹利。"

"不要谢我，我想阿诺德会希望我这么做的。我是因为他才这么做的，不是因为你，不过好像结果都差不多。再见，苏茜。"

史丹利把手插在口袋里，离开了。他经过树后面的时候，安德鲁听见他在念叨：

"老伙计，你可真是搞笑！"

史丹利消失在了清晨的薄雾中。

"好了，"苏茜走到了安德鲁的面前，"我们有去挪威的机票了。"

"几点出发？从哪个机场走？"

"11 点，泰特伯勒机场，路上我再跟你解释吧。"

安德鲁从口袋里拿出西蒙给他的信封，递给苏茜两百美元。

"打辆出租车，诺丽塔那边的商店早上 8 点就开门，给我们买些厚衣服。对了，顺便再去药店买点儿洗漱用品，买两支手电，也许能用得到，再买些你觉得有用的东西。"

"再给我两百。"苏茜点了点钱。

"为什么？我是让你去买几件衣服和两把牙刷，又没让你去买烟斗或者丝绸睡衣！"

"那我去买东西，你去干什么？"

"和你无关。8 点 45 分回到这里见我，"安德鲁翻着他的记事本，"我在人行道上等你。"

❀

咖啡馆里坐满了穿着制服的警察。这没有什么好奇怪的，因为这家咖啡馆就开在骑警大队马厩的正对面。

瓦莱丽推开了门，当他看到安德鲁坐在吧台旁的时候，吃惊地睁大了眼睛。

她和几个同事打了招呼，就穿过人群朝安德鲁走了过来。一个刚喝完咖啡的警察把位置让给了她，她就坐在了安德鲁的旁边。

"你来这儿干什么？"她低声问道。

"我来看你。"

"这不是个合适的地方。你被通缉了，所有警署的门口都贴着你和那

２６８

位女士的照片。"

"你的同事们都习惯了骑在马上俯视别人，不会有人注意到我的。有谁会想到我会来自投罗网呢？"

"安德鲁，你到底干了什么？"

"我在找一份材料，但好像惊动了某些当权者。"

"阿根廷的事情还不能给你教训吗？"

"瓦莱丽，我需要你。"

"你需要我帮忙吗？你就是为了这个才来找我的？"

"不，我需要你，这样我才能活下去。我想你，我在离开之前想把这句话告诉你。"

"你要去哪儿？"

"去很远的地方。"

"什么时候回来？"

"不知道，这次比阿根廷那次还要危险。"

瓦莱丽把杯子放在了吧台上，看着上方蒸腾而出的雾气。

"安德鲁，我再也受不了了，我不想成夜成夜地坐在病床前的椅子上，求你赶快醒过来。所有来看你的人都问我你是不是很难受，却没有人关心我是不是痛苦。其实我很难受，却只能保持沉默，我看着你躺在那里，脑子里都是我们结婚的那天，你说你爱的是另一个女人。"

"你是唯一能让我坚持下来的动力。我知道你在那里，我有时候能听到你的声音。我用尽所有的力气想让自己醒过来，好求得你的原谅。但是在我恢复意识之后，你已经离开了。我知道自己做了什么，我很后悔，但是我从没有背叛过你。我什么都可以做，只要你能原谅我。"安德鲁说，"你以为我不想让自己变成一个更好的男人吗？我也很想把自己变成那个你愿意与之共度一生的人。"

"太早了，或者太晚了，我什么都不知道。"瓦莱丽说。

安德鲁看了看墙上的挂钟。

"我该走了，"他叹了口气，"我只是想在离开前把这些话告诉你。"

"告诉我什么？你很抱歉？"

"不，我想告诉你我是你的。"

安德鲁站起身来，朝着大门走去。他撞到了一个警察，跟他道了歉。那个警察却用一种奇怪的眼光打量着安德鲁，瓦莱丽立刻起身走了过去。

"来，跟我来。"她拉住了安德鲁的胳膊。

她拍了拍那个警察的肩膀，问他最近怎么样，然后拉着安德鲁走出了咖啡馆。

"谢谢你。"安德鲁对她说。

"谢我什么？"

一辆出租车停在了他们旁边，苏茜打开了后面的车门，瓦莱丽看着她。

"你要和她一起去？"

安德鲁只是点了点头，就坐了进去。

"你想知道要怎样我才能原谅你吗？不要走。"

"瓦莱丽，这次你不会受伤了，因为现在我爱你比你爱我更深。"

安德鲁注视着瓦莱丽的脸，最后他垂下了眼帘，关上了出租车的门。

出租车里，他一直看着后视镜，然后在转弯之前，他看到瓦莱丽又进了咖啡馆。

※

瓦莱丽机械地穿过大堂，坐在了她的咖啡前。安德鲁撞到的那个警察朝她走了过来。

"那个人是谁？他看起来很面熟。"

"我一个小时候的玩伴。但是那个时候离现在已经很远了。"

"瓦莱丽，我能帮你做点儿什么吗？你看起来不太好。"

"今晚能带我出去吃晚饭吗？"

※

"你还真是自投罗网，"苏茜说，"这家咖啡馆真是好极了。你应该让我进去找你，那样他们就能更容易地认出我们了。"

"到机场之前，你能别再说话吗？"

之后，苏茜就一直保持着沉默。他们经过了乔治·华盛顿大桥，安德鲁看着曼哈顿在身后倒退，从来没有觉得它离自己如此遥远。

苏茜来到了大西洋航空的值班柜台，照史丹利所说报了克拉克这个名字。地勤人员请她在休息室里稍等，过了一会儿，有一个男人过来找到了他们。

"跟我来。"他带着他们走出了航站楼。

他们经过了很多装着机场设备的房间，最后来到了一辆小卡车前。那个男人把他们的行李扔进了后车厢，然后让他们也爬了进去。

路上，卡车一直在颠簸。安德鲁和苏茜把行李放在腿上，盘腿坐在车厢里。他们听到了铁门滑动的声音，接着就感到卡车在加速。

车开上了停机坪，停在了一辆在得克萨斯州注册的湾流飞机前。

男人让他们从卡车上下来，给他们指了飞机货仓的门。他们站的地方是个视觉死角，从航站楼是无法看到这里的。

"从那里过去，起飞前一直待在货仓里。这架飞机是飞哈利法克斯的，不过中途飞行员会要求转飞圣皮埃尔和密克隆岛。之后，这架飞机就会前往奥斯陆，但是再次起飞之前你们一定要躲回货仓里。到挪威降落的时候，飞行员会说飞机有技术问题，要求地面管制中心允许他降落在离奥斯陆三十公里的一个小机场。你们就在那里下飞机，有人会来接你们，把你们带到要去的地方。之后就要靠你们自己了。有问题吗？"

"没有。"苏茜回答。

"对了，还有一件事，"那个男人把一个信封递给苏茜，"有人让我把这个转交给你。到了奥斯陆之后，你要买一份《先驱导报》，看看上面的小广告。我想你应该明白他的意思。旅途愉快。"

安德鲁和苏茜爬上了飞机的货仓。男人跟飞行员示意了一下，发动机就轰鸣了起来，飞机加速冲向了起飞的跑道。

❄

汽车穿过了一片树林，开到了一片田野的中间。一块块田地被用土垒的矮墙分隔开来，就好像监狱的天井。地平线处，有一些冒着烟的烟囱。车沿着湖一直向前，经过了几个村庄，就来到了奥斯陆的郊区。

苏茜从包里拿出了那个信封。发现里面有一本旅游指南、一些挪威克朗，还有一个旅馆的地址。她把地址交给了司机。

旅馆的条件很简陋，但是老板既没有要求他们登记，也没有让他们填旅客信息表。

房间里有两张很窄的床，上面盖着天鹅绒的床罩，床的中间有一个松木做的床头柜。窗户正对着一家工厂的大门，工人在那里进进出出。苏茜拉上了棉布的窗帘，走进里面的浴室洗了个澡。浴室很小，但总比没有要强得多。

✳

餐厅里的气氛很安静。给他们送来食物的女人已经老得看不出年龄，她送了东西之后就一声不吭地离开了。安德鲁和苏茜这一桌还坐着一对来旅行的夫妻，他们身后就是放餐具的柜子。那位丈夫一直在看报，而妻子正在很认真地给自己的面包涂果酱。他们只是彼此用目光致意了一下，就继续埋首于自己的事情了。

安德鲁上楼取了一趟东西。他拿了笔记本，还有一份折起来的地图。地图的正面是奥斯陆市的地图，反面是轨道交通图。

苏茜经常抱怨波士顿的冬天太过寒冷，这下她更有得抱怨了：挪威的冬天要冷得多，各处都躲不开冷风的侵袭。

他们一直走到了阿斯克火车站，安德鲁向工作人员询问了去往奥斯陆的火车要在哪个月台上车。那人用很标准的英语给他指了路。

十五分钟后，火车进站了。这是一条区域性的线路，就像世界上其他大城市一样，奥斯陆的周边也有这种快速火车。但是车厢里只有些长凳，上面还有不少开门时从外面吹进来的雪花。

到了奥斯陆中央火车站，苏茜就去了报刊亭。她买了两份《先驱导报》，和安德鲁来到一家咖啡馆坐了下来。

"你能用黄油帮我涂一片面包吗？"她打开了自己的那份报纸，对安德鲁说。

安德鲁却把头凑了过去。

"我们要找什么？"他问苏茜。

"某则告示。"

"你从哪儿学来的这些？"

"克诺夫是我的教父。他给了我一些启蒙教育，"苏茜说，"他告诉我冷战期间，所用的间谍机构都用《先驱导报》上的小广告来传递信息，很多绝密的消息都是这样悄无声息地送了出去。后来，反间谍机构知道了这一点，每天早晨都会仔细地读每一则告示，看其中是不是隐含了什么。看，我找到写给我们的那条信息了。"苏茜用手指着一则告示：

亲爱的克拉克，

一切都很好，

我在布吕根镇等你一起去吃鲱鱼。

往卑尔根打个电话，

记得买一束金合欢花，现在是花季了。

祝好。

274

"这个告示是给你的吗？"

"金合欢花是我外祖母最喜欢的花，只有我和克诺夫知道这一点。"

"那剩下的话是什么意思？"

"应该是出问题了，"苏茜回答道，"我觉得克诺夫就在挪威。"

"你还是这么信任他？"

"从来没有像现在这么信任过。"

安德鲁打开了旅行指南。

"我们还去参观那个历史博物馆吗？"

苏茜合上了报纸，把它放在了背包里。

"我不知道。如果克诺夫告诉我们一切都好，那很可能是已经出事了。他说到了克拉克岛，应该就是要提醒我们保持警惕。"

"如果你真的想要吃鲱鱼，那么布吕根镇就在这儿，在西边的海岸线上。我们可以坐火车去，也可以租辆汽车。不管采取哪种交通方式，我们大概都需要七个小时的时间。我倾向于坐火车，因为租车肯定需要证件，我们还是尽量避免吧。"他合上了导游书。

"或者我们也可以搭乘水上飞机。"苏茜指着旅游指南背后的广告说。

他们离开了火车站，跳上一辆出租车，来到了码头。

❄

水上飞机就停在岸边，随着波浪的运动上下起伏。浮桥的头上有一个小屋，就算是挪威水上旅游公司的营业场所。安德鲁推开了门。里面有一个挺着肚子的男人坐在躺椅上，腿伸在办公桌的下面，轻轻地打着鼾，他的呼噜声听起来就好像是架在小火上不停沸腾的锅。苏茜咳嗽了一声，他就睁开了眼睛，给了苏茜一个大大的微笑。他的白胡子让人想起起源自北欧民间传说中的圣诞老人。

苏茜问他可不可以带他们去布吕根镇。他伸了个懒腰，说要一万克朗，两个小时可以到，但是他现在有一批五金件要送，下午1点左右回来。苏茜又给他加了两千，他就改口说那批货也没有这么着急。

那架水上飞机看起来就和它的驾驶员一样敦厚，有一个红色的鼻子，还有很大的客舱。安德鲁坐在了副驾驶的位置，而苏茜则坐在了后面。这种安排并不是因为安德鲁懂得如何驾驶这种交通工具，而是因为那人坚持要这样安排座位。发动机轰鸣着，排气管吐出了一些黑烟，整个飞机都颤动起来。驾驶员解开了把飞机拴在木桩上的缆绳，就关闭了舱门。

飞机在水面上快速地滑行起来，遇到波浪时就会上下颠簸。

"如果你不想让我们全部掉进水里，就把脚从操纵杆上拿开！"驾驶员对安德鲁说，"见鬼，不要踩那些踏板，把腿抬起来！"

安德鲁执行了命令，飞机就飞了起来。

"天气状况不错，看来我们应该不会需要救援。"

他拉起了飞机，离开了奥斯陆的码头。

❋

卑尔根胡斯城堡古老的防御工事里，阳光从墙壁上的枪眼里洒了进来。用于给士兵休息的房间的家具都是按当时的原物仿制的，有一张木桌子、几条长凳，都如实还原了旧时的场景。博物馆的修复工作还没有完成，这整个区域都还没有向公众开放。

克诺夫在这个房间里走来走去。突然，他听到了上楼的脚步声，这个声音一直来到了房门前。之前克诺夫一直有种错觉，认为自己回到了几个世纪之前，但是那个男人的出现立刻把他拉回了现实。

"我以为你已经退休了。"阿什顿走向克诺夫。

"有些人是没有退休的权利的。"

"我们有必要见面吗？"

"她在这儿，"克诺夫回答道，"我比她早到了几个小时。"

"玛蒂尔德来了？"

"不，玛蒂尔德已经去世了，来的是她的女儿。"

"她都知道了？"

"当然不知道，我们是唯一知道那件事的人。"

"那她来挪威干什么？"

"拯救她自己的生命。"

"那我猜你应当是过来帮她的。"

"我希望可以帮她，但是能不能帮到要取决于你。"

"取决于我？"

"把材料给我吧，阿什顿，这是唯一可以救她命的筹码。"

"天哪，克诺夫，听着你说这些，我觉得自己回到了四十年前。"

"我看到你之后也有同样的感觉，但是当时事情还没有这么复杂。我们不会自相残杀。"

"是你的同事在追踪她吗？他们知道材料还在吗？"

"他们已经开始怀疑了。"

"你想把材料交给他们，好换得莉莉安外孙女的人身安全？"

"她是沃克家幸存的最后一员了。我曾向他的外祖父起誓只要我还活着，我就会保护好她。"

"那你应该在来这儿之前就设法了解怎样才能活着。克诺夫，我什么都做不了，我帮不了你们。相信我，我也很抱歉。但是材料不在我的手上，虽然我知道它在哪里，但是我没有钥匙。"

"什么钥匙？"

"没有保险箱的钥匙，强行打开的话，一定会毁掉里面的材料。"

"就是说你知道它在哪里。"

"回去吧，克诺夫，你本来就不该来，我们也不该见面。"

"阿什顿，我不能两手空空地回去。难道你要逼我……"

"你想杀掉我吗？用你的拐棍？这真是两个老头儿之间的战斗。得了，克诺夫，那样也显得太凄凉了。"

克诺夫一把掐住了阿什顿的脖子，把他摁到了墙上。

"在我这个年纪的人里，我算是很强壮的。我能从你的眼神里看出你还想多活几年。材料在哪儿？"

虽然氧气从肺部不断流失，阿什顿的脸开始渐渐发紫，他试图挣脱，但是克诺夫比他更强壮。他两腿一软滑到了地上，克诺夫也跟着他倒了下去。

"我再给你最后一次机会。"克诺夫松开了手。

阿什顿咳嗽了好久，才能继续正常呼吸。

"我们两个老头儿竟然在这儿拼死相搏，"他喘着粗气说，"想想当初训练我们的教官。如果他看到我们这个样子，不知道会有多么难过！"

"阿什顿，我一直没有说出你的秘密。我知道你没有完成你的任务。如果我当时就把这件事说出来的话，你早就已经被灭口了。"

"是爱德华告诉你的吧，是不是在床上？"

克诺夫给了阿什顿一个耳光，阿什顿摔倒在地上。他捂着脸站了起来。

"我知道你和那个参议员的所有事情。"

"是她告诉你的吗？"

"当然是她。当时我追着她跑进了那片离这儿五十公里的树林，本想杀死她，但是她倒在地上，向我讲述了她的一生，其中就说起了那一天，她走进卧室，看到你和她丈夫一起躺在床上。你看，我也知道你的小秘密。看来这么多年你对沃克的感情都没有变淡，真是感人。如果你愿意的话，你可以随时掐死我，但是我还是什么都不会做。我不会去救莉莉安外孙女的命，保护她是你的任务，不是我的。"

克诺夫走到了一个枪眼处，把上面的塑料布撕了下来。从这个位置看去，可以望见海边的港口，还有北海沿岸的峡湾。他在想，也许再过几年，这些峡湾就会被完全淹没，消失在海浪的下面。二十年、三十年，还是更久一点儿？也许到那个时候，再从这座工事看出去，就只能看到一些开采石油的钻井平台，极地的夜空里也只剩下那些平台上的火焰。人类竟然疯狂到要摧毁这片美丽的海洋。

"材料还在，不是吗？"克诺夫问道，"你把它藏在了莉莉安的裙子里面，因为雪姑娘里有能害死她的秘密。这真是个聪明的主意，是谁想到的？"

"是我。"阿什顿走到了克诺夫的身边。

他猛地拿出了一把刀，把它插进了克诺夫的胸膛，一直插到了刀柄处。

巨大的疼痛让克诺夫靠着墙壁坐了下来，他的脸上满是痛楚。

"莉莉安一直保留着那些材料，"阿什顿在他耳边说，"她去世之后，材料也会跟着一起消失。"

"为什么？"克诺夫痛得发抖。

阿什顿帮克诺夫把身体摆正，他的动作甚至算得上轻柔。他跪在克诺夫的身边，叹了口气。

"我一直不喜欢杀人。每次被迫要做这件事的时候，对我都是个巨大的考验。看着老朋友死真不是一件愉快的事情。你的使命是保护沃克参议员的女儿和外孙女，但是我的任务是照看他的妻子。你一直纠缠于这件事，我没有其他的选择。"

克诺夫笑了，但他脸上的痛苦却无法掩饰。阿什顿握住了他的手。

"是不是很痛？"

"没有你以为的那么痛。"

"我会在这儿陪你到最后一刻的，我至少要为你做这件事。"

"不，"克诺夫低声说，"我宁愿一个人。"

阿什顿拍了拍他的手，站起身来，走出了这间士兵休息室。出门之前，他转身看了克诺夫最后一眼，他眼中的悲伤不是装出来的。

"我很抱歉。"

"我知道，"克诺夫回答，"走吧。"

阿什顿把手举到眼睛处，敬了一个标准的军礼，这是他给老朋友最后的告别。

❄

"我们马上就到了，"驾驶员说，"都已经能看到布吕根镇的木房子了。海面看起来不太平静，我就停在主航道的入口处吧。系好安全带，水上飞机降落时很容易发生危险的，一旦发生事故往往就很严重。"

"我们到底要给哪个卑尔根打电话？"安德鲁问苏茜。

"我也不知道，到了之后再看吧。也许是家专做鲱鱼的餐馆。如果是这样的话，克诺夫很可能会在附近的电话亭里给我们留个口信。"

"卑尔根可不是餐厅，"驾驶员笑了，"那是一座古老的防御工事。它就在下面，你们的右手边，其中最老的建筑在 1240 年就已经建成了。打仗的时候，荷兰人在这儿埋了炸弹，炸毁了工事的好多地方。真是个大灾难！爆炸引起的火灾烧毁了很多房子。好了，我们要降落了！"

❄

伊莱亚斯·利特菲尔德锁上了办公室的门，坐在椅子上，摘下了电话机的听筒。

"是我，副总统先生。"

"亲爱的伊莱亚斯，现在也只有你这么称呼我了。你们进展得怎么样了？"

"他们在奥斯陆码头甩开了我们，但是我们知道他们的目的地，有一个小队已经出发了。"

"你是不是给他们设了个陷阱？"

"克诺夫好像发觉了，他应该是找到了某种可以通知沃克的方法。他们没有赴约。"

"那他们在哪里？"

"在布吕根镇，我们的人只能开车跟踪。沃克和那个记者比我们早到了四个小时，但是我并不担心，我们一定能拦住他们。"

"你知道他们要去干什么吗？"

"我猜应该是去见克诺夫。"

"他也从你手里跑掉了？"

"他是个很难缠的对手，了解我们所有的手段。这个猎物很难抓到……"

"这些借口就不要说了。他手里是不是有那些材料，到底有没有？"

"我希望他有。一旦他拿到了材料，肯定会用它来换取苏茜·沃克的安全。这也是我给您打电话的原因，您希望我们怎么做？"

副总统命令他的管家离开了卧室，之前管家给他送来了药物。

"找回材料，让所有人都和它一起消失，包括克诺夫。沃克家族的人毁掉了我的一生。就让那个女人和他的外祖父一起下地狱吧，虽然再过不久我恐怕也要去陪他们了。'雪姑娘'的材料一定要毁掉，这可是关系到国家安全的大事。"

"副总统先生，我知道这一点。请您放心。"

副总统拉开了床头柜的抽屉，里面有一本《圣经》。这本《圣经》里面夹着一张用来做书签的照片，这是他四十七年前在克拉克岛上拍的。

"办完事情之后再给我打电话。我现在有另一个电话要接一下。"

他挂断电话，又接起了另外一个。

"克诺夫死了。"对方说。

"你确定吗？这个人可是诡计多端。"

阿什顿没有回答。

"发生了什么事情，你好像有点儿不对劲，"副总统问道，"他拿到材料了？"

"没人可以找到这些材料，我们的合约仍然有效。"

"那你为什么要杀死克诺夫？"

"因为他就快拿到材料了，而且他想以此作为筹码，换取莉莉安外孙女的性命。"

"阿什顿，请你想一下，我们已经老了，等我们去世之后，我们的协议就难以为继了。还会有其他和克诺夫，或者苏茜·沃克及这个记者一样的人来找材料，我们一定要毁掉它，不然我们之前做的事就会被发现了……"

"是你之前做的事，"阿什顿打断了他，"我杀了克诺夫，是因为他现在越来越软弱了。他很可能会把材料交给你，但是我并不信任你。不要碰苏茜，没有克诺夫，她就不会对你有危害。"

"也许她是没什么危害，可是那个记者呢？他们是一个团队。把材料交给我，我就会下令放过她，如果这能让你好受一点儿的话。"

"我已经告诉你了，我们的合约还是维持原状，如果苏茜出了什么事情，你就要承担后果。"

"不要再次威胁我，阿什顿，那些敢跟我来这一套的人都已经死了！"

"我四十七前就成功过一次。"

阿什顿挂断了电话。副总统大发雷霆，又拨通了伊莱亚斯·利特菲尔德的电话。

✳

苏茜和安德鲁来到了卑尔根胡斯城堡的防御工事，和一些英国游客混在一起，有一个导游正在介绍城堡的历史。

"我没看到你的朋友。"安德鲁说。

苏茜问导游这附近是不是有能吃鲱鱼的地方。

听到她的问题后，导游笑了起来，告诉她这里的厨房很久以前就不再使用了，但是城里有供应鲱鱼的馆子。

"那这座城堡原来的餐厅在哪里？"安德鲁问道。

"士兵们当时就在他们的房间里吃饭，但是现在这部分还没有对公众开放。"导游回答道。

接着他表示因为还要带其他的游客参观，就不能一一回答他们的问题了。

"中世纪的时候，这个地区叫作奥尔蒙，这个地名有两个意思，一个是岛，一个是山，因为这座城堡四面环水，"导游边说边带领大家走上了楼梯，"这个工事的里面有好几座教堂，其中就包括那座著名的克里斯丁天主堂，那儿也是中世纪时卑尔根王朝的国王们的坟墓。"

苏茜拉住了安德鲁的胳膊，指了指前方那条红色的围栏，围栏之后的区域是禁止游客进入的。他们放缓了步伐，等待导游带领其他游客继续向上走。

"这个大厅是哈肯四世在位时修建的，大约是在 13 世纪中叶……"

导游的声音逐渐远去。苏茜和安德鲁看着导游消失在他们的视线外，立刻跨过了围栏，走进了一条狭窄的走廊。他们向上走了几步，右转之后就看到了一扇门。

克诺夫坐在地上，背靠着墙壁。他旁边的地面已经被血浸透了，这些血液甚至已经开始渐渐变黑。他抬起头笑了一下，脸上没有丝毫血色。苏茜快步走到他的身边，拿出手机要叫救护车，但是克诺夫阻止了她。

"亲爱的，我们最后再做这件事吧。"他无法掩饰自己的痛苦，"我还以为你不会来了。"

"什么都别说，尽量保存体力，我们这就把你送到医院。"

"我本来不想用一些枯燥的长篇大论作为自己的遗言，但是已经太晚了，我必须要说。"

"克诺夫，不要丢下我，求你了，我只有你了。"

"我的孩子，你说得太夸张了。别哭，算我求你，我会受不了的，而且我也不配让你为我哭。我背叛了你。"

"别说了，"苏茜已经泣不成声，"你别胡说。"

"不，我一定要告诉你，我不惜一切代价就是为了找到那份材料，甚至不惜利用你。我想用它换取你的安全，但是不管怎样，我最后一定会毁掉它。我对祖国的爱超出了其他一切情感。反正在我这个年纪，想要改变一些固有的想法已经太晚了。现在，听我说，我留着最后一点儿力气就是要把我知道的都告诉你。"

"是谁伤了你？"苏茜抓住了克诺夫满是鲜血的手。

"这个一会儿再说，先让我说完。关于'雪姑娘'计划的证据，我想我知道它们在哪里。它们可以保住你的命，但是我还是想让你答应我一件事。"

"什么事？"安德鲁问道。

"我正是想请你答应这件事情。不要把文章发表出来，我知道这能给你带来普利策奖，还能带来巨额的财富，但是也肯定会引发灾难性的后果。我寄希望于你的爱国主义精神。"

"我的爱国主义精神？"安德鲁显然不以为然，"你知道就因为你的爱国主义精神，这件事已经害死了多少人吗？"

"其中也包括我自己，"克诺夫的声音已经完全沙哑了，"他们是为国家而死的，算得上死得其所。如果你把我要告诉你的事情说出去，美国在整个国际社会上将成为众矢之的。民众的怒火会让他们做一些可怕的事情，他们会烧毁我们的使馆，我们的人民也会因此蒙羞。就算是在美国内部，大家也会分成两个阵营，国家就会从内部分裂。不要想着这件事能给你带来多少荣誉，只是请你想想可能的后果。现在，你们听我说。20世纪50年代的时候，美国还不是世界上最大的石油生产国，无法保障自己的能源安全。那个时候，一桶石油才值一美元。1956年，因为苏伊士运河的危机，中东的能源无法运达，我们已经能暂时满足欧洲国家的要求，避免它们因此发生的大萧条。但是 1959 年，美国的一些石油公司害怕中东的便宜石油会断了他们的财路，就向艾森豪威尔总统提议通过一些贸易保护法案。那些支持这项法案的人认为这会促进美国的石油生产，但是反对的人却认为这会导致我国的石油能源过早枯竭。后来也的确是这样。从 1960 年起，美国的石油产量就不断下跌。我们在十年的时间里就开采了占我国总储量 60% 的石油，所以我们必须把目光移向北冰洋，希望能在那里发现足够的石油来捍卫我们的能源主权。几家大的石油公司都在阿拉斯加进行了探测，结果很是乐观。但是，就像飓风一直威胁着我们在墨西哥湾的能源开采工作一样，在大西洋上，那些浮冰就成了最大的障碍。只能想办法让它们消失。你的外祖母在她丈夫的房间里发现了她本来不应该看到的材料。"

"就是'雪姑娘'计划的那份材料吧？"

"是的，那是一群野心勃勃的人想出来的，他们无视所有的自然规律，巨大的经济收益冲昏了他们的头脑。他们提议让核潜艇潜入浮冰下方。你肯定想不到他们是怎么想到这个主意的。其中有个石油业的巨头酷爱喝威士忌，他发现小的冰块比大的冰块要化得更快。所以他们就想到了这个简单易行的主意。从深处弄裂那些浮冰，然后就等待洋流把它们冲散。最乐观的看法是五十年内这些冰块就会全部碎裂，就算是在冬天也无法再次凝结。后来，你的外祖母又看到了一份关于这个计划的生态后果的报告。对沿海地区的几百万居民而言，甚至对整个地球而言，这都将是一个巨大的灾难。她坚信自己的丈夫一定会反对这个计划，因为大家都还记得亚马孙雨林的故事，为了获得木材，人类摧毁了大片雨林，之后也付出了惨重代价。但是，想想那些人在石油面前有多么疯狂！莉莉安太天真了，就和现在的你们一样。实际上，爱德华是这个方案最初的发起人之一。他们从此就渐行渐远，几乎不再说话。几个月的时间里，你的外祖母一直都在监视她的丈夫。她有一个朋友是爱德华安保团队的成员之一，在他的帮助下，莉莉安成功得到了保险箱的钥匙。那天晚上，她偷偷溜进了你外祖父的书房里，把计划复印了一份。然后，她就决定要阻止这个计划，想来想去，她决定把材料交给当时的敌对阵营，虽然她自己可能也会因此丧命。之后，在一次晚会上，一个年轻的政客为莉莉安的魅力所折服，他们成了秘密情人，爱德华知道了他们的私情，但是决定睁一只眼闭一只眼，因为他当时是副总统职位最有力的竞争者之一，不能允许别人在那个关口发现他的家庭丑闻。他只是暗示莉莉安她可以继续这段关系，唯一的条件就是不要让别人发现。莉莉安在克拉克岛上有一份家族产业，她就把那里当成了避难所。有一天，她决定把一切都告诉那个她深爱的男人。那个男人认为自己找到了打击政敌的有效手段，但是，'雪姑娘'计划的利益太大了，共和党人和民主党人早就达成了共识。要求他对这个计划严格保密，并且要利用这个机会打击民主党人。就策划了一个一石二鸟之计，不单除去了莉莉安，也彻底断送了爱德华的政治生涯。事情激起了轩然大波，总统也不得不放弃了连任的机会。在莉莉安被逮捕前的几天，这个男人突然良心发现，告诉莉莉安会有人来抓她。莉莉安就找到了她唯一信任的朋友，请他帮助自己逃走。她利用最后几天的自由时间藏起了所有线索，希望玛蒂尔德能完成她的计划。随后她就声称自己要去克拉克岛，却暗地让飞机把自己送到了加拿大，又带着资料从那里坐船去了挪威。她希望能把材料交给挪威政府，因为挪威是当时唯一的中立国，既不属于资本主义阵营，也不属于社会主义阵营。但是命运跟她开了一个绝大的玩笑，那个她唯一信任的朋友竟然亲手把她送上了绝路。作为一名安保人员，这个朋友执行了上级的命令，所以抵达奥斯陆之后，莉莉安就消失了，资料也不复存在了。"

"这个朋友到底是谁？"

"就是刺伤我的人。"

克诺夫吐出了一口血，他的目光开始涣散了。

"在她雪白的大衣上……"他说。

"什么大衣？"

"雪姑娘的大衣，他希望让她和自己一同消失。这是他唯一可以守住秘密的办法。"

"克诺夫，你在说什么？"

"天哪，就在那里，"他用手指着墙上的枪眼，"就在极圈以内。阿什顿知道准确的位置。"

"阿什顿又是谁？"

"苏茜，我要拜托你最后一件事情。不要告诉史丹利，让他置身事外吧，就说我是突发心梗死去的，死之前没有受苦，告诉他我很爱他。你走吧，看着一个人咽气总不是一件愉快的事。"

克诺夫闭上了眼睛，苏茜握着他的手，守在他的身边，直到他咽下最后一口气。安德鲁也一直坐在她的身边。

十五分钟后，克诺夫离开了人世。苏茜站起身来，替他整理了头发，就和安德鲁离开了这里。

❀

他们来到了布吕根镇的一家咖啡馆。这里有很多游客，国安局的人应该没那么容易发现他们。苏茜的眼神中满是怒火，她再也没有说一个字。之前她已经几乎想放弃了，但克诺夫的死又激起了她调查的愿望。

她打开自己的背包，翻了一下，从里面取出了那个她用来装材料的文件袋。她拿出了一封看起来很破旧的信，安德鲁立刻想起了这封信的内容。

"这就是那封你在勃朗峰上找到的信？"

"看看最后的署名是谁。"

安德鲁打开信读了起来。

亲爱的爱德华：

一切都已经结束了，我很是为你难过。危险已经远离，我把东西放在了一个没有人能找得到的地方，除非有人背弃了承诺。我稍后会用同样的方法，把具体的地址和取件方式告诉你。

我可以想象这次的不幸对你造成了多大的影响，但是为了让你良心能安，我还是要告诉你，如果我是你，在同样的情况下，我也会这么做。国家利益高于一切，对于我们这种人来说，我们没有别的选择，只能选择捍卫国家，虽然可能会因此失去我们最珍视的东西。

290

　　我们今后不会再见面，我对这一点深表遗憾。我不会忘记我们在 1956 年到 1959 年间在柏林度过的那段闲适的时光，更不会忘记在某个 7 月 29 日，你曾经救过我一命。到现在，我们已经两清了。

　　如果遇到万不得已的情况，你可以给这个地址写信：奥斯陆市 71 号公寓 37 栋 79 号。我会在那儿停留一段时间。

　　看过信后请立即销毁。我相信你的谨慎，希望我们的最后一次通信不会惹来什么麻烦。

　　　　　　　　　　　　　　　　真诚的　阿什顿

　　"我的外祖父从来没有去过柏林。这封信说的都是些暗语。"

　　"那你知道该如何破解吗？"

　　"1956，1959，29 日，7 月是一年的第 7 个月份，然后有 79，37 和 71。这些数字一定有特殊的含义。"

　　"好吧，但是要怎么排列，含义又在哪里呢？对不起，我其实是想说到底是什么含义？我一直在想克诺夫最后的几句话，猜测那份材料到底藏在哪里。"

　　苏茜一下子跳了起来，她捧着安德鲁的脸，在上面留下了无数个吻。

　　"你真是个天才！"她激动地说。

　　"为什么？我根本不知道这是什么意思，不过既然能让你这么高兴，那也不错。"

　　"关于数字的顺序，我反复试了好几遍，一直不知道到底该如何排列，可是你已经告诉我了！"

"我告诉了你什么？"

"哪里！"

"我说过'哪里'这个词吗？"

"这些数字代表着一个地点。阿什顿在信里把材料的位置告诉了我的外祖父！"

"他为什么要把这些告诉你的外祖父？"

"因为他是他的安保人员，肯定知道他的一些事情！外祖父给他的妻子买了一份巨额的人寿保险，阿什顿杀死她之后，没有交出材料，而是把它藏了起来，希望我的外祖父能用钱来换取他的沉默！只是这封信最后也没能交给我的外祖父。"

苏茜把这些数字写在笔记本上。

"59°56'29"7"，这是东经经度，79°737'71"，这是北纬纬度。这就是'雪姑娘'计划的准确藏匿地点！你身上还有多少现金？"她问安德鲁。

"我之前跟西蒙借的钱还剩下一半。"

"这钱是你借来的？"

"我已经尽力了，我希望主编能预支一笔经费给我，可是她拒绝了。你要拿这五千美金做什么？"

"让那个驾驶员带我们去极圈以内。"

苏茜跟那个驾驶员通了电话。在四千美元的诱惑下，他又重新发动了飞机，到布吕根镇来载他们飞向目的地。

※

机上的 GPS 设备显示出了"东经 59° 56′29″7‴ 北纬 79° 737′71″″"的地理位置。飞机在天空中盘旋了一圈，准备降落在浮冰上。从空中看下去，能看到海水冲走了一部分碎冰。滑行的过程中，飞机的轮子激起了一片雪花。极地的大风把机身吹得左右摇晃，最后，发动机完全静止下来，飞机终于稳稳地停在了冰盖上。

在他们的周围，是满眼的白色。打开机舱门之后，苏茜和安德鲁嗅到了一股纯净的气息，这种气息是他们从未感受过的。周围一片安静，只有呼呼的风声，还有远处某个地方传来的某种嘎吱作响的声音。他们都朝那个方向看了过去。

"你们找的地方应该就在这个方向，最多有一两公里的路程，"驾驶员说，"但是一定要注意，在冰上是很容易迷路的，光线的反射会让你们错估距离，你们很可能会在冰上绕圈子。如果你们看不到飞机的话，就很可能永远回不来了。我给你们一个小时的时间，一个小时以后我就会发动飞机离开。应该是要刮大风了，我可不想把命送在这里。如果你们到了时间还没回来，我也不能再等了。我会打电话叫救援队，但是救援队到来之前你们要自己想办法。不过温度这么低，我只能祝你们好运。"

苏茜看了看表，向安德鲁使了个眼色，他们就开始向那个方向走去。

驾驶员说得对。风越来越大，他们的脸上已经盖满了雪花和冰霜。嘎吱声越来越清晰了，听起来很像有时会在乡下田野里看到的那些破旧的风车发出的声音。

他们没有带足够的装备，安德鲁觉得很冷，如果天气条件继续恶化的话，他们恐怕就不能继续调查了。

他试图走在前面开路，苏茜却立刻超过了他，并用目光示意他跟上。

突然，在前面的雪地上，出现了一个废弃气象站的临时营房。其中有三座铁皮小屋都已经变得灰蒙蒙的，那个颜色让人想起了海里的沉船。在这些小屋的中心，立着一根旗杆，但是上面并没有旗帜。更远一点儿的地方，有一个屋顶已经破掉的仓库。这里最显眼的建筑就是一座金属材质的因纽特式雪屋，直径大概有三十米长，屋顶上矗立着两根带有防风罩的烟囱。

这间屋子的大门没有上锁，的确，在这种地方根本没有锁门的必要。但是门把手却已经冻住了，苏茜拿手转了几下，门都纹丝不动，最后还是安德鲁用脚踢开了门。

里面的装饰很简单，只有一些木质的桌椅、几个铁质的架子，还有几只空空如也的储物箱。看来这座主楼应该是进行科研活动的主要场所，而两侧的配楼则是宿舍和餐厅。在旁边的储物架上，放满了各种各样的计量工具。有天平、试管、风速表、干燥箱、过滤器，还有离心泵和几块地质标本。但是在这个架子的旁边，还有一些东西，说明了气候研究不是在这里进行的唯一一项活动。有一把火枪靠在旁边的墙壁上，旁边还有二十几个用来悬挂武器的挂钩，柜子里还有一个烧烤架。不知道这个地方已经废弃多久了，安德鲁和苏茜挨个打开了所有的柜子，拉开了桌子的每一个抽屉，甚至检查了所有的箱子，但还是一无所获。

"肯定在这里。"苏茜的声音都变得急切了。

"我不想说什么扫兴的话，但是时间不多了。你听到风声了吗？我们该回到飞机那儿去了。"

"那就不要说，过来帮我找。"

"但是能去哪儿找呢？看看周围这些东西，全部都是些没用的旧货。"

他们又用二十分钟检查了一下宿舍。除去那些满是冰霜的野营床和几只空箱子之外，还是什么都没有。餐厅里则是一片狼藉，也许之前的人离开的时候就没有想过再回来，他们甚至连餐具都没有收拾，而是任由那些盘子和刀叉摊在餐桌上。灶台上放着一个旧水壶。旁边堆着的食材看起来也都不怎么诱人，可见那些人的伙食并不算丰盛。

安德鲁和苏茜迎着狂风又跑回了实验室。

"我们该走了，"安德鲁不停地重复着，"我甚至都不知道怎么才能走回飞机那里。"

"你要是想走就走吧。"

苏茜跑到那些储物架旁边，用尽全部的力气把一个架子推倒在地上，检查了后面的墙壁。接着就是第二个、第三个。安德鲁只想着赶紧回到飞机上去，他知道苏茜不把所有的地方都检查一遍肯定不会罢休，所以他开始推那些架子。在最后一个架子也倒在地上的时候，他们看到后面的墙上嵌着一个小小的保险箱。箱子上有一把锁。

苏茜走上前看了看那把锁，转过头冲安德鲁笑了一下，安德鲁从来没有见过她这么舒心的笑容。

她拉开了上衣的拉链，把手伸到了衣服里面，取出了挂在胸前的一把钥匙。那是把红色的钥匙，是她几个月前在勃朗峰找到的。

苏茜拿起一个小小的酒精炉，打开了开关。锁里的冰融化了以后，钥匙很容易地插了进去，好像这把锁一直在等待着被人开启。

保险箱里有一个塑料袋，里面放着一大摞材料。苏茜把它们捧在手上，就好像是一个虔诚的信徒手持着圣人的遗骨。她把材料放在桌上，坐在板凳上开始翻阅。

所有关于"雪姑娘"计划的细节都记录在了里面，包括所有牵涉其中的政界人物的姓名、出资人的身份，其中还有很多信件的照片。这些来往的信件涉及政府成员、两党参议员、政府机构的负责人，还有金融业的巨头以及几大石油公司的老板，人数过百人，其中的内容让安德鲁甚至不敢相信自己的眼睛。

"雪姑娘"计划开始于 1966 年。很多核潜艇都潜入了浮冰下方，定期对其进行破坏，而这个气象站的科学家们当时则是在这里估算行动的进度和对环境造成的影响。

安德鲁从口袋里掏出了手机。

"我不是要打电话。"他看到了苏茜不解的目光，立刻解释道。

他用手机把所有的材料都拍了下来。

等到他拍完了所有的照片，他们就听到了一阵发动机的轰鸣声，而这阵轰鸣声很快就在风声中消失了。

"希望他能遵守承诺，为我们叫来救援人员。"苏茜看着外面灰蒙蒙的天。

"这对我们可不是什么好消息，"安德鲁回答道，"你觉得有谁会来救我们呢？"

"我。"一个男人走进了房间，手里拿着一支枪。

※

他脱下了风帽。消瘦的脸颊出卖了他的年纪，如果不是他手里有枪的话，安德鲁完全有信心可以制伏他。

"坐下吧。"他平静地说，然后关上了门。

苏茜和安德鲁服从了他的命令。男人坐在了旁边的桌子上，距离太远了，安德鲁根本无法做什么。

"不要乱想，"男人注意到安德鲁在试图靠近酒精炉，立刻继续说道，"外面有我的驾驶员，还有一个全副武装的保镖。我可不是一个人来的。无论如何，我到这里来都不是为了杀死你们，而是要救你们。"

"你想怎么样？"安德鲁问道。

"把这份材料放回原处，把你们找到的保险箱钥匙交给我。"

"然后呢？"苏茜问道。

"然后我们就一起离开这里。我把你们送到雷克雅未克，你们可以在那儿随便搭乘一个航班。"

"这样的话'雪姑娘'计划就永远是个秘密了？"

"你说得很对。"

"是他们派你来的？"

"看来你远不如你的外祖母聪明，我很失望。如果我真的是他们的人，我肯定会二话不说杀死你们，然后再取走材料。"

"那你究竟是谁？"

"乔治·阿什顿，"男人回答道，"我是莉莉安的朋友。"

"拜托，"苏茜冷冰冰地说，"你是杀死莉莉安和克诺夫的凶手。"

阿什顿站起身来，走到窗前。

"我们没有太多时间。最多只有半个小时，不然我们就再也走不了了。在这个地方，风暴可能会持续好几个星期，我们可没有什么生活用品。"

"他们付了你多少钱，你才来要求我们闭嘴？"苏茜说，"我可以付双倍的价钱。"

"看来你什么都不明白。你要揭发的那些人，全部都是些碰不得的人物。他们到今天还统治着这个世界，也不会轻易给你什么许诺。对他们来说，只要经过家族里连续几代人的努力，就可以把持住体制内的所有环节，没有人，也没有什么事情能妨碍他们。能源行业、食品业、药品业，还有金融业、交通业，到处都是他们的人。就算是那些最著名的大学，教授给那些未来的精英的东西也都是这个体制所认可的事情。我们的法律实在太复杂了，复杂到根本无法实行，唯一有用的法则就是丛林法则。石油就是黑色的金子，我们已经为之疯狂了。我们放弃了对公平和正义的期望，觉得它们甚至还没有电器、汽车、药品和照明器材重要，而这些东西都要靠石油才能制造出来。而石油就完全掌握在那些人手里。石油是社会建筑的混凝土，谁掌握了石油，谁就拥有了至高无上的权力。就在最近几年，我们假借民主的名义，为了石油发动了多少场战争？你有没有想过曾经有多少人因此送命？那些政客的选举经费很多都是那些能源公司提供的，一旦当选，他们就要为这些公司谋夺利益。所有的重要职位，包括中央银行、财政部、最高法院、参议院、议会，都被这些人把持，而他们只遵循一个原则：那就是牢牢把握住手中的权力。在他们的影响下，贪污腐化无孔不入。如果人民一旦要求夺回属于自己的权力，事情一旦有了失控的迹象，这些人就会故意引发市场震荡。只要发生一场经济危机，民众就会再次选择服从，因为再自由的企业家也不可能违反借款给他的银行的意志，我们的民主体制其实也只不过是这些跨国公司手中的玩具。这些公司的营业额甚至比整个国家的财产还要多。人民节衣缩食，忍受着越来越严苛的政策，这些公司的活动却不受到任何限制。经济危机的时候，当权者曾保证要重建金融秩序，这么长时间过去了，他们的承诺却根本没有实现！如果你要揭露这桩四十七年前的秘密，你所触及的根本不是他们，而是我们的国家。"

"就是因为这种爱国主义情怀，你才要替他们保守秘密？"苏茜嗤笑道。

"我是一个老人，而且已经很久没有国籍了。"

"如果我们拒绝的话，"苏茜说，"你会杀了我们吗？"

阿什顿转过身来，面对着苏茜。他把手枪放在了桌上。

"不会，但是如果你拒绝了，你就会亲手杀死你的外祖母。"

"我会杀死谁？"

"你的外祖母，贝克小姐，她已经是一位白发苍苍的老夫人了，从我救下她的那天起，这份材料就是她的护身符。莉莉安想阻止'雪姑娘'计划，所以她打算把材料交给挪威政府。那些人就决定除掉她。我是你外祖父安保团队的负责人，就是那种所谓的透明人，从来没有人会注意到我们，更不会跟我们打招呼。但是你的外祖母不同，每一次我在她身边的时候，她都会向别人介绍说'这是一位很重要的朋友'。我也的确变成了她的好朋友，她向我倾诉所有的心事。所以，如果要暗算她的话，还有比我更合适的人吗？那些人虽然自恃身居高位，却也担心莉莉安义无反顾地把材料交出去。所以想搞清楚她把材料藏在哪里。他们就决定先弄清楚这件事情再动手。我就接到了一个很简单的任务，就是说服你的外祖母带我一起逃亡。她早晚会去取材料，等她取出之后我就从她手里夺过来，毁掉这些材料，杀死你的外祖母。但是，你永远都想不到两个敌对的男人会为了一个共同深爱的女人变得多么团结。她的丈夫和情人一起行动，策划了一个计划。按照我和他们的约定，毁掉材料之后，我就要把你的外祖母送到一个安全的地方，确保她一辈子待在那里。我相信你外祖父的诚意，但是我不信任她的情人。我敢打赌，在我毁掉材料之后，他一定会杀死莉莉安。所以我就也做了些事情。我把你的外祖母送到了一个没有人知道的地方，然后就把材料也藏了起来。之后我再也没有回过美国，我逃到了印度，向他摊了牌。如果没有人伤害莉莉安，这些材料就会一直在一个安全的地方；但如果有人敢动她，我就让真相大白于天下。她的情人肯定很难忍受这种被人当成傻子戏弄的耻辱。我根本不关心'雪姑娘'公开之后会造成什么后果，我只担心一件事：那个人已经爬到了仕途的顶峰，他这些年肯定一直想着如何除掉莉莉安。现在，我再说最后一次，把材料放回去，钥匙给我。"

阿什顿又拿起了枪，指着苏茜。苏茜张了张嘴，却什么都没说。

"我的外祖母还活着？"她最终吐出了这几个字。

"苏茜，我告诉过你，她现在年纪已经很大了，但她的确还活着。"

"我要见她。"

安德鲁看了看手表，叹了一口气。他缓缓走上前去，从苏茜手里拿过了材料，把它放在保险柜里，又上了锁。

接着，他拿着钥匙走到了阿什顿面前。

"我们走吧，"他说，"但是我也有条件。我把钥匙给你，可是你要用飞机载我们回奥斯陆。"

安德鲁又掏出了记事本，把它递给了阿什顿。

"另外，你要在这上面写下莉莉安的地址。"

"不，这不可能，但是我可以带你们去。"阿什顿向安德鲁伸出了手。

安德鲁把钥匙放在了他的手心里，阿什顿把钥匙收进了口袋，就带着他们离开了。

飞机在冰面上滑行了一段，就飞上了天空。苏茜和安德鲁看着地面上这个在地图上没有任何标记的气象站在他们身后逐渐远去。两公里外的地方升起了一道烟柱，他们之前搭乘的飞机没能再度升空，而是坠毁在了原地。

✻

阿什顿履行了他的承诺。回到奥斯陆之后，他把他们送到了一家宾馆的门口，并亲自把他们领进大堂。

"明天接近中午的时候，我会来接你们。路程不算太近，今天你们就好好参观一下奥斯陆吧，不用再害怕什么了。你外祖母的护身符同样也是你们的护身符。相信我，我已经跟他们谈好了条件。"

✳

到了约定的时间，一辆汽车准时停在了宾馆门口。出了奥斯陆市区之后，阿什顿就要求他们蒙上了眼睛，叮嘱不到目的地不能取下。

安德鲁和苏茜在黑暗中坐了两个小时，车速才渐渐慢了下来。阿什顿让他们摘下了蒙眼的方巾。安德鲁看了看周围。一条砾石铺就的小路一直通到远处的一所修道院。

"她就生活在这里？"苏茜显得有些担忧。

"是的，而且她很幸福。修道院里面很美，生活设施也没有外面看起来这么简陋。"

"她从来不出来吗？"

"有时候出来，会到附近的镇上去，但是不会太久。我知道你会惊讶，但是她每次离开修道院，都希望能赶紧回去。另外还有一件事情我没来得及告诉你，你肯定会很惊讶，也会很失望，所以我想到最后一刻再跟你说。你的外祖母的神志已经不清醒了。并不是说她疯了，而是两年以来，她都很少说话，说出的句子也都很奇怪，让人不明白她在说些什么。这可能只是年龄的问题。苏茜，我很抱歉，你将要见到的这个人不是你想象中的那个女人，至少现在不再是了。"

"但她是我的外祖母。"苏茜说。

车停在修道院的门口。

两位修女接待了他们，她们带着一行人穿过了内院的走廊，上了一座楼梯，进入了一条走廊。修女们在前面带路，阿什顿走在队伍的最后面。最后他们在一个会客厅前停了下来。

修女们为他们打开了门。

"我们在这里等，"年长的那位修女说，她的英语有一点儿轻微的口音，"别让她累着了。不要超过一个小时，我们会再来找你们的。"

苏茜独自一人走了进去。

莉莉安·沃克坐在一把躺椅上。那把躺椅很大，显得她的身形更为瘦小。她的目光一直停留在窗外的景色上。

苏茜轻轻地走了过去，她跪在了莉莉安的身边，握住了她的手。

莉莉安缓缓地转过头来，给了她一个微笑，却什么都没有说。

"我走完了一段很长的旅程才来到这里，真的很长。"苏茜喃喃道。

她把头靠在了莉莉安的膝盖上，闻着她身上的香气。那是外祖母的味道，温暖而又甜美，治愈了她身上的所有痛楚。

一束阳光从窗外照了进来，映在了地面上。

"今天天气很好，是不是？"莉莉安用清晰的声音说。

"是的，天气很好。"苏茜却已经哭到说不出话来，"我叫苏茜·沃克，我是你的外孙女。我从来没有见过你，但是从小，我的生活里一直都有你。你陪我上学，监督我做功课。我告诉你所有的小秘密。我从你身上汲取了很多的能量。你一直引导着我，我的每一次成功都归功于你，我的每一次失败也归咎于你。我很生你的气，你从来都没有管过我。每天，我睡在床上的时候，都会跟你说一会儿话，就像睡前祷告一样。"

莉莉安把颤抖的手放在了苏茜的头发上。

接下来就是长久的沉默，整个房间只有钟表的嘀嗒声。

有人过来敲门，门缝里出现了阿什顿的脸。离别的时候到了。

苏茜抚摸着外祖母的面颊，伸出双臂拥抱了她，在她的耳边轻轻说：

"我什么都知道。我原谅你对妈妈所做的一切。我爱你。"

她直视着莉莉安的眼睛，倒退着走出了房间。

最后她转过身去，关上了房间的门，没能看到莉莉安那张震惊而又带着笑意的脸。

❄

阿什顿一直把他们送到车上。

"司机会把你们送回旅馆，你们可以去取行李。之后他会把你们带到机场，我已经给你们买了两张回纽约的票。"

"我还想再回来看她。"苏茜说。

"下一次吧，现在该回去了。你可以通过这个号码找到我。"他递给苏茜一张纸，"我会定期告诉你她的近况，如果你愿意的话。"

"我很喜欢她倾听的样子。"苏茜坐进了车里。

"我知道，我每天都来看她，我也会跟她说话。有的时候，她也会冲我笑，我就觉得她是知道我在旁边的。旅途愉快。"

阿什顿一直等到车开远了才走回修道院。

他走到那间会客厅里，莉莉安还在那里坐着。

"你没有遗憾吗？"把门关上之后，他向莉莉安提出了这个问题。

"当然遗憾，我还从来没有去过印度。"

　　"我说的是……"

　　"乔治，我知道你要说什么。但这样不是更好吗？我现在已经是个老太婆了，我希望在她的心中我永远是她梦中的样子。再说凭她的性子，如果我表露出什么情绪的话，她一定会去冲动地揭发真相。你看吧，如果你比我活得更久，我死后你就能看到她要为我伸张正义。她和我一样固执。"

　　"你不知道，当我走进那个基地的时候，看到她长得和你年轻时如此相像，当时我的心脏都要停止跳动了。"

　　"我亲爱的乔治，你的心脏还没这么脆弱，尤其是在我对它做过这么多的事情以后。走吧，我们回家，今天的天气很好，可是我累了。"

　　阿什顿在她的额头上印下一个吻，帮她站了起来。

　　他们牵着手走出了修道院。

　　"一定要谢谢那两位修女，谢谢她们配合我们演了这出戏。"

　　"我已经谢过她们了。"阿什顿回答道。

　　"那我们就回家吧，"莉莉安手里拿着拐杖，"等我走了之后，你就把钥匙还给她，好吗？"

　　"你还是自己还给她吧，我不会让你先走的。"阿什顿对他的妻子说。

尾声

清晨时分，飞机降落在了纽约机场。苏茜和安德鲁各自返回了自己的公寓。午饭的时候，他们来到了弗兰基餐厅。苏茜坐在桌旁等着安德鲁，脚边有一个旅行袋。

"我要回波士顿了。"她说。

"这么快？"

"这样会好一点儿。"

"也许吧。"安德鲁回答道。

"我想谢谢你，这是段很精彩的旅程。"

"是我应该谢谢你才对。"

"谢我什么？"

"我决定从此以后不再喝酒了。"

"我根本不相信。"

"你说得对！我们干一杯吧！你欠我的。"

"好的，虽然不知道要庆祝什么，但斯迪曼，我们还是干一杯吧。"

安德鲁让服务生拿来了这家店最好的酒。

吃饭的时候，他们很少说话，一直默默地看着对方。后来苏茜站起身来，提起了袋子，让安德鲁坐着不要动。

"我不擅长跟别人说永别。"

"那就说再见吧。"

"再见，安德鲁。"

苏茜在他的唇上印下了一个吻，就走出了餐厅。

安德鲁一直目送着她。她离开之后，安德鲁就打开了《纽约时报》，想看看最近有什么新闻。

❀

下午，安德鲁来到了报社，准备去面对主编，也做好了接受她给自己安排工作的准备。想到接下来要面对的可怕场景，他决定先去一趟咖啡厅。

有人在他的肩膀上拍了一下，咖啡全部洒在了他的身上。

"告诉我，斯迪曼，你觉得我这一个星期的劳动成果怎么样？你还满意吗？"

"你查到了什么，多乐丽丝？"

"我查到了不少东西。我真是为自己感到自豪。擦擦你身上的咖啡，跟我来。"

多乐丽丝带着安德鲁来到了自己的办公室。她命令他坐在电脑前，在键盘上输入了密码，大声地读着屏幕上的资料。

"1945年，美国政府在极地地区进行了大规模的军事行动。这次行动代号为'麝牛'，破开了大约五公里长的冰层，目的是为了论证苏联人从北冰洋进攻的可行性。1950年，美加联合部队对极地附近几公里的冰层进行了探查。1954年，美国'鹦鹉螺号'潜艇从冰层下穿过，到达了极点。这次行动证明了美军通过北冰洋进行军事打击的能力。二十年之后，苏联人也开始在极圈里进行核试验，导致了新地岛约两千四百万立方米的冰体的融化。美国政府也开始模仿苏联人，开始为轻型核武器寻找商业和民用用途。苏联人试爆了多颗核弹，其中一次的借口就是要解决伯朝拉河的天然气泄漏问题。虽然这样会造成核放射污染，但是他们并没有放弃利用核武器来争夺北极的资源。安克雷奇会议期间，库尔恰托夫解释了如何利用核武器进行天然气的开采。1969年，美国坦克'曼哈顿号'沿着极地海岸线一直开到了美加边境，而加拿大政府也不甘示弱，宣誓了他们对海岸线外十二英里海域的主权，强迫美国人接受既定事实。华盛顿以国家安全为由，进行了激烈的反对。加拿大政府还拨了上亿美元的预算，来绘制北极地区的能源地图。克里姆林宫最近也宣布了极地地区的能源开发工作是俄罗斯成为能源强国的保证。就连格陵兰岛也以共同开发该地区资源为条件，向丹麦政府要求主权。石油、天然气、镍矿还有锌矿，所有的强国都想在其中分一杯羹，就算是在北极没有领海的国家，也借口北极是世界的而插手极地事务。随着冰川的融化，开拓北冰洋航路已经迫在眉睫，很多国家，包括法国、中国和印度，都密切关注着这个地区的动态。2008 年，加拿大政府在北冰洋建造一个海底基地，2015 年交付使用，全部投资为三十亿美元。2001 年，布什政府虽然否决了气候变暖的假设，可是与此同时，美国海军却发现北冰洋变得全年都可以通航。挪威国防部还提供了一段录像，证实了一些俄罗斯石油公司越过领海范围开采资源，并声称北极问题可能会引发东西方的再次对立。"

安德鲁走到了办公室的门背后，看了看上面贴的世界地图。

"这就是你全部的反应？"多乐丽丝很失望。

"如果我告诉你，开采北极资源的计划在五十年前就已经实施了，你会相信吗？"

"如果是你说的，那我就相信，你会发表吗？"

"可惜我已经丢掉了全部证据，不然我本可以获普利策奖的。"

"那些证据哪里去了？"

"在那里，"安德鲁指着地图上的北极，"在她雪白的大衣里。"

"你说的是谁？"

"雪姑娘。"

"这些证据还能找回来吗？"

"不知道。不管怎样，我还是过几年再去竞争普利策奖吧。"他边说边离开了多乐丽丝的办公室。

他一个人进了电梯，掏出了手机，看着里面的照片，脸上露出了微笑。也许是因为他接下来要去喝杯菲奈特-可乐，也许不是。

✳

像往常一样，瓦莱丽在下午6点离开了办公室。她向地铁站走去。有一个女人站在路灯下，脚边放着一个旅行包，正在盯着她看。她很快就认出了这个人。

"他在万豪宾馆的酒吧里等你。"苏茜说，"请你考虑一下是不是可以再给他一次机会。安德鲁不是没有缺点，但总体来说还是个很好的男人。他爱你爱到了骨子里。不要认为现在已经太晚，他会一直等在那里，等着向你证明这一点。"

"他真的说了这些话？"瓦莱丽问道。

"从某种角度来说，是的。"

"你和他上床了吗？"

"如果他愿意的话，我早就这么做了。他真的是鼓足勇气才回来找你的。"

"当初他离开了，我也鼓足了勇气才开始了新生活。"

苏茜直视着瓦莱丽的眼睛，笑了起来：

"希望你们幸福。"

"你今天能来找我，真的是很勇敢。"瓦莱丽说。

"勇气只不过是种比恐惧更强烈的情感。"苏茜边说边提起了旅行袋。

她向瓦莱丽道了别，就走向了远处。

尾声

＊

一个小时之后，一辆出租车停在了百老汇和48号街的街角处。瓦莱丽付了钱，走进了万豪宾馆。

＊

次年1月24日，苏茜在三位向导的陪同下登上了勃朗峰。她把沙米尔的骨灰交给了他的父母。

苏茜再也没有回过法国。两年之后，经过长期的训练，她成功征服了喜马拉雅山。站在峰顶，她插下了一把登山镐，把一条围巾系在了上面。

从此，来到喜马拉雅山的每一位登山者在成功登顶之后，都可以看到这条红围巾在迎风飘扬。

（全文完）

[作者注   ]

最后一章中，多乐丽丝给安德鲁看的报告里的所有信息均为事实。

书中相关
资料来源

邓肯·克拉克，《石油帝国：一部石油争夺战的史诗》

伦敦：普罗菲出版公司，2007年。

玛莎·科恩，《沉默的雪：北冰洋的慢性中毒》

纽约：格鲁夫出版社，2005年。

皮尔·霍伦斯马，《苏维埃化的北冰洋》

伦敦：劳特利奇出版社，1991年。

莱昂纳多·马格里，《石油时代》

韦斯特波特：普雷格出版社，2006年。

查尔斯·艾默生，《大西洋的未来史》

纽约：公共事务出版社，2010年。

《阿拉斯加地区北冰洋海岸线的侵蚀现象》

载于《地理学研究通讯》，2009年。

及其他诸多相关文献。

[　　　　致谢　　　　]

波琳娜、路易和乔治。

雷蒙、达尼埃尔以及洛兰。

苏珊娜·莱尔。

艾玛努埃尔·阿尔都安。

尼古拉·拉泰、雷恩奈罗·邦多林尼、安托万·卡罗。

伊莎贝尔·维尔奈夫、安娜－玛丽·勒芳、卡洛琳·巴布尔、阿里耶·斯伯罗、西尔维亚·巴尔多、李迪·勒罗瓦，以及罗伯特·拉丰出版社的所有工作人员。

波丽娜·诺曼、玛丽－伊芙·波沃。

雷恩纳尔·安托尼、塞巴斯蒂安·卡诺、罗曼·诺艾切斯、达尼埃尔·梅里科尼安、娜迦·巴尔迪文、马克·凯斯勒、斯蒂芬妮·查里耶。

卡特兰·奥达普、罗拉·玛麦罗克、凯里·格朗科斯、茱莉亚·瓦格纳、阿丽娜·格翁。

布里吉特和莎拉·福里斯耶。

您可在以下网站搜寻到所有关于马克·李维的消息

www.marclevy.info

图书在版编目（CIP）数据

比恐惧更强烈的情感 /（法）李维（Levy,M.）著；章文译．
-- 长沙：湖南文艺出版社，2014.7
ISBN 978-7-5404-6758-6

Ⅰ.①比… Ⅱ.①李…②章… Ⅲ.①长篇小说—法国—现代 Ⅳ.①I565.45

中国版本图书馆 CIP 数据核字（2014）第 108204 号

著作权合同登记号：18-2014-057

Un sentiment plus fort que la peur by Marc Levy
Copyright © 2013 Marc Levy/Versilio
Published by arrangement with Susanna Lea Associates through Bardon-Chinese Media Agency
Simplified Chinese translation copyright © 2014 by China South Booky Culture Media Co., Ltd.
ALL RIGHTS RESERVED

比恐惧更强烈的情感

作　　者：［法］马克·李维
译　　者：章　文
出 版 人：刘清华
责任编辑：薛　健　刘诗哲
监　　制：蔡明菲　潘　良
策划编辑：马冬冬
特约编辑：杨丽娜
版权支持：辛　艳
营销支持：刘碧思　尤艺潼
版式设计：张丽娜
封面设计：@broussaille 私制
出版发行：湖南文艺出版社
　　　　　（长沙市雨花区东二环一段 508 号 邮编：410014）
网　　址：www.hnwy.net
印　　刷：北京嘉业印刷厂
经　　销：新华书店
开　　本：880mm×1230mm 1/32
字　　数：211 千字
印　　张：10
版　　次：2014 年 7 月第 1 版
印　　次：2014 年 7 月第 1 次印刷
书　　号：ISBN 978-7-5404-6758-6
定　　价：36.00 元
（若有质量问题，请致电质量监督电话：010-84409925）